소니를
지배한
혁명가

소니를
지배한
혁명가

아사쿠라 레이지 지음 | 이종천 옮김

REVOLUTIONARIES AT SONY

황금부엉이

차례

구타라기 겐(久多良木健)

지은이의 말

구타라기 겐과 내가 만난 것은 수년 전 기술 심포지엄에서다. 나는 사회자로, 구타라기 씨는 패널리스트로 참석했다. 나는 그 동안 수많은 엔지니어와 경영자들을 인터뷰했으나 그렇게 비전이 뚜렷한 사람을 만나본 적이 없다. 풍부한 어휘력, 그리고 개인적인 성취에서 우러나오는 자신감, 나는 이 거리낌 없는 사내를 보고 사람들이 개인주의자가 되는 것으로 유명한 소니에서 새로운 스타일의 기업인이 출현했음이 분명하다고 생각했다.

그날부터 나는 구타라기 씨와 함께 플레이스테이션 이야기의 조각들을 이어 맞추는 꿈을 품었다. 이 책은 그 꿈의 실현이다. 이 이야기는 우리 모두에게 교훈이 될 수 있다. 헌신, 열정, 온갖 장애를 극복하려는 의지가 엮어내는 성공 스토리, 비즈니스 모델을 창안하고 이를 개발, 구현하는 지혜를 가진 한 인물의 성취담이다.

이 책을 쓰기 위해 자료를 모으는 과정은 나에게 아주 흥미진진한 경험이었다. 인터뷰에 기꺼이 응해주고 그 소중한 시간을 내준 모든 사람에게 감사한다. 구타라기 씨는 친절하게도 여러 차례 인터뷰에 응하면서 많은 시간을 할애해주었다. 소니 컴퓨터 엔터테인먼트의 도쿠나카 데루히사, 마루야마 시게오, 사토 아키라 씨도 소니의 오가 노리오, 이바 다모쓰 씨와 마찬가지로 모두 그들의 시간을 기꺼이 내주었다. 나는 또한 이 글을 쓰는 데 도움을 준 게임 산업의 관련자들에게도 감사한다.

특히 이 글을 쓸 수 있는 기회를 만들어준 작가 조시마 아키히코 씨, 일본 IDG 커뮤니케이션의 사장 히라마쓰 고조 씨, IDG의 부편집장 아와노 준, 세키 마사노리 씨에게 특별한 감사의 뜻을 전한다.

아사쿠라 레이지

옮긴이의 말

엉뚱한 발상 뒤에 엉뚱한 인물이 있었다

"천하의 소니가 아이들 장난감을 만든단 말이야?"

1990년대 초 게임기를 만들자는 말이 소니에서 처음 나왔을 때 대다수의 소니 사람들은 이런 반응을 보였다. 오디오-비디오 중심의 무게 있는 하드웨어 제품으로 세계 시장을 주름잡고 있던 소니로서는 그런 말이 나올 법도 하다. 그러나 게임기 플레이스테이션은 우여곡절 끝에 탄생하게 된다. 그리고 소니 역사상 최고의 히트 상품이 되었다.

그러면 어떻게 해서 그런 '중후한' 이미지를 갖고 있던 회사가 그런 '경박한' 분야에 발을 들여놓게 됐을까? 엉뚱한 발상 뒤에 엉뚱한 인물이 있었다.

구타라기 겐.

소니에 '블랙리스트'가 있다면 맨 앞자리를 차지할 반동 그룹의 리더. 가는 곳마다 충돌을 일으키던 사내. 자신의 생각이 옳다고 판단되면 사장과도 언성을 높이며 싸우는 사내. 플레이스테이션 탄생에는 이 소니의 문제아가 있었다.

옮긴이가 구타라기 겐의 이야기를 처음 알게 된 것은 비즈니스위크의 커버 스토리(1998년 6월 15일자 'The Game's Sony Plays')를 통해서이다. 의자를 거꾸로 돌려 앉은 그의 사진이 상당히 도전적이었다. 이 다섯 페이지짜리 기사를 읽고 세계 시장에서 화려한 조명을 받고 있는 플레이스테이션이 외양과는 달리 그 탄생 과정이 순탄치 않았음을 알게 됐다. 좀더 알기 위해 자료를 모으는 과정에서 아사쿠라 레이지의 이 책을 만나게 된 것이다.

거대 기업 속에서 한 인물이 성취할 수 있는 경지는 어디까지일까? 아사쿠라 레이지의 이 책은 이에 대한 통찰을 제공한다. 구타라기 겐, 대학을 졸업

하고 소니에 입사하면서부터 그는 야망이 있었다. 샐러리맨으로서 정해진 계단을 착실히 올라가는 것이 아니고 거대 기업 속에서 그 무한한 자원을 활용해 대규모 비즈니스를 창출하겠다는 당돌한(?) 계획이 있었다.

무모해 보이는 그의 계획만큼 그의 길도 파란만장하다. 아날로그 기술이 판치던 그 시절에 겁 없이 디지털로 가야 한다고 외치고 다녔다. 당시 소니는 강력한 아날로그 기술 중심의 회사였다. 주류에 반기를 든 구타라기는 당연히 미운 털이 박혔다. 그가 가정용 게임기 플레이스테이션을 만들겠다고 하자 더 난리가 났다. 천하의 소니가 아이들 장난감 같은 것을 만드느냐, 게임 시장의 진흙탕 속으로 소니를 밀어넣고 있다 등등. 비난의 화살이 그에게 쏟아졌다.

20세기를 통틀어 비즈니스 역사에서 유례를 찾기 힘든 1990년대 소니의 경이적인 성장은 이처럼 상식을 뒤집은 한 인물의 불굴의 집념에서 비롯됐다는 것을 이 책을 통해 알게 된다. 아이들 장난감이라고 비웃음을 받던 플레이스테이션은 지금 소니의 가장 큰 수입원이 된 것이다.

이 책은 바로 플레이스테이션 프로젝트의 잉태에서 탄생까지 그 전 과정을 추적하고 있다. 구타라기는 어느 날 소니가 개발한 '시스템G'라는 신기술과 맞닥뜨리게 된다. 어떤 영감이 그의 머리를 강타했다. 비즈니스의 촉각을 곤두세우고 있던 그는 거기서 바로 자신의 목표인 대규모 비즈니스의 가능성을 읽은 것이다. 그러나 신기술이 모두 상품으로 연결되는 것은 아니다. 제아무리 훌륭한 기술이라도 상업화에 실패해 사장된 기술이 한둘이 아니라는 것은 현대 기업사가 말해주고 있다. 이 책은 구타라기라는 인물과 소니의 시스템이 이 신기술을 어떻게 성공적으로 상업화하는가에 포커스를 맞춘다.

플레이스테이션 프로젝트는 엉뚱하게도 그 신기술을 게임기와 연결지은 명쾌한 비전을 가진 한 인물의 집념에서 비롯됐지만 상업화하는 과정에서 소니의 시스템이 없었다면 그런 대성공은 어려웠을 것이다. 이 책에서 얻을 수 있는 또 하나의 소득은 경영진 회의에서 프로젝트 강행을 결정하자마자 하나의 목표를 향해 일사불란하게 돌아가는 소니의 거대 시스템, 바로 세계 시장을 주름잡는 힘의 실체를 보게 된다는 점이다. 오가 노리오 사장의 결단, 불가능에 도전하는 소니 엔지니어들의 열정, 기존 유통 구조의 허점을 파고들어 거기서 새로운 유통 시스템을 창출한 마케팅 귀재의 아이디어, 소니가 게임 산업을 시작한다고 했을 때 코웃음치던 게임 제작자들을 소니 진영으로 끌어들이기 위해 벌인 다단계 전략, 상식을 뒤집은 광고 전략, '디자인의 소니'라는 명성을 쌓아온 소니의 디자이너들이 최고의 디자인을 뽑아내기 위해 벌이는 고뇌 어린 작업, 이 모든 것이 플레이스테이션이라는 게임기 박스 속에 녹아 들어가 있었던 것이다.

1994년 12월 3일 출시된 플레이스테이션은 실감나는 화면으로 게임 애호가들을 매혹시키면서 7천만 대 이상이 팔려나갔다. 저자 아사쿠라 레이지는 바로 이 1세대 플레이스테이션의 잉태에서 탄생, 세계 게임기 시장을 평정하기까지의 과정에 초점을 맞추고 있다. 그는 수많은 관련자들을 인터뷰해 얻은 증언을 토대로 소설처럼 재미있게 재구성한 것이다.

역자가 굳이 1세대라고 이름 붙인 것은 플레이스테이션이 아직 진행형이기 때문이다. 진화를 계속하고 있는 것이다. 이 책이 나오고 난 후의 진전 상황을 역자가 보충해야 할 필요가 생긴 것이다. 구타라기는 1세대의 성공에 만족하지 않고 1999년 3월 1세대보다 데이터 처리 능력을 7백~8백 배 더 높이고 DVD-ROM을 장착한 2세대 플레이스테이션 PS2를 내놓았다. 이것 역시 1년에 1천 8백만 대가 팔려 나가면서 장난감 정도로 무시당하던 게임기가 이제는 소니 전체 수익의 절반 이상을 벌어들이는 대표 상품이 되었다.

회사 내의 문제아였던 구타라기는 소니 그룹의 플레이스테이션 전담 자회사인 소니 컴퓨터 엔터테인먼트의 CEO로 화려한 비상을 했다. 대규모 사업을 일으키겠다는 그의 꿈은 이뤄진 것 같으나 그는 여기에 멈추지 않는다. 구타라기는 PS2보다 처리 능력이 무려 1천 배나 더 높은 신개념의 게임기 PS3를

2005년에 선보인다는 야심찬 계획을 진행하고 있다. 이 새 기계의 막강한 힘의 비밀은 내장될 셀 컴퓨팅 칩(cell-computing chip)에 숨어 있다고 한다. IBM-도시바와 연합 전선을 구축해 개발하고 있는 이 새로운 개념의 칩은 컴퓨팅의 분산 처리를 가능하게 한다. 광대역 인터넷으로 연결돼 있는 PS3들은 파워가 더 필요하면 놀고 있는 다른 PS3에서 빌려올 수도 있다. 혼자서는 불가능한 일들이 가능해지는 것이다. 앞으로 게이머들은 컨트롤러나 마우스 대신 웹캠 앞에서 손짓으로 게임을 할 수 있을지도 모른다.

그러나 특기할 사항은 PS3에 막강한 하드드라이브가 들어간다는 점이다. 여기에 인터넷에서 다운로드 받은 음악을 1만 2천 8백 시간 분량까지, 영화는 2천 시간 분량까지 저장할 수 있다. 가정에서 PS3를 엔터테인먼트의 센터가 되게 한다는 게 이 프로젝트의 핵심이지만 의미심장한 것은 컴퓨터까지 대체할 수 있는 능력을 갖게 된다는 점이다. 플레이스테이션의의 경쟁 상대는 이제 게임기만이 아니라 PC까지 확대될 것이다. TV와 연결된 플레이스테이션이 안방에서 PC까지 대체하려 하고 있는 것이다.

진화를 계속하고 있는 게임기 플레이스테이션이 우리 안방의 풍경을 어떻게 바꿔놓을지 궁금하다.

2003년 7월
이종천

열정:
구타라기 겐,
언제나
논쟁의 중심에 서다

시스템 G와의 만남

1984년 9월 어느 날, 일본 아쓰기에 있는 소니 공장의 한 구석 방에서 컴퓨터 모니터를 보고 있던 구타라기 겐은 자신의 눈앞에서 벌어지는 광경에 입을 다물 수가 없었다. 컴퓨터로 만든 얼굴 이미지가 간단한 조작에도 모양이 달라지는 것이었다. 얼굴을 키우거나 작게 하는 것은 물론이고 주위의 사물과 합치거나 분리하는 것도 마음먹은 대로 할 수 있었다.

이런 놀라운 일이 가능한 것은 새로 개발된 시스템G라는 컴퓨터 그래픽 시스템 때문이었다('G'는 이미지에 해당하는 일본 말 '가조[がぞ う]'에서 따온 것임). 시스템G는 실시간 3차원(3D) 텍스처 매핑(texture mapping)이 가능한 프로그램이었는데, 지시하는 대로 이미지가 즉각 반응할 뿐 아니라 생동감도 있었다. 그때까지만 해도 모니터에서 이미지를 옮기려면 복잡한 계산과 이에 따른 일련의 지시어를 입력해야만 가능한 일이었는데, 간단한 조작에도 이미지가 움직이는 것을 보고 구타라기는 놀랐다. 지금은 소니의 자회사 소니 컴퓨터 엔터테인먼트의 CEO인 그는 "당시 최첨단 그래픽 시스템보다도 크게 앞서 나간 것이었다. 나는 충격을 받았다."고 회고한다.

시스템G는 소니 정보처리연구소가 3D 데이터 처리를 위해 방송용으로 개발한 기하학적 엔진(geometric engine)이다. 지금은 없어졌지만 소니 정보처리연구소는 디지털 신호 처리를 연구하는 중추 기관이었다. 데이터 압축에서 네트워킹, 커뮤니케이션 프로토콜까지 광범위한 디지털 기술을 다루고 있었는데 구타라기는 바로 이곳의 연구원이었다. 시스템G가 이 연구소의 개발 팀에 의해 완성됐을 때 구타라기가 이곳에서 일하고 있었고 또 이 사내가 그 기술과 만나게 되는 것은 숙명이라고 설명할 수밖에 없을 것 같다. 시스템G에 의해 자유롭게 움직이는 이미지를 보다가 어떤 영감이 구타라기의 머리를 강타한다.

'이 시스템G를 이용하면 파워풀한 게임기를 만들 수 있지 않을까…….'

나중에 소니의 최대 히트 상품이 될 플레이스테이션(PlayStation)이라는 게임기의 개념이 잉태되는 순간이다. 시스템G를 게임기에 결합한다면 매력적이면서 흥미진진한 게임을 만들 수 있을 것이다. 당시 유행하던 닌텐도의 게임기 패미컴(Famicom：family+computer)은 2차원의 단순한 이미지밖에 보여주지 못하고 있음에도 그 오락성 때문에 큰 인기를 얻고 있었다. 시스템G로 패미컴을 업그레이드한다면 대단한 물건이 될 것이라고 구타라기는 생각한 것이다.

평소에도 그는 컴퓨터 그래픽에 매력을 느끼고 있었다. 대학 졸업 논문도 컴퓨터 그래픽을 어떻게 의료 장비에 응용할 것인가를 주제로 삼아 쓸 정도였다. CT로 스캐닝한 X레이 이미지와 헤모글래빈 모양을 보고 이상 징후를 구별해내고, 변형을 일으킨 세포핵을 찾아내어 그것을 좀더 잘 보이게 할 수 있는 방법을 탐구한 논문이다. 컴퓨터 그래픽에 대한 조예가 이미 있었기 때문에 시스템G를 보자마자 이것이 얼마나 혁신적인 기술인가를 바로 알 수 있었던 것이다.

그러나 구타라기의 관심은 이것만이 아니다. 시중에 나와 있는 게임기와 PC를 두루 갖고 있을 정도로 컴퓨터에 관한 것이면 모두 좋아했다. 그 중에서도 주요 관심사는 하드웨어로 특히 반도체 기술과 마이크로프로세서의 응용에 흥미가 있었다.

"내가 대학 연구원으로 있을 때 인텔에서 4004, 8080 마이크로프로세서를 잇따라 출시했다. 나는 그것들이 나오자마자…… 지금은 골동품이 되어버렸지만 세계 최초의 전자계산기를 그것도 거금 10만 엔이나 주고 샀다. 소니에 입사해서도 '핑퐁(Ping Pong)' 게임의 샘플 회로인 초집적회로(LSI)를 사서 직접 조립, 스키장까지 갖고 가 TV에 연결한 다음 게임을 즐겼다."고 구타라기는 회고한다.

구타라기는 1983년 닌텐도에서 게임기 패미컴을 내놓았을 때 두 살짜리 아들을 위해 그것을 구입했다. 자신이 직접 해보니 너무 재미있었다.

"나는 비즈니스적인 관점에서 검토를 해보았다. 아들 앞에 패미컴과 소니의 MSX를 놓고 그 아이가 무엇을 선택하는지 지켜보았다. 아들은 패미컴을 집어 들었다. MSX보다는 패미컴을 갖고 노는 것을 더 좋아하는 것 같았다. 나는 패미컴에 빠져들었다."

'비즈니스적인 관점에서'라는 말은 구타라기의 기업 인생에서 떼어놓을 수 없는 말이다. 그는 패미컴을 보자마자 그 시장성부터 따지기 시작한 것이다. 아들의 선택은 앞으로 대중화될 수 있는 것은 소니의 MSX가 아니고 패미컴이라고 말해주고 있었다. 그러면 패미컴의 무엇이 구타라기의 마음을 사로잡았을까. 그는 이렇게 설명한다.

"당시 IBM PC는 초록색 한 가지밖에 나타내지 못했다. 핑퐁 게임을 즐기기에는 그것으로도 충분했지만 패미컴은 한 걸음 더 나아갔다. PC와 MSX는 8도트(dot) 이미지를 만들어냈지만 패미컴은 싱글 도트(single dot) 이미지를 창출했다. 그것은 대단한 일이다. 또 소프트웨어 '동키 콩(Dongkey Kong)'과 '로드 러너(Road Runner)'도 너무 재미있었다. 그러나 무엇보다도 패미컴의 하드웨어가 나를 사로잡았다."

구타라기가 시스템G와 만났을 때 바로 패미컴과 이 기술을 곧바로 연결지은 것은 이런 이유가 있었다.

■ 소니에서의 첫 출발 : 반동 그룹의 리더가 되다

구타라기가 엔지니어의 관점에서만 시스템G와 패미컴을 결합하는 아이디어를 떠올린 것은 아니었다. 그는 언제나 흥미 있는 아이디어와 만나면 여느 엔지니어와는 달리 이 기술을 어떻게 상업화할 것인가를 먼저 생각했다. 이런 버릇이 생긴 것은 그의 유년 시절까지 거슬러 올라간다.

구타라기는 1950년 도쿄에서 태어났다. 흔치 않은 그의 성(姓)은 구마모토 현의 한 마을에서 유래된 것이다. 그의 아버지 구타라기 다케지는 일찍이 가족과 함께 타이완으로 이주, 거기서 타이베이 대학을 나왔다. 친척의 도움을 받아 타이베이에서 가장 큰 서점을 운영할 정도로 기반을 닦았으나 일본의 패전으로 한순간에 날아가버리고 말았다. 일본으로 돌아온 그는 도쿄에 짐을 풀었지만 하루하루를 어떻게 연명해야 할지 막막하기만 했다. 이런 막다른 상황에서 시작한 것이 조그만 인쇄소이다.

초등학생 구타라기도 아버지 일을 돕지 않으면 안 되었다. 학교에서 돌아오자마자 그는 고객들을 직접 찾아다니면서 일감을 받아 오기도 하고, 인쇄소 일을 거들고, 밤 11시까지 배달도 했다. 비록 어린아이였지만 하루하루 누구 못지않게 열심히 일을 했다. 일이 끝나면 너무 지쳐서 바로 잠에 곯아떨어지는 그런 나날이었다. 구타라기는 그 시절을 이렇게 회고한다.

"온 가족이 장기 휴가를 내서 여행을 한다는 것은 꿈도 꿀 수 없는 일이었다. 아버지는 상인에겐 휴일이 없다면서 그러나 스스로 그만두지 않는 한 평생 할 수 있는 일이라고 말씀하시곤 했다."

구타라기는 이런 어려움 속에서도 대부분의 과목에서 수를 받을 정도로 학교 성적이 좋았으나 체육과 사회 두 과목이 문제였다. 이 과목들의 부진이 때때로 어린 구타라기의 마음에 상처를 주기도 했다. 그는 키도 작고 튼튼한 아이가 못 되었던 모양이다. 또 어느 날 생활 지도교사로부터 협동심이 없다는 지적을 받고 고민했다고 한다.

그러나 어떻게 보면 그 교사의 지적은 정확했는지도 모른다. 그로부터 오랜 세월이 지난 후 구타라기가 소니 내에서 온갖 반대에 부딪히면서도 플레이스테이션 비즈니스를 밀어붙일 수 있었던 것은 이런 그의 개인적인 기질이 있었기 때문이 아닐까. 자신이 믿는 것이면 어떤 장애가 있더라도 일을 완수하려는 강한 의지, 이런 면이 타협을 모르는 독불장군처럼 보일 수도 있었을 것이다.

"아버지는 일본 정부를 신뢰하지 않았다. 아버지는 돈을 은행이나 우체국에 맡기는 법이 없었고 모두 현금으로 갖고 계셨다. 일본 사회 시스템을 믿지 못한 것이다."라고 구타라기는 말한다.

구타라기가 대학 연구원이 됐을 때 아버지가 병이 들었다. 젊은 구타라기는 아버지 일을 이어야 한다고 생각했으나 아버지의 생각은 달랐다.

"인쇄소 일은 내 세대에서 끝내야 한다. 너는 좀더 멀리 내다보도록 해라. 진정 하고 싶은 일을 하거라. 우리는 대만에서 왔기 때문에 너를 도와줄 친척이나 영향력 있는 사람은 없지만 나는 약간의 돈을 모을 수 있었다. 의사나 변호사, 그 무엇이든 자신이 원하는 일을 하거라."

아버지는 자식이 원한다면 그것을 뒷받침해줄 수 있을 정도로 충분한 돈을 갖고 있었다. 그는 아들이 좀더 큰 물에서 일하기를 바란 것이다.

"너는 이제 성인이다. 지금부터 너의 미래는 스스로 선택하도록 해라. 아버지 일을 이어야 한다는 의무감을 가질 필요는 없다."

구타라기는 자신이 상인의 아들이라는 데 늘 자부심을 갖고 있었다.

돈을 벌기 위해 열심히 일해야 한다는 근면성은 어렸을 때부터 몸에 밴 것이다. 그러나 샐러리맨이나 공무원은 되고 싶지 않았다. 다른 사람에게 고용되어 일한다는 것은 체질에 맞지 않았다. 초등학생 때부터 아버지 일을 도와온 그의 성장 과정이 말해주듯이 사업을 해야 한다는 것은 구타라기에게는 당연한 생각이었다.

대학을 졸업하자마자 바로 사업을 시작하고 싶었다. 그러나 당시의 사회 여건으로 대학을 갓 나온 사회 초년생이 기업가로서 빠른 성공을 거둔다는 것은 힘들어 보였다. 지금은 대학 졸업생들이 바로 벤처 기업을 시작하는 게 드문 일이 아니지만 1970년대 중반만 해도 구타라기 세대에게 벤처는 듣지도 보지도 못한 단어였다.

"먼저 비즈니스 경험을 쌓는 게 필요하다고 생각했다. 그런 후 내 사업을 시작해도 늦지 않을 것 같았다. 그러나 더 중요한 것은 내가 무엇을 좋아하는 것일까, 나는 무엇에 자신이 있는 것일까, 그러면 앞으로 무엇을 할 것이냐를 결정하는 일이었다. 결론은 전자와 컴퓨터였다. 그것들이 나의 일이 된다면 하루하루가 기쁠 것 같았다. 그러나 그 일에서 즐거움을 느낄 수 있으려면 그에 걸맞은 기술력을 닦고 지식을 습득해야 한다. 먼저 해야 할 일이 정해진 것이다."

청년 구타라기는 한 회사에 흥미를 갖고 있었다. 바로 소니이다. 지금은 소니가 대학 졸업생들이 가장 선망하는 회사 중의 하나이지만 당시에는 그렇지 못했다. 전통적인 일본 기업들과는 달리 전후 소니는 탁월한 기술력을 앞세워 급성장하는 회사였다. 근사한 고탄다의 본사 건물과 호도가와, 요코하마 중앙연구소, 소니의 공동창업자 이부카 마사루(井深大)가 쓴 트랜지스터에 관한 이야기를 읽고 마음이 끌렸다. 구타라기는 소니에서 그의 지적 탐구를 계속할 수 있을 것 같았고 무엇보다도 학력 차별이나 족벌의 경영 참여가 없어서 좋았다. 또 그 회사에는 능력 있는 직원들이 많아서 그가 엔지니어로서 실력을 닦는 데 큰 도움을 받을 수 있을 것 같았다. 구타라기가 자신의 학문적 조언자에게 소니에 가고 싶다고 말하자 그 교수도 동의한다.

"맞아, 다른 회사에서라면 갈등을 겪겠지만 소니에서라면 잘할 수 있을 거야."

그러나 구타라기의 친구들은 관료가 되거나 일본의 공공전화 회사(NTT) 또는 중장비 회사에 들어가려고 기를 쓰고 있을 때였다. 소니 같은 가전 회사에서 일하고 싶어한다는 것은 정상처럼 보이지 않았다. 그러나 구타라기는 달랐다. 오직 소니에만 관심을 보였다. 그의 외고집을 알 수 있는 대목이다.

그는 입사 원서를 내자마자 가채용 통보를 받는다. 구타라기는 아버지가 그렇게 기뻐하는 것을 본 적이 없었다고 한다. 아버지는 인맥이나 집안 배경이 없는데도 스스로 소니에서 일자리를 얻어낸 아들이 놀랍기도 하고 대견하기도 했던 것이다. 당시 소니는 대학생들 사이에서 지명도가 1, 2위인 미쓰비시나 미쓰이에 비하면 훨씬 뒤처진 15위에 불과했다.

"그래도 아버지는 기뻐하셨다. 왜냐하면 소니는 자이바쓰(재벌)가 아니었고 또 기득권 세력도 아니었다. 다시 말하면 일본의 전통적인 기업이 아니었기 때문이다."

구타라기는 1975년 소니에 입사한다. 당시 일본은 오일 쇼크에 따른 경기 침체를 겪고 있던 때였다. 그래서 소니는 신입 사원 뽑는 것을 중단하고 있었으나 고용 동결이 나중에 더 큰 문제를 불러올 것이라고 판단하고 소수 정예요원만 뽑기로 한다. 구타라기가 바로 선택된 소수 중의 한 사람이었다. 당시 같이 입사한 동료들은 대부분이 구타라기처럼 괴짜가 많았다. 구타라기는 사람을 끌어모으는 능력 때문에 자연스럽게 그들의 리더로 떠오른다.

"나는 반동 그룹의 기수였다. 회사 쪽에서 보면 블랙리스트의 맨 앞 자리에 올라 있을 그런 인물이었다."고 고백한다.

소니에 들어가서 얼마 안 돼 구타라기는 실제 일하는 사람이 소수라는 것을 알고는 경악했다. 1970년대부터 연례화된 춘투가 정점에 이르면서 파업이 전국적으로 확산되고 있던 중이었다. 도쿄 시나가와 구의 고텐야마에선 대규모 집회가 열리고 확성기 소리가 요란한 가운데 붉은 깃발이 펄럭이고 있었다. 구타라기는 사람은 일을 해야 한다고 배워왔으나 지금까지 쌓아온 그의 윤리관이 파업 문화 때문에 뒤집히고 있었다. 그러나 그는 지금 일어나고 있는 일들에 개의치 않기로 한다. 천직으로 생각한 엔지니어의 길을 가기 위해 자신의 자유를 즐기기로 결정한다. 그의 첫 결심은, 그래도 자기는 일을 한다는 것이었다.

그는 소니에서 앞으로 10년 동안 엔지니어로서 경험을 쌓는 데 전력투구하겠다고 맹세를 한다. 행복하다고 해야 할까, 그는 이 첫 10년이 그를 플레이스테이션이라는 게임기의 세계로 이끌어 가리라는 것을 아직 모르고 있었으니 말이다. 운명은 구타라기를 아쓰기에 있는 소니 정보처리연구소로 한걸음 한걸음 이끌어 가고 있었다.

▍디지털의 매력에 빠지다

구타라기가 입사 후 처음 배치된 곳은 디스플레이 장치들을 고안해내는 제1개발부서였다. 바로 트리니트론(Trinitron)을 개발한 곳이다. 그의 첫 과제는 액정 디스플레이(LCD: liquid crystal display)를 어떻게 응용할 것인가였다. 그 당시 LCD 장치 개발은 걸음마 단계여서 유일하게 계산기에 쓰이고 있었을 뿐이다. 구타라기는 TV에 쓸 수 있는 평면 디스플레이 개발에 도전한다. 입사한 지 1년 만에 구타라기는 TV 영상을 100×80픽셀로 표현하는 데 성공한다. 그는 또 대형 스크린에 투영할 수 있는 LCD 프로젝터 프로토타입도 만들었다. 수년 후 다른 회사들이 이 방식을 채택해 상당히 큰 재미를 보았다.

그러나 구타라기의 프로젝트는 부서 내의 알력 때문에 빛을 보지 못하고 만다. 그것은 차세대 디스플레이 기술로 전자발광(EL: electro-luminescence) 시스템과 플라스마 시스템을 지지하는 세력 사이의 갈등 때문이었다. 신출내기인 구타라기는 현존하는 파워 그룹의 지지를 얻을 수가 없었던 것이다. 더욱이 소니는 자신들의 기술인 트리니트론을 이용한 TV 개발을 완성한 지 얼마 안 됐기 때문에 아직 LCD TV가 설 자리는 없었다.

"희망이 안 보였다. 너무 실망스러웠다."고 구타라기는 회고한다.

그러나 구타라기는 이에 굴하지 않고 이내 일어선다. 자신의 취미 중의 하나이기도 한 오디오 제품에 관련된 새로운 아이디어로 빠르게 옮겨간다. LCD를 오디오에 응용하면 어떨까? 그는 LCD 카세트데크 피크 레벨 측정기 개발에 몰두한다. 당시에는 바늘이 달린 볼륨 단위 측정기(volume unit meter)가 주류였는데, VU 측정기는 성능은 좋았지만 복잡한 구조 때문에 가격이 만만치 않았다. 구타라기는 그것을 LCD 측정기로 대체하고 싶었다. 지금까지 숫자로 표시하던 음량의 차이를 숫자 대신 청색과 오렌지색 막대 그래프로 나타내면 어떨까, 또 최고치를 막대 그래프의 정점에 잠시 동안 나타내기 위해 신호 처리 방법을 사용했는데 실용적이었을 뿐 아니라 특색이 있고 재미있었다.

"하루는 실험에 몰두하느라 소니 창업자인 이부카 씨가 뒤에서 지켜보는 줄도 모르고 있었다. 그는 눈을 반짝거리면서 말했다. '이거 재미있군. 오디오 부서 친구들에게 보여줬어? 아직 안 보여줬다면 내가 당장 연락을 하지.' 그 다음 날 오디오 부서에 있는 사람들이 찾아와서 빨리 상업화하자고 재촉을 했다."

그러나 LCD 피크 레벨 디스플레이는 이부카의 시선은 끌었으나 제조 단가가 높아 대량 생산에는 알맞지 않았다. LCD 디스플레이를 내장한 카세트데크가 개발됐지만 너무 비쌌다. 그래서 구타라기는 생각을 바꿔 수단에서 결과를 분리한다. 그의 목표는 모든 기계적인 카세트데크 측정기를 디지털 막대 그래프 측정기로 바꾼다는 것이었다. 기능이 같은 발광 다이오드(LED: light emitting diode)를 쓰면 비싼 LCD를 사용할 필요가 없다. 왜냐하면 동일한 신호 처리 방법을 쓰기 때문에 피크 밸류 디스플레이 기능은 그대로 유지할 수 있는 것이다. LED 막대 그래프 디스플레이는 대단한 성공을 거두었다. 그 기술은 곧바로 비디오 플레이어에도 응용이 됐다. 다른 회사들도 따라왔다. 결과적으로 소니는 모두 1천만 개를 팔 수 있었다.

소니에서의 초창기 경험이 구타라기의 발명에 대한 의욕을 자극한다. 모든 경험이 그의 경력을 쌓는 데 유용하다고 생각하고 무언가를 만들어내는 일에 푹 빠져들었다. 그는 신기술을 창안하고 구체화하고 상품에 응용하는 과정이 너무 재미있었다. 각 단계마다 창의성이 필요했다. 자신이 아이디어를 짜내면 짜낼수록 그만큼 성능은 좋아지고 자신이 바라는 결과물로 보답을 한다. 무엇보다 좋은 것은 그가 공들여 창안해낸 제품들이 많은 사람에게 유용하게 쓰인다는 점이었다. 구타라기는 세상 사람들에게 유용한 상품을 만든다는 매혹적인 일에 점점 빠져들어갔다.

▌▌ 구타라기의 열정 : "내 기술로 세상을 바꾸고 싶다"

소니의 2인치 플로피 디스크 개발은 구타라기를 디지털의 세계로 이끄는 중요한 계기가 된다. 한동안 소니는 아날로그 기술을 채택한 2인치 플로피 디스크를 '이제 더 이상 필름이 필요 없습니다' 라는 캐치프레이즈와 함께 시판하고 있는 자기 저장 스틸 비디오 카메라인 마비카(Mavica)에 사용해왔다. 구타라기는 이렇게 설명한다.

"당시 마비카는 아날로그 저장 장치를 사용했기 때문에 신호 처리 능력에 한계가 있었다. 2인치 플로피 디스크 자체만 놓고 볼 때 그것을 마비카에 내장하면 수요는 극히 제한될 것이다. 그러나 그것을 디지털 신호를 저장하는 일반적인 장치로 개발한다면 엄청난 수요를 창출할 수 있을 것이다."

이를 위해 그는 잡음을 제거하는 에러 수정 알고리즘 연구에 들어간다. CD와 같은 광디스크를 읽는 과정에서 많은 에러가 발생해 그것을 잡아줘야 했다. 반면에 자기(magnetic) 매체는 테이프 헤드가 직접 닿기 때문에 그만큼 정확히 읽을 수 있어 수정 작업이 필요 없는 것으로 여겨지고 있었다.

마비카의 2인치 플로피는 속도가 3,600rpm이었다. 그러나 그런 초스피드를 내려고 하다보니 에러 발생 빈도도 커졌다. 에러 수정이 필요하게 된 것이다. 에러 수정 장치의 개발은 구타라기에게는 매력적인 영역이었다. 그러나 그는 이 분야에 대한 연구만으로는 이 회사에서 살아남을 수 없다고 깨닫기 시작한다.

당시 또 다른 소니 부서에서는 숙적 히타치와 맞서 3.5인치 플로피 디스크를 산업 표준으로 만들려고 필사적인 노력을 하고 있었다. 히타치는 3인치 포맷으로 맞서고 있었다. 그러나 소니는 이 두 가지 포맷을 동시에 개발해놓고 있었다. 하나는 산업 표준으로 밀고 있었고 또 다른 하나는 구타라기와 같은 젊은 엔지니어들이 모험심을 발휘해 개발한 것이다. 하지만 한 회사에 두 개의 포맷이 병존하는 것은 용납이 안 되는 일, 어느 하나를 선택해 역량을 집중해야 한다.

그러나 구타라기에게는 비전이 있었다. 1985년 5월 31일, 2인치 플로피 개발을 계속할 것인지 여부를 결정하기로 한 날, 구타라기 팀과 사내에서 우위를 점하고 있는 3.5인치 개발 팀이 격돌한다. 3.5인치 그룹에겐 2인치 그룹이 늘 눈엣가시였다. 회의가 열리기 몇 주 전부터 2인치 프로젝트는 폐기될 것이라는 소문이 무성하게 나돌았다. 그 회의에 대비해 구타라기 팀은 주말과 휴일까지 반납한 채 프로토타입을 완성한다. 그날 회의에서 그들은 자신들의 프로토타입을 열심히 세일하면서 개발을 계속하게 해달라고 간청한다. 결국 그날 프로젝트 폐기 결정은 내려지지 않는다.

소니에서 10년째가 되는 해였다. 구타라기는 라이벌과 정면에서 머리 터지는 싸움을 하기보다는 막후에서 해결하는 방법도 배우게 된다. 3.5인치 플로피 디스크가 산업 표준으로 예정돼 있다면 2인치 플로피 디스크는 같은 길을 갈 이유가 없었다. 그의 다음 전략은 2인치 플로피를 전자 카메라 회의에서 디지털 데이터 표준으로 채택되도록 한다는 것이었다. 구타라기는 자청해 그 회의의 스터디 그룹 대표를 맡고 한 달에 두 번 미팅을 주재한다.

그의 생각은 이랬다. "히타치, 마쓰시타 전기, 후지 필름, 캐논과 같은 선두 제조업체를 포함한 업계 전체가 공동으로 2인치 플로피를 연구한다면 분명 소니는 이 포맷을 무시할 수 없을 거야."

이때부터 소니의 엔지니어로서 구타라기의 경력은 갑자기 파란만장하게 된다. 자신이 추구하는 목표를 이루어내기 위해 엔지니어로서의 끈기를 체득하고, 난관을 돌파하기 위해, 주어진 프로젝트를 완성하기 위해, 모든 가능한 수단을 동원하는 실행력도 얻게 된다. 구타라기는 자기 나름의 생존 기술을 터득한 것이다. 이것은 훗날 게임기 개발을 향해 때로는 우회하기도 하고, 온갖 역경을 극복하면서 자신의 목표를 이루어나가는 데 유감없이 발휘된다.

▮ 소니 내부의 '디지털 혐오주의자들'

2인치 플로피 디스크가 마침내 전자업계의 표준으로 채택되면서 소니와 산요의 워드프로세서에 구현이 된다. 에러 수정과 고밀도 저장 기술을 응용한 초고속 플로피 디스크 기술을 개발한다는 구타라기의 비전이 실현된 것이다. 자신이 창안한 제품을 세상에 내놓겠다는 목표를 재다짐한다.

그러나 그때 구타라기는 더 원대한 꿈에 사로잡혀 있었다. 바로 디지털 신호 처리이다. 에러 수정에 대한 연구를 하면서 디지털 기술의 무한한 가능성을 알게 된 것이다. 소니는 디지털 기술을 빨리 포용해야 한다고 만나는 사람마다 설득을 시도했다. "컴퓨터 시대가 오고 있는 것이 분명하다. 이를 준비하기 위해 소니는 독자적인 강력한 디지털 기술을 구축해 컴퓨터 시장으로 들어가야 한다."

당시 디지털 기술을 사용한 제품은 손에 꼽을 정도로 적었다. 오늘날은 도처에 퍼져 있지만 1985년 소니에선 CD 플레이어가 유일한 디지털 장치였고 아날로그 녹음(long playing recording) 기술이 여전히 주류를 차지하고 있었다. 그러나 CD와 LP의 관계는 불과 2년도 안 돼 역전이 된다.

　PC의 경우 운영 체제로 마이크로소프트의 MS DOS만이 나와 있었고 사용하기 어려운 그 기계를 아주 소수의 사람들만이 구입했다. 그러나 구타라기는 마이크로프로세서가 나오자마자 자신이 직접 컴퓨터 시스템을 구축하기 위해 시행착오를 거듭한다. 이런 일에 경쟁하는 사람은 전문 연구원이나 쟁이들밖에 없었다.

　2인치 플로피 디스크 프로젝트를 하기 전에 구타라기는 LCD 측정기를 개발하면서 소니 오디오 부서의 엔지니어와 함께 일할 기회가 있었다. 당시 반도체 메이커는 4비트 칩을 내놓고 이를 소니 같은 제조 회사에 공격적으로 팔고 있었다. 그런데 문제는 아날로그 회로 디자인에 정통한 엔지니어조차 소형 컴퓨터용 프로그램을 개발해본 경험이 없다는 점이었다. 사실 오디오 부서에는 그런 프로그램을 개발할 장치조차 없었다.

　구타라기는 다른 회사의 마이크로컴퓨터에도 쓸 수 있는 응용 소프트웨어 개발을 위해 컴퓨터 개발에 착수한다. IBM PC와 마이크로소프트의 운영 체제가 나오기 한참 전의 일이다. 유일한 운영 체제는 8비트 CPU용 디스크 운영 체제인 CP/M뿐이었다. 구타라기는 영어 매뉴얼과 씨름하면서 집적회로를 배열해 기판을 완성하고 CP/M을 탑재해 컴퓨터 시스템을 만들어냈다.

　엔지니어로서 그의 기술이 두각을 나타내는 시점이다. 아주 짧은 기간에 그는 시중에 나와 있는 여러 제조업체의 4비트 마이크로컴퓨터용으로 20개가 넘는 어셈블러(assembler)를 쓴다. 지금까지도 그가 하드웨어와 마찬가지로 소프트웨어 개발에도 관여할 수 있는 것은 이때 닦은 탄탄한 기술력 때문일 것이다. 그의 지도 아래 소니 오디오 부서의 엔지니어들은 마이크로컴퓨터에 사용할 응용 소프트웨어 개발에 착수, 카세트데크의 기계적 제어 디스플레이 프로그램을 만들어낸다.

구타라기는 오디오 부서의 신입 사원들에게도 프로그램 개발 방법을 가르친다. 그와 동료는 엔지니어들의 질문에 대답하다 자연스럽게 어셈블러 개발의 공동 책임을 맡게 되고 반도체 제조 회사보다도 더 나은 어셈블러 개발 환경을 만들어내는 기틀을 마련한다. 이런 개발 환경이 소니 오디오 장치 디자인의 효율성을 높여 경쟁자들보다 우위를 차지할 수 있게 하는 데 큰 힘이 되었다. 또 나중에 플레이스테이션 개발에 아주 중요한 역할을 하게 된다.

구타라기는 디지털 회로 디자인과 컴퓨터 하드웨어, 소프트웨어 개발에 매진한다. 소니에는 이 분야에 경험이 많은 엔지니어가 없다는 점도 있었지만 구타라기는 소니에 '디지털 문화'를 주입해야 한다는 나름대로의 사명감을 가지고 있었다. 그는 소니의 경영진과 직원들이 아날로그 기술보다 신호 처리가 자유로운 디지털 기술의 무한한 가능성을 이해하기를 바랐다.

그러나 불행하게도 당시의 소니는 구타라기의 이런 생각을 받아들일 환경이 안 돼 있었다. 오히려 회사 상층부의 생각은 '반(反)디지털'이었다. 소니에서 디지털 기술은 CD 플레이어의 성공 덕분에 명맥은 유지하고 있었지만 소니 엔지니어의 사고 구조 속에 디지털 개념이 파고들 수 있었던 것은 한참 뒤의 일이다. 소니는 그만큼 강력한 아날로그 중심의 회사였다.

1985년의 상황은 더 심각했다. 구타라기가 디지털 기술에 회사의 역량을 기울여야 한다고 말할 때마다 모두의 반응은 냉담했다.

"말할 가치도 없다."

"그것은 소니의 금기이다."

지금까지도 구타라기는 제1개발부서의 선배가 그에게 한 말을 잊지 못한다. "자네가 디지털 기술 개발을 원한다고 하는데 소니에선 그런 말을 해서는 안 돼. 그러다가 당장 전출당할 수도 있어." 당시 소니에서 디지털 기술이 어떻게 인식되고 있었는지를 아주 명확히 보여주는 일화이다.

▌ 디지털 연구의 피난처를 찾아내다

소니가 개발한 세계 최초의 전자계산기 SOBAX가 가격 전쟁에 휘말려 시장에서 철수하게 된 것은 소니 엔지니어들의 자존심에 상처를 입혔다. 소니 엔지니어의 전통적인 계층 구조에서 맨 윗부분은 아날로그 회로 엔지니어가 차지하고 있었고 다음이 미케니컬 엔지니어, 포장 디자인을 담당하는 구조 엔지니어 순이었고 디지털 엔지니어는 이보다 7~8단계 아래인 맨 밑바닥에 자리하고 있었다.

게다가 당시 디지털 엔지니어의 일이라는 게 디지털 신호 처리나 컴퓨터 언어 개발이 아니고 비디오와 오디오 제어 장치의 디자인에 머물러 있어 디지털 일꾼은 막후의 지원 기능이나 맡는 하찮은 존재로 여겨지고 있었던 것이다. 이론적으로는 그들의 업무가 시스템 디자인의 가장 중요한 부분의 하나이지만 실제로는 회로 디자이너나 미케니컬 엔지니어의 작업을 마감하는 기계 수리공 정도의 역할밖에 못하고 있었다. 선배가 구타라기에게 한 충고는 그가 그런 하위 그룹으로 떨어지는 것을 그대로 두고 볼 수 없어서 한 말이었다.

그러나 선배가 예상한 시나리오는 현실이 돼가고 있었다. 2인치 플로피 디스크 프로젝트가 거의 유명무실해진 이후 어느 날 구타라기에게

VCR 시스템 부서로 옮기지 않겠느냐는 제안이 들어온다. 그때 베타맥스 대 VHS 전쟁의 소용돌이 속에서 소니는 조작이 간편한 VCR를 만드는 게 이 전쟁에서 이길 수 있는 해결책이라고 보고 있었다. 엔지니어로서 구타라기의 능력은 이미 회사 내에서 인정을 받고 있었고 그는 또 디지털 기술 전문가이기도 했다. VCR 부서에서 보기에 구타라기는 가장 바람직한 인력이었다.

"나는 자기 주장이 강하다는 말을 듣고 있었다. 소니에서 디지털 엔지니어로 일하겠다면 침묵하는 법도 배워야 한다고 생각했다."고 구타라기는 회고한다.

그러나 그는 VCR 시스템 제어 장치 개발에는 흥미가 없었고 대신 디지털 신호 처리 연구에 전념하고 싶었다. 구타라기의 원대한 플랜 1단계는 엔지니어로서 기술력을 갈고 닦는 것이 아닌가. 구타라기는 소니의 도이 도시오 이사에게 자문을 구한다. 그는 초강력 마이크로컴퓨터인 NEWS 워크스테이션 개발의 경영 부문을 맡고 있는 소니의 떠오르는 스타였다. 이 워크스테이션은 과학이나 엔지니어링, 디자인 응용에 필요한 매우 복잡한 계산을 수행하기 위해 개발되고 있었다. 구타라기는 도이 이사에게 이렇게 호소한다. "저는 디지털 신호 처리 연구를 하고 싶습니다. 장기적으로 저의 관심은 가정용 컴퓨터입니다."

도이는 "미스터 모리조노에게 가보라."고 조언한다. '미스터 모리조노'는 모리조노 마사히코로 소니의 부사장이었다. 그의 방송 장비 개발 팀은 아쓰기에 있는 공장에서 뛰어난 실적을 일궈내고 있었는데 '모리조노 사단'이라고 부르는 이 팀의 리더로서 그는 존경을 한 몸에 받고 있었다. 모리조노는 구타라기의 말을 듣다보니 동정심이 생겨 그를 아쓰기에 있는 소니 정보처리연구소의 요시다 히로부미 이사에게 보낸다. 구타라기는 그때서야 자기가 오랫동안 근무한 소니에 디지털 연구 시설이 있다는 것을 알고는 크게 놀란다.

아쓰기 시설은 소니에서 디지털 신호 처리 기술을 연구 개발하는 중추 기지였다. 디지털 필터, 디지털 신호 처리기(DSP)와 컴퓨터 그래픽 같은 주제를 연구하고 있었는데 VCR 부서가 반갑지 않았던 구타라기에게 이곳은 유토피아였다. 자기가 원하던 곳이 여기라는 것을 확신하고는 곧바로 전출 신청을 한다.

그러나 VCR 부서에서 가만히 있지 않았다. 구타라기의 아쓰기행을 저지하려고 비공식 전출 통보를 한다. 구타라기는 자기가 싫어하는 일을 해야 할 뿐 아니라 디지털 기술을 좀더 갈고 닦으려던 계획이 수포로 돌아갈 참이었다. 정보처리연구소에서 소명을 발견한 구타라기로서는 낙담이 이만저만이 아니었다. 그러나 그때 모리조노 마사히코에게서 걸려온 전화가 그를 다시 숙명의 길로 인도한다.

"나는 자네가 정보처리연구소로 가기를 바라네."

소니 부사장의 이 한마디가 구타라기에겐 사형 직전에 집행유예를 받은 것이나 마찬가지였다.

마침내 구타라기는 자기 본령의 중심에 서게 된 것이다. 그는 폭넓은 지식을 흡수하면서 연구에 열정을 바친다. 이 연구소가 무엇보다 좋은 것은 젊고 재능 있는 수백 명의 디지털 엔지니어가 모여 있다는 점이었다. 더욱이 그곳에는 구타라기에게 자극과 즐거움을 주는 학구적인 기풍이 있었다.

"소니에서는 새로운 비즈니스가 1백억 엔 정도를 움직일 정도면 큰 성공이라고 평가하고 있었다. 그러나 나는 앞으로 소니의 주요 수입원이 될 대규모 비즈니스를 꿈꾸고 있었다. 내 계획은 소수의 동료들과 벤처를 하는 것 또는 밖에서 나 혼자 힘으로 이룰 수 있는 것 이상의 대규모 비즈니스를 창출하는 것이었다. 소니와 같은 큰 회사와 함께 할 수 있는 그런 일 말이다."

구타라기의 이런 설명에서 그의 특이한 재능이 드러난다. 보통 연구소로 옮긴 엔지니어라면 연구원으로서 두각을 나타내거나, 새로운 발명을 하거나, 아니면 학회 같은 곳에서 논문을 발표해 인정을 받는다든지 학위를 추구하게 마련이다. 그러나 구타라기의 관심은 연구도 연구지만 비즈니스에 무게가 더 실려 있었다. 그의 야망은 거대 규모의 새로운 비즈니스를 출범시키는 것이다. 구타라기의 힘은 기술력과 그가 보유한 비즈니스 감각의 드문 결합에서 나온다. 바로 수년 후 그가 출범시킬 플레이스테이션 프로젝트는 3D 컴퓨터 그래픽 기술과 혁신적인 비즈니스 계획이 결합한 것이다. 바로 비즈니스맨이면서 디지털 기술 연구원이라는 구타라기의 복합적인 캐릭터가 제 빛을 드러내는 것이다.

구타라기가 소니 내에서 혁신적인 비즈니스를 시작하기 위해 필요한 씨앗을 찾고 있던 바로 그때에 그는 시스템G라는 컴퓨터 그래픽 기술과 만나게 되는 것이다. 이것을 자신의 아들을 매혹시킨 패미컴의 즐거움과 결합시킨다면 디지털 기술에 기반한 게임의 신세계를 열 수 있을 것이라고 보았다.

구타라기의 목표는 10년 앞을 보고 설정되어 있다. 구타라기는 항상 10년 단위로 생각한다. 소니에서의 첫 10년은 그의 기술력을 닦는 시기로 정해놓았다. 입사 10년 후인 1985년까지 그는 다양한 혁신 기술과 만나고 재능 있는 디지털 엔지니어 동료들을 많이 사귀게 된다. 다음 10년은 갈고 닦은 그 기술을 가지고 무언가를 이루어내는 것이다. 그는 정밀한 기술적 분석을 토대로 최첨단 기술인 시스템G가 10년 안에 소비재에 응용될 것이라고 보았다.

구타라기는 자신의 전망을 확신했다. 1990년대 중반에는 시스템G가 구현되고 어린 아이들은 3D 컴퓨터 그래픽 게임의 매력에 사로잡힐 것이다.

"추진하시오!":
결정 과정의 진통

▮ 도쿄 역 플랫폼에서의 충격

구타라기는 마치 무거운 물건으로 머리를 한 방 얻어맞은 것 같았다. 1991년 5월 29일 오전 8시 도쿄 역 21번 플랫폼. 구타라기는 신칸센을 막 타려는 참이었다. 목적지는 교토에 있는 닌텐도 본사. 그는 CD-ROM을 사용하는 소니 슈퍼 패밀리 컴퓨터(Super Famicom)를 시카고 가전 쇼(Consumer Electronics Show)에 출품하기 위해 세부 사항을 논의하러 가는 길이었다. 그러나 플랫폼에는 소니의 홍보 담당 이사인 이데이 노부유키가 손에 메모지를 든 채 그를 기다리고 있었다. 그가 전하는 뉴스에 구타라기는 놀라 자빠질 뻔했다.

"이보게, 구타라기 군, 이걸 읽어보게. 닌텐도가 소니와의 계약을 파기하고 필립스와 손을 잡아버렸어."

"뭐라구요? 그게 정말입니까!"

두 사람은 당장 신칸센 칸막이 방으로 예약을 변경하고 교토로 가면서 이곳저곳에 전화를 걸어 접촉을 시도한다. 필립스 본사에까지 국제전화를 걸어보았지만 그 뉴스에 대해 확인할 수는 없었다.

당시 필립스와 닌텐도 그리고 소니의 관계는 복잡하게 얽혀 있었다. 필립스는 CD/I(쌍방향 CD) 포맷을 추진하고 있었고 소니 역시 CD/I 팀을 갖고 있었다. CD/I 진영은 구타라기 팀이 개발하고 있는 CD-ROM 기계가 CD/I 포맷의 보급에 방해가 된다고 믿고 있었다. 왜냐하면 CD/I는 가정용 포맷이기 때문에 게임기 시장에서 닌텐도와 소니가 합작으로 개발한 CD-ROM 기계와 맞붙게 될 게 뻔했다. CD/I에 매달려 있는 사람들은 위협을 느끼고 어떻게 해서든 닌텐도와 소니의 협력 관계를 부수려 하고 있었다.

한편 닌텐도는 소니와 손을 잡고 있기는 했지만 사실은 불안했다.

소니가 기술 개발의 주도권을 계속 잡는다면 결국 게임 사업도 소니에 헌납하는 일이 생기지 않을까 하는 우려 때문이었다. 지금은 게임기 시장에서 닌텐도가 지배력을 갖고 있지만 소니는 탁월한 연구 개발 능력을 갖고 있어서 첨단 기술 경쟁에서 언제라도 경쟁자들을 제칠 수 있는 잠재력이 있다는 것을 아주 잘 알고 있었기 때문이다.

이 점에서 닌텐도와 필립스의 이해 관계가 맞아떨어졌다. 원수의 원수는 친구가 되는 것인가. 이런 상황이 두 회사를 급속도로 가까워지게 만들었다. 이런 사실을 전혀 모르고 있던 구타라기는 성실하게 소니 CD/I 팀에 정보를 제공하고 있었다. 1년 후 소니와 닌텐도의 관계가 끊어진다는 것은 상상조차 하지 못했다.

두 사람이 사실 확인을 하기도 전에 기차는 교토 역 플랫폼으로 들어섰다. 택시를 타고 도후쿠지 근처에 있는 닌텐도 본사로 향했다. 무거운 침묵이 두 사람 사이에 감돌았다. 닌텐도 본사에서 아라카와 미노루 닌텐도 아메리카 사장과 만난다.

"도대체 이게 어떻게 된 일입니까?"

그들이 항의하자 한동안 침묵하던 아라카와가 말을 꺼냈다.

"솔직히 말하면…… 사실입니다."

다시 침묵이 이어졌다. 이데이와 구타라기는 자세하게 알려달라고 했지만 아라카와는 더 이상 말을 하려고 하지 않았다. 어색한 침묵이 계속됐다.

"소니와의 계약은 어떻게 되는 겁니까?"

그는 이제 마지막이라는 듯 간단히 대답했다.

"우리는 합의 사항은 존중할 것입니다."

그는 거리를 두고 있었고 우호적이 아니었다. 더 이상 어떻게 해볼 여지가 없어서 두 사람은 포기하고 그 방을 나왔다.

도쿄로 돌아오면서 구타라기는 지난번 필립스를 방문했을 때 좀 이상했던 점을 생각해냈다. 슈퍼 패미컴에 대한 정보가 언론에 새어 나가는 바람에 기사들이 쏟아져 나오고 있었고 온갖 추측이 난무했다. 소니는 시카고 가전 쇼에서 슈퍼 패미컴의 베일을 벗기면서 게임기의 소프트웨어는 주로 미국에서 개발하겠다는 계획을 발표할 예정이었다. 구타라기와 소니의 CD 담당 직원은 필립스에 그 상황을 설명하러 5월 14일 네덜란드로 날아갔다. 소니는 모든 CD 포맷에 대해 필립스와 사전에 상의한다는 약조가 있었기 때문이다.

아인트호벤에 있는 필립스 본사에서 열린 회의는 뭔가 이상하고 어색한 분위기가 흘렀다. 구타라기가 자신이 힘들여 개발한 그 제품에 대해 열심히 프레젠테이션을 했지만 필립스 참석자들의 반응은 시큰둥했고 기분 나쁠 정도의 침묵이 계속됐다.

구타라기는 그 당시 이미 닌텐도가 소니와의 합작 프로젝트를 깨려는 의도로 필립스의 CD/I 스태프와 이야기를 진행시키고 있었다는 것을 나중에야 알았다. 더 충격적인 사실은 소니의 CD/I 스태프가 닌텐도의 속셈을 알아차리고 있었지만 구타라기에게 일언반구도 없었다는 점이다. 소니 내부에서도 디지털 방식을 놓고 주도권을 잡기 위한 알력이 있었던 것이다.

이런 음모를 알고 구타라기는 너무 화가 났다. 때때로 그런 원초적인 감정이 사람으로 하여금 결정적인 행동을 저지르게 하기도 한다. 겉으로는 신사인 척하면서 뒤에서 음모를 꾸민 닌텐도와 필립스의 CD/I 스태프에 대한 구타라기의 분노가 나중에 플레이스테이션 비즈니스의 추진력이 되리라는 걸 그 누가 알았겠는가. 그러면 소니는 왜 닌텐도와 먼저 손을 잡았을까? 이 결정이 플레이스테이션 개발과 성공의 징검다리가 되었다는 것도 나중에 알게 된다.

 ## 닌텐도에 그 개념을 팔아라

"왜 그들이 그런 기술을 채택한 것일까?"

구타라기는 패미컴을 개발한 닌텐도가 기술적으로 후퇴한 제품을 내놓는 것을 보고 놀랐다. 닌텐도가 1986년 2월 21일 공개한 패미컴 데이터 저장 장치인 디스크 시스템(Disk System)을 보고 실망했다. 그것은 디스크를 읽는 데 8초, 입력하는 데 24초나 걸렸다.

"기술적으로 한참 뒤처진 것이었다. 300rpm에 용량은 64킬로바이트밖에 안 되었고 임의 접근(random access)도 불가능했다. 나는 왜 그들이 그런 시스템을 내놓았는지 이해할 수 없었다. 우리가 개발한 2인치 플로피는 3,600rpm의 속도에 1메가바이트의 용량을 갖고 있었다. 닌텐도의 마스크 ROM(닌텐도 슈퍼 패미컴의 매체) 카트리지는 용량을 비트로 표시하기 때문에 그들의 용어를 사용하면 우리 플로피의 용량은 8메가비트로 당시 나와 있는 소프트웨어를 충분히 소화하고도 남았다. 우리는 닌텐도가 이 기술을 몰랐기 때문에 디스크 시스템을 채용했다고 생각했다."

구타라기가 닌텐도에 주목하게 된 것은 패미컴 때문이다. 패미컴에 대한 감탄이 그것을 만든 회사에 대한 관심으로 자연스럽게 이어진 것이다. 자신을 사로잡는 제품이나 아이디어가 있으면 곧바로 그것에 관련된 사람을 찾아가 묻지 않으면 직성이 풀리지 않는 사람이 구타라기이다. 예전에는 소니 부품 부서의 대표가 판매를 위해 정기적으로 교토에 있는 닌텐도 본사를 찾아가곤 했다. 1986년 4월 15일, 이런 방문길에 구타라기가 동행한다. 소니-닌텐도 합작 벤처를 타진하기 위해서였다. 구타라기를 만난 닌텐도 직원은 흥미를 보였지만 더 이상 진전은 없었다.

구타라기는 소니 내부에서도 그 제안을 탐탁지 않게 여기고 있다는 것을 잘 알고 있었다. 몇몇 사람은 디지털 기술에 대한 그의 기호를 알고 있었지만 이 기술을 제품에 구현하려는 그의 아이디어를 지원하는 사람은 찾기 힘들었다. 오히려 많은 사람들이 그를 당시 소니 비즈니스의 기반인 아날로그 비디오를 해치는 위험 인물로 여기고 있었다. 구타라기는 이렇게 설명한다.

"내가 닌텐도에 포커스를 맞춘 것은 미래에 게임기가 가정의 주요 엔터테인먼트 도구가 될 것이라는 확신이 있었기 때문이다. 그러나 소니의 누구도 여기에 동의하지 않았다. 그들 모두 게임기는 단지 장난감일 뿐이지 소니가 만들 물건이 아니라고 했다. 또 대다수 엔지니어들은 게임기에 사용되는 기술은 저급 기술이라고 하찮게 보고 있었다."

구타라기는 소니가 앞으로 정보 기술의 분출에서 돈을 벌 수 있는 기반을 다지려고 노력했으나 희망이 안 보였다. 이 분야에서 성공하려면 먼저 건강한 비즈니스 모델을 세우는 게 급선무이다. 그러나 이렇게 생각하는 사람은 구타라기밖에 없었다.

"게임기의 중요성을 소니 사람들에게 아무리 강조해도 쇠귀에 경 읽기였다. 낡은 사고 방식을 갖고 있는 사람들이 자신들의 생각을 바꾸는 것은 쉽지 않았다. 그들은 제로 상태에서 새로운 비즈니스를 출발하는 것은 너무 오래 걸린다고 생각했다. 그래서 전략을 바꾸기로 한 것이다. 그들의 생각을 바꿀 유일한 방법은 외부에서 들여오는 것이다. 우리의 네임 밸류로 볼 때 이 분야의 최고 회사와 손을 잡는 게 가능하다. 그들에게 우리의 기술을 팔고 그 분야에서 실적을 쌓고 그리고 이것을 미래의 성공으로 가는 발판으로 삼겠다는 것이 나의 의도였다."

구타라기가 닌텐도와 처음 접촉하면서 곧장 사업 관계로 발전하지는 않았지만 그가 팔려고 하는 제품에 대해선 호감을 표시했다. 그것은 PCM(pulse coded modulation) 음향 생성 시스템이다. 닌텐도는 패미컴에 FM(frequency modulation) 음향 장치를 사용하고 있었다. 구타라기는 PCM이 FM보다 음질이 훨씬 뛰어나다는 점을 강조하면서 닌텐도의 기술 분야 직원들을 설득하려고 공을 들인다. 그러나 처음에는 모든 패미컴 소프트웨어가 FM 기반이었기 때문에 선뜻 바꾸려고 하지 않았다. PCM은 소프트웨어 유연성에서도 FM보다 뛰어났다. 게임기 디자인의 핵심 요소인 소프트웨어 혁신에도 PCM 포맷이 새로운 지평을 열어줄 수 있을 것이다. 결국 닌텐도는 구타라기의 제안을 받아들인다. 이것이 닌텐도와 소니의 관계가 급속히 가까워지는 계기가 되었다.

▌첫 플레이스테이션 프로젝트

닌텐도와 소니 두 회사 사이의 첫 합작 프로젝트의 이름을 '플레이스테이션'이라고 붙인 것은 구타라기의 아이디어이다. 이 이름은 닌텐도와 합작 개발을 하는 과정 중에 잉태된 것이다. 구타라기는 이렇게 말한다.

"일(work)을 위한 컴퓨터가 워크스테이션(workstation)이라면 놀이(play)를 위한 컴퓨터는 플레이스테이션(playstation)이다. 그러나 당시 소니 사람들은 아무도 그 개념을 이해하지 못했다."

구타라기는 늘 소니의 부(富)를 가장 먼저 생각해왔다. 닌텐도와의 제휴도 회사의 장래에 게임기가 중요하다는 것을 나타내기 위한 하나의 수단이었던 것이다. 이 합작 프로젝트 플레이스테이션은 소니가 게임기 분야에서 기술을 구사해보는 이상적인 기회라고 보았다.

그 중간 도구로 구타라기는 CD를 생각한 것이다. 소니와 필립스가 CD를 개발하고 세상에 내놓은 지 벌써 5년이 지나고 있었다. 세계 시장에는 많은 CD 플레이어가 나와 있었고 휴대용 CD 플레이어(예를 들면 소니의 '디스크맨')는 아주 빠르게 성장하는 시장이었다. 플레이스테이션의 최초 개념은 바로 슈퍼 패미컴과 CD 플레이어를 연결하자는 것이다. 구타라기는 '슈퍼 패미컴+CD=플레이스테이션'이 소니-닌텐도 파트너십을 나타내는 이상적인 공식이라고 보았다.

1989년 10월, 소수의 엔지니어들이 플레이스테이션 디자인에 들어갔다. 구타라기는 그 당시 사업 보고서에서 다음과 같이 게임기에 대한 자신의 아이디어와 전략을 밝히고 있다.

- 1989년 8월 사업 보고서: 인공지능 기능과 음성 입출력 인터페이스를 연결하는 재미있는 컴퓨터 개발 계획. 우리는 '지능을 가진 애완동물'을 창조하기를 원한다.

- 1989년 9월 사업 보고서: 우리는 플레이스테이션을 개발 중이다. 중고등학생을 겨냥한 게임과 전자악기, 음악, 오디오 비주얼 기술 그리고 문구를 융합한 시스템이다. 시장에서 충분한 파급 효과를 보기 위해선 첫해에 3백만 개 판매를 목표로 하고 있다. 이 목표를 이루기 위한 수단이 슈퍼 패미컴이다. 일이 진행되는 대로 이 개념을 좀더 명확하게 하려고 한다.

- 1989년 10월 사업 보고서: 슈퍼 패미컴 게임의 세계와 디지털 기술을 결합한 새로운 틀의 창조. 이 게임기는 바람직한 방법으로 데이터를

처리할 수 있는 첨단 기술 도구로 진화해나갈 것이다.

■ 1989년 11월 사업 보고서: 플레이스테이션은 미래의 주요 디지털 제품으로, 한걸음 더 나아가 가정의 컴퓨터로 자리잡게 될 것이다. 닌텐도와 함께 우리는 가정용 컴퓨터를 위한 인프라를 구축할 것이다. 이것은 게임기와 소니의 오디오 비주얼 기술을 효과적으로 연결할 것이다. 우리는 일방향의 오디오 플레이어를 겨냥하는 것이 아니고 시스템으로서의 제품을 개발하려는 것이다. 전략적으로 말하자면 첫 단계로 닌텐도 게임기에 중점을 둔 컴퓨터 보급률을 높이는 것이고 두 번째 단계로 게임기와 현재 시장에 나와 있는 CD · LD 플레이어를 융합하는 것이다. 그 후 우리는 서드 파티(third party) 광디스크 출판과 교육 사업을 모색할 것이다. 그리고 그 매체는 CD가 될 것이다. 기술적 인프라는 이미 소니/필립스 입출력 단말장치와 함께 구축이 돼 있다. 이것이 광디지털 출력이다.

구타라기의 비전은 1989년의 상황으로 볼 때 크게 앞서 나간 것이다. 소니-닌텐도 CD 호환 게임기(1세대 플레이스테이션)는 물론이고 미래 소니 플레이스테이션 버전의 범주까지 넘어선 것이다. 당시 구타라기가 마음속에 품고 있었던 것은 이상적인 플레이스테이션이다. 게임 플랫폼으로서 현재의 플레이스테이션은 그가 당초에 의도한 정교한 시스템의 오직 한 면밖에 보여주지 못하고 있다. 게다가 단일 제품으로 끝나는 것이 아니고 시스템을 창조한다는 본래의 계획은 아직까지는 실현되지 않았다.

특히 주목받을 만한 것은 1989년 사업 계획서에서 첫 단계로 닌텐도와의 합작 프로젝트를, 두 번째 단계로 서드 파티 광디스크 출판과 교육 사업을 밝힌 점이다. 서드 파티 시스템은 오늘날의 플레이스테이션 비즈니스 구조에도 그대로 원용이 되고 있다.

프로토타입은 이런 노선에 따라 개발이 된다. 두 회사의 합작 개발 계약이 1989년 1월, 소니의 오가 노리오(大賀典雄) 사장과 닌텐도의 야마우치 히로시 사장의 사인으로 체결이 됐다.

초기 아이디어는 CD 플레이어를 외부 디지털 인터페이스를 이용해 슈퍼 패미컴에 연결하는 것이다. 그러나 나중에 CD-ROM 드라이브를 기계 내부에 넣기로 했다. 외부에서 케이블로 연결하는 것은 보기에도 안 좋았고 더 중요한 것은 사용자가 불편하다는 점이었다. 개발자들도 복잡하게 와이어로 연결해야 하는 패미컴 디스크 시스템이 불편하다는 것과 샤프의 트윈 패미컴의 사례를 통해 내장 시스템이 잘 팔린다는 것을 잘 알고 있었다. 결국 소니와 닌텐도는 소니가 CD-ROM 드라이브를 내장한 게임기를 생산하고 닌텐도는 드라이브를 슈퍼 패미컴에 연결하기 위한 CD-ROM 어댑터를 만든다는 데 합의했다. 5월 29일 슈퍼 패미컴보다 조금 크고 CD-ROM 드라이브를 내장한 디자인이 완성됐다. 그것은 CD 플레이어처럼 프런트 로딩 방식이다. 버튼을 누르면 트레이가 나오고 CD를 넣을 때까지 기다린다. 흰색의 스마트한 실물 크기 모형인 그것은 소니의 전형적인 패셔너블한 스타일을 그대로 보여주고 있었다.

1990년 10월 29일, 구타라기를 포함한 뉴미디어 팀과 에픽 소니 레코드의 컴퓨터 그래픽 제작 팀 엔지니어들이 아오야마에서 만났다. 에픽 소니가 아카사카로 옮겨가면서 구타라기와 그의 팀은 그 빈 공간을 차지할 수 있었다. 그들은 쉬지 않고 소프트웨어와 하드웨어 개발에 전념한다. 닌텐도와 필립스의 뒷거래 이야기가 나오게 되는 것은 그로부터 7개월 후이다.

▎ 닌텐도의 배신

1991년의 시카고 가전 쇼는 소니에게는 악몽의 무대이다. 필립스로 돌아선 애인에게 갑자기 버림받은 소니는 어떻게 해야 할지 대책이 안 섰다. 그래도 사장은 신제품에 대한 프레젠테이션은 강행하기로 결정한다. 6월 1일, 게임 소프트웨어를 생산하는 소니 아메리카의 자회사, 소니 전자출판의 올라프 올라프슨 사장은 CD-ROM 드라이브를 내장한 새로운 게임기를 공개했다. 그는 다음과 같이 선언한다.

"소니는 우리들의 음악과 영화 자산을 이용한 소프트웨어 생산을 위해 소프트웨어 메이커들에게 문을 활짝 열 것입니다."

그날은 소니가 주목의 대상이 되었다. 닌텐도의 발표는 다음 날 있었다. 모여든 기자들은 소니의 발표에 뒤이은 세부 사항을 들으려고 촉각을 곤두세우고 있었다. 그러나 난데없이 닌텐도가 기능을 확장한 CD-ROM 시스템을 생산하기 위해 소니가 아닌 필립스와 제휴한다는 발표를 듣고 모두 할 말을 잃었다. 많은 기자들은 소니가 모욕당한 것을 그제야 안 것이다.

오가 노리오 사장은 화가 치밀었다.

"어떻게 감히 내가 사인한 계약을 찢어버릴 수 있단 말인가!"

그러나 소니가 할 수 있는 일은 아무것도 없었다. 오가 사장은 당시 필립스 가전 제품 부서의 젠 티머 대표에게 전화했으나 소득이 없었다. 소니는 그 난국을 타개하고자 급히 CMG(위기 관리 그룹)라고 명명한 프로젝트 팀을 만든다. 이데이 노부유키, 도쿠나가 데루히사, 그리고 계약 관련 당사자, 외부 관계자, 법률 담당자들이 모여 며칠간 의논했으나 딱 떨어지는 해결책을 마련할 수 없었다.

7월 2일 경영진 회의는 빠른 시일 안에 소송을 제기한다는 결정을 내렸다. "한 번 더!" 오가 사장은 그 회의 말미에 강조한다. "우리는 절대로 이 사업에서 철수하지 않는다. 계속 간다!"

컴퓨터는 소니가 유일하게 재미를 못 보고 있던 분야였다. 가정용 컴퓨터 MSX는 숱한 좌절을 맛보고 있었고 쿼터-L PC도 판매가 신통치 않았다. NEWS 워크스테이션은 출발은 희망적이었지만 결과는 실망스러운 것이었다. 그래도 오가 사장은 소니에서 컴퓨터 비즈니스의 빛이 꺼지는 것을 원치 않았던 것이다.

사실 닌텐도도 불안하기는 마찬가지였다. 소니의 뒤통수를 침으로써 그것이 초래할 위험을 너무도 잘 알고 있었던 것이다. 소니가 앙갚음으로 사운드 칩 공급을 중단하기라도 한다면 잘 팔리고 있는 슈퍼 패미컴이 타격을 받을 게 분명했다. 그래도 닌텐도는 설마 소니가 그런 조치까지 취하지는 않을 것이라는 계산도 있었다. 주문자 상표 부착 생산(OEM) 계약자로서 소니는 부품 공급의 책임을 다하지 않으면 안 되었기 때문이다. 결과적으로 닌텐도의 판단이 거기까지는 맞아들어간다. 소니의 몇몇 사람이 부품 공급을 중단해야 한다고 주장한 것은 사실이지만 부품 공급과 계약 파기는 별개의 문제였다. 소니는 각각의 사안으로 분리해서 다루기로 결정한다. 사운드 칩 공급도 계속하고 더욱이 닌텐도에 대한 제소는 접어둔 채 협상을 계속하기로 한다. 그러나 소니의 우유부단해 보이는 자세가 그 상황을 질질 끌고 갔다.

소니가 신제품의 대량 생산을 준비하면서 닌텐도와의 협상이 교착 상태에 빠졌다. 닌텐도는 소니의 사업 영역을 비게임 분야로 국한해야 한다고 주장했다. 그러나 게임과 비게임 소프트웨어를 어떻게 구분할 것인가? 닌텐도는 협상을 끌면서 소니를 지치게 만들려는 속셈이 분명했지만 소니는 닌텐도의 액션을 액면 그대로 받아들여 소득이 없는 협상에 마냥 시간만 죽이고 있었다.

소니 일부에서 협상을 계속하는 것에 대해 비판이 나오고 있었지만 협상은 1992년까지 이어진다. 아직도 대부분의 사람들은 소니가 컴퓨터 게임 시장으로 가는 것을 반대하고 있었다. 소니를 이런 진흙탕 속에 빠지게 한 구타라기를 비난하고 그의 계획을 사보타지하려고 했다. 당시 구타라기의 사업 보고서에 그의 고충이 잘 드러나 있다.

■ 1992년 1월 사업 보고서: 복잡한 일이 많은 한 해이다. 끝이 안 보이는 협상 이후 양사는 서로 호환이 되는 제품을 만든다는 데 동의했다. 그러나 소니 내에서 우리가 왜 이 사업을 해야 하는지에 대한 합의가 이뤄지지 않았다. 우리가 닌텐도에 많은 것을 기대하면서 맹목적인 신뢰로 그들을 대하는 동안 아까운 시간이 지나가고 있으며 기회는 멀어지고 있다.

다음 달에 나온 구타라기의 보고서에도 역시 좌절과 고뇌가 드러나 있어 그의 참담한 심정을 알 수 있다. 그러나 이번에는 그의 관점에 주목할 만한 변화가 있었다.

■ 1992년 2월 사업 보고서: 지금 게임 산업은 분수령에 서 있다. 닌텐도의 우위가 흔들리고 있다. 닌텐도는 더 이상 소니의 파트너가 될 수 없음이 분명해졌다. 소니는 자신의 길을 가야 한다.

구타라기가 소니 스스로 자신의 길을 열어야 한다고 생각하기 시작한 것이다. 때마침 그의 생각을 지원해주는 일들이 일어난다. 1992년 3

월 3일자 조간 신문에는 거인 마쓰시타가 3D 시장으로 진출한다는 기사가 실렸다. 더욱이 닌텐도와 필립스의 합작 프로젝트가 단지 책략에 불과하다는 것이 분명해지고 있었다. 그 사실을 알고 소니는 1992년 5월 6일 닌텐도와의 모든 협상을 끝내버린다.

▌ 오가 사장, 결단을 내리다 : "추진하시오!"

소니의 많은 사람들이 닌텐도 실패에 놀라서 더 이상 게임 사업에 연루되는 것을 원치 않았다. 그러나 구타라기 쪽에선 게임 사업에서 철수해서는 안 되고 CD-ROM 게임기를 독자적으로 개발해야 한다는 확신을 갖고 있었다.

위기 관리 그룹 멤버인 도쿠나카 데루히사는 그 당시 구타라기의 입지를 이렇게 묘사했다. "닌텐도와의 합작 프로젝트가 깨졌을 때 구타라기는 흔들리고 있었다. 그는 낙담하기도 하고 화를 내기도 했다. 그래서 내가 이렇게 말해주었다. '그대가 정말로 이 일을 하기를 원하면 누구의 것이 아닌 자신의 방식대로 해라.' 그는 생각해보겠다고 말하고는 돌아갔다. 그리고 한 달 후 이것이 자기가 하고자 하는 것이라며 자신의 아이디어가 담긴 종이 한 장을 보여줬다. 워크스테이션이 아니면서 워크스테이션의 성능을 가진 3D 컴퓨터 그래픽 '플레이스테이션'. 게다가 그 가격은 모두가 부담 없이 구입할 수 있게 가능한 한 낮추면서 최첨단 기술을 구현한다는 것이다. 아주 훌륭한 아이디어라고 생각했다."

문제는 어떻게 이 프로젝트를 계속 살아 있게 하느냐 하는 것이었다. 구타라기는 과거에도 비슷한 상황에 처한 적이 여러 번 있었다. 그 중 대표적인 것이 2인치 플로피 디스크와 LCD TV 개발에 참여할 때이다. 그러나 CD-ROM 게임기 프로젝트는 소니 엔지니어로서 그의 모든 경력을 위태롭게 만들었다.

1992년 6월 24일, 경영진 회의가 분수령이었다. 그 프로젝트의 운명은 오가 사장이 주재하는 그날 회의에서 결정될 것이다. 그러나 희망이 안 보였다. 참석한 거의 모든 사람이 소니가 게임 시장에서 발을 빼야 한다고 주장했다. 구타라기는 드디어 마지막까지 왔다는 생각으로 이렇게 말한다.

"여러분의 말을 들으면 우리에게 세 가지 옵션이 있음을 알게 됩니다. 첫째, 닌텐도와 호환이 가능한 16비트 게임기를 생산하는 것. 둘째, 소니 독자적인 포맷의 게임기를 파는 것. 셋째, 이 시장에서 철수하는 것입니다. 나는 소니가 두 번째 옵션을 선택하는 것이 바른 길이라고 확신하고 있습니다."

"그 이유를 말해보시오."

오가 사장이 요구했다. 감독의 '큐'라도 받은 듯이 구타라기는 설명을 시작했다.

"우리는 닌텐도 호환 게임기와는 별도로 3D 컴퓨터 그래픽을 사용하는 새로운 포맷을 비밀리에 개발해왔습니다. 이 기술을 사용하면 닌텐도가 도저히 따라올 수 없는 놀라운 3D 그래픽을 만들어낼 수 있습니다."

"당신이 필요로 하는 LSI 칩의 집적도는 얼마인가?"

"게이트 어레이(gate array)로 말해서 약 1백만 개입니다."

"뭐라고? 1백만 개라고?"

"아직 설계 단계이지만 우리는 기본 디자인 컨셉을 가지고 있습니다."

갑자기 오가 사장이 웃음을 터뜨렸다. 구타라기는 오가의 냉정함에

혼들렸다.

"당신은 꿈을 꾸고 있는 거야! 1백만 게이트는 불가능해! 우리가 할 수 있는 수준은 2만~3만 개이고 잘해야 10만 개에 불과해."

오가의 판단은 소니의 반도체 부서에서 들은 수치를 토대로 한 것이었다. 그 당시 소니의 능력으로 소니가 만들 수 있는 최상의 LSI 칩은 게이트가 10만 개 선이었다.

그러나 구타라기가 나름대로 조사한 바에 따르면 1백만 개는 반도체 업계가 곧 달성할 수 있는 수치라는 것을 알고 있었다.

"LSI 칩에 1백만 게이트를 집적하는 것은 결코 불가능한 일이 아닙니다. 우리가 할 수 없다면 3D 컴퓨터 그래픽도 만들 수 없습니다. 그러나 닌텐도가 우리에게 한 일을 가만히 앉아서 당하기만 할 것입니까?"

그는 이런 식으로 계속 오가 사장을 자극했다. 결국 닌텐도에 대한 오가 사장의 분노심에 다시 불을 지르는 데 성공했다.

"결정을 내려주십시오!"

구타라기가 재촉했다. 자신의 분노를 참을 수 없던 오가 사장이 말했다.

"당신이 정말 그렇다면 그것이 가능하다는 것을 입증해 보이시오."

그리고 나서 주먹으로 책상을 쾅 치면서 소리쳤다.

"추진하시오!"

잠시 후 조금 냉정을 되찾은 오가 사장이 덧붙였다.

"닌텐도 호환 16비트 게임기에 대해선 더 이상 진전을 기대하기는 어렵소. 독자적인 길을 모색합시다."

그 상황을 좀더 숙고할 수 있는 시간이 있었다면 오가 사장은 위험 부담이 너무 크다는 결론에 이르렀을지도 모른다. 그러나 그러한 격앙된 분위기 속에서 오가는 소니가 독자적으로 성공하는 것을 보고 싶다는 욕망을 억누를 수 없었던 것이다.

▌구타라기의 확신

구타라기는 그 회의에서 허세를 부린 것이 아니다. 닌텐도와의 지루한 협상을 진행하면서 그는 은밀히 부하에게 컴퓨터 그래픽 기술을 개발하라고 지시했다. 구타라기 자신은 닌텐도 문제의 법적인 측면을 따져보느라 그 프로젝트를 같이 할 시간이 없었다.

이즈음 소니 종합연구소의 NEWS 워크스테이션 팀과 반도체 부서가 독자적으로 컴퓨터 그래픽 기술을 연구하기 시작했다. 구타라기는 이엔지니어들을 플레이스테이션의 핵심 개념인 '그래픽 합성기'를 연구하는 스터디 그룹에 합류시켰다. 구타라기는 그것을 '소니의 포맷'이라고 하지만 사실 그 기술은 다양한 계보를 갖고 있었다.

구타라기는 1992년 5월 사업 보고서에서 다음과 같이 쓰고 있다. "차세대 게임기를 개발하는 주제에 대해서. 그것은 가상 현실(virtual reality)의 구성 기술 개발에 바탕을 둔 것이다. 우리는 2차원 화면을 3차원으로 바꿔주는 공간적인 기술이 필요하다. 우리는 또 실시간 3차원 그래픽 엔진과 텍스처 매핑 기술 개발이 필요하다. 이렇게 해서 우리는 2차원과 3차원 기술을 통합할 수 있다."

구타라기의 확신은 3D 기술에 대한 믿음에서 나온 것이다. 시스템 G와 만난 후 그는 열심히 컴퓨터 그래픽 분야를 파고들었다. 전문적인 관심 못지않게 취미로서도 사랑했다. 컴퓨터 그래픽 세계에 깊이 몰두하면서 그는 컴퓨터 게임으로 가는 새로운 길을 그릴 수 있었다.

"우리는 CD-ROM을 이용해서 우리가 표현할 수 있는 콘텐츠를 모의 실험했다. 그 당시 게임 소프트웨어 그래픽은 '슈퍼 마리오', '드래곤 퀘스트'처럼 2차원이었다. 시스템G를 처음 본 1980년대 중반부터 나는 3D 컴퓨터 그래픽을 가정에서 즐길 수 있는 그날을 꿈꾸었다. 우리가 실시간 컴퓨터 그래픽 엔진과 CD-ROM을 결합한다면 어떤 그래픽을 창출해낼 수 있을까? 이것은 엔터테인먼트의 새로운 형태를 제공할 것이 분명했다."

당시 컴퓨터 그래픽 아티스트들은 불행한 처지에 있었다. 일본에서는 1백 명 정도가 활동하고 있었는데 구타라기는 그 중 20명을 만난다. 대부분 컴퓨터 그래픽을 이용해 영화를 만들고 싶어했다. 그러나 1990년대 초의 기술 수준으로는 쉽게 만들 수 있는 게 아니었다. 그들 중 대부분은 대신 TV 광고를 만들고 있었으며 Pixel에서 수여하는 '그랑프리'상을 받는 게 꿈이었다.

한번은 이들 아티스트 중 하나와 만난 자리에서 구타라기가 "멀지 않은 미래에 게임은 컴퓨터 그래픽으로 만들 것이다." 하고 말했다. 그러자 그 아티스트는 기쁨으로 눈을 반짝거리면서 "그게 사실이냐?"고 되물었다. 술이 거나해지면서 두 사람은 컴퓨터 그래픽의 미래와 이 기술로 자신들이 이루고 싶은 것에 대한 이야기로 꽃을 피웠다. "이들 톱 아티스트들과 만난 것이 미래의 플레이스테이션에 가장 중요한 아이디어의 토대를 마련해주었다."고 구타라기는 말한다.

한편 그런 접촉의 결과로서 구타라기는 3D 기술을 어떻게 전략적으로 사용할 것인지에 대한 아이디어를 얻어낼 수 있었다. 소니가 2차원에서 3차원으로 게임의 패러다임을 바꾼다면 남들이 부러워하는 위치를 차지하게 될 것이다. 닌텐도 대실패가 오히려 구타라기로 하여금 자신의 길을 가도록 하는 촉매가 되었던 것이다.

▌ 게임기를 만들기 위해 모든 방법을 동원하라

오가 사장은 자신이 구타라기의 의도대로 놀아난 것에 대해 악감정은 없다. 오히려 구타라기가 그날 벌인 트릭을 생각할 때마다 웃음이 나온다고 한다. "닌텐도가 구타라기를 그 방향으로 가도록 했다는 것에 대해서는 의문의 여지가 없다."고 그는 말한다. "그 사건은 엄청난 추진력으로 작용했다. 소니가 그렇게까지 하리라고 닌텐도로선 상상도 못했다는 것도 의심할 여지가 없다. 뒤통수를 맞은 것에 대한 나의 분노도 추진력이 되었다."

"나는 각오를 단단히 했다. 구타라기의 아이디어에 감명을 받고 이 사업은 기필코 성공해야 한다고 다짐했다. 이것은 단지 게임기가 아니고 그래픽 컴퓨터이다. 닌텐도의 게임기와는 전혀 차원이 다른 것이다. 또한 소니는 지금까지 MSX까지 포함해 컴퓨터 주도권 다툼에서 모두 실패했다. 나는 오디오비주얼 장치와 다른 핵심 사업을 구축하기를 원했다. CEO로서 구타라기의 가장 강력한 지지자가 되기로 마음먹었다."

경영진의 결정은 단지 사업 계획만을 토대로 내릴 수 없는 것이다. 프로젝트 실행 여부를 결정할 때는 프로젝트를 담당할 사람에 대한 평가도 포함해야 한다. 오가 사장은 구타라기의 아이디어에서 가능성을 본 것은 물론이고 구타라기에 대한 믿음도 있었다.

프로젝트 기간 동안 오가는 소니 내에서 게임기 사업을 해서는 안 된다는 강력한 견해들이 나올 때에도 한결같이 구타라기를 지지했다. 마루야마 시게오 소니 뮤직 엔터테인먼트 사장은 이렇게 말한다. "오가 사장은 우리가 게임기 개발을 그만둬야 한다고 말한 적이 없다. 구타라기의 경우는 결정이라기보다는 결심이었다. 어쨌든 그도 엔지니어였기 때문이다."

플레이스테이션에 대한 오가의 헌신을 보여주는 일화들은 손꼽을 수 없을 정도로 많이 있다. 그 중 하나는 오가 스스로 플레이스테이션에 쓰일 메모리 칩을 확보하는 임무를 맡은 것이다. 그 과정에서 존경할 만한 용기를 보여주었다. 플레이스테이션이 판매를 시작한 후 1년 동안 메모리 칩을 확보하는 것은 아주 어려운 일이었다. 윈도의 성공이 전세계적으로 메모리 공급을 빡빡하게 만들었다. 오가는 전자 산업의 연줄을 이용해 반도체 제조업체 여러 곳에 전화를 걸었다. "우리의 주문량이 너무 많아서 공급 회사의 이사가 소니로 나를 만나러 올 정도였다." 오가의 회고이다. "그는 플레이스테이션용 메모리 주문량이 자기 회사 총생산의 33퍼센트나 차지한다고 나에게 말했다. '우리 회사는 그런 대량 주문을 받아서 기뻐하고 있습니다.'라고 덧붙인 후 '혹시라도 그 주문이 갑자기 취소된다면 우리 회사는 파국에 이르게 될지도 모릅니다. 그래서 거기에 대해 회사가 보장을 해줬으면 합니다.'하고 요청했다. 나는 회사가 보장해줄 수는 없으나 개인적으로 내가 해주겠다고 대답했다."

그러나 오가의 열정을 소니의 모든 사람이 공유한 것은 아니다. 여전히 대다수 사람들은 세계 정상급의 회사가 왜 게임기 같은 것에 매달리는지 회의를 나타냈다. 소니는 오디오비주얼 산업에서 선두주자의 위치를 유지할 수 있다. 그곳에선 경쟁자들도 서로 친숙하고 사업 협상도 예의바르게 진행된다. 그러나 게임 산업은 문화적으로도 너무 다르다. 그 이전투구 속으로 소니가 자청해서 들어가는 것에 대해 불만이 많았다.

■ 소니의 분열 : 프로젝트에 생명을 불어넣어라

플레이스테이션의 성공에 오가의 지원이 큰 몫을 했다는 것은 의심할 여지가 없다. "구타라기는 재능이 지나쳐 탈이었다." 사장의 말이다. "그는 너무 많은 사람과 충돌을 일으켜서 사내에 적이 많았다. 그가 어디에 가 있든 그를 비난하고 반대하는 사람뿐이었다. 소니 본부에선 그의 견해가 기를 못 펼 것 같았다. 구타라기를 계속 고탄다 본사에 둔다면 그가 지금 하고 있는 일이 제대로 될 것 같지 않았다. 그래서 나는 구타라기와 그의 팀원 9명을 소니 뮤직으로 데리고 갔다. 아오야마에 있는 에픽 소니의 전 사무실을 치우고 그곳의 소프트웨어 요원들과 CD-ROM을 개발할 수 있도록 환경을 만들어주었다. 이런 결정에 대해 많은 사람들이 불평을 했지만 나는 개의치 않고 그대로 진행시켰다. 플레이스테이션을 성공으로 이끈 요인 중의 하나는 천재 구타라기를 소니에서 도피시킨 것이라고 나는 분명히 말할 수 있다."

구타라기가 처음으로 도쿄 아오야마에 있는 에픽 소니 사무실을 방문한 것은 1989년 4월 6일, 슈퍼 패미컴 음향 생성 칩의 회로기판 프로토타입이 완성된 직후이다. 성능 테스트 결과가 아주 좋아 구타라기는 안심이 되었다. 그래서 에픽 소니를 방문하기로 한 것이었다. 그는 에픽 소니가 엄청난 활력을 갖고 있는 아주 흥미 있는 회사라는 말을 듣고 있었다. 그 활력의 배후에는 마루야마라는 걸출한 제작자가 있었다.

소니의 대다수는 패미컴 같은 게임기는 기본 기술이면 충분하고 심지어 차세대 패미컴의 기술도 기대할 것이 없다는 생각들을 하고 있었다. 이런 상황에서 닌텐도와의 비밀 합작 개발 또는 그 프로젝트의 내용에 관해 이야기한다는 것은 씨가 먹히지 않을 일이었다. 구타라기는 기술 개발에 대해 누구와도 의논할 수 없어서 낙담하고 있던 참이었다.

구타라기는 우연히 에픽 소니에 패미컴 소프트웨어를 개발하는 팀이 있다는 말을 듣는다. 바로 마루야마의 회사이다. 다카하시 유지도 그팀의 멤버 중 한 사람이었는데 나중에 그는 플레이스테이션의 외부 소프트웨어 회사들, 즉 서드 파티와의 협상을 맡는 역할을 한다. 다카하시는 틀림없이 게임기의 중요성을 알 것이라는 희망을 가지고 구타라기는 아오야마를 방문한 것이다. 물론 그때 그는 자신이 나중에 아오야마에 둥지를 틀리라고는 생각하지 못했다. 그는 이렇게 회고한다. "소니 본부의 경직성에 비교해볼 때 아오야마의 에픽 소니는 유토피아 같았다. 나는 마루야마를 만나고 이 사람이야말로 창조적인 경영을 할 수 있는 비즈니스맨이라고 생각했다. 기회가 된다면 이 사람 밑에서 일하겠다는 결심을 했다."

소니는 신중한 회사이다. 제품을 하나하나 꼼꼼하게 따져본 뒤에 생산을 결정하고 시장에 내놓는다. 외부에서는 소니를 자유분방한 회사로 볼지 모르나 그렇게 하면 살아남을 수가 없을 것이다. 제조업체로서 합당한 규율과 조직 체계가 필요하다. 반면에 소프트웨어 회사는 좀더 자유스럽고 그런 경직된 규율이 없다.

에픽 소니는 1978년 CBS 소니의 자회사로 설립됐다. 파워가 점점 강해지면서 10년 후에는 와타나베 미사토, 사노 모토하루, TN 네트워크 같은 톱 아티스트를 보유한 회사로 성장했다. 에픽 소니를 성공 가도로 이끄는 데 마루야마가 중심 역할을 한다. 사실 그는 프로듀서로서 활동한 것이 아니고 다른 프로듀서들이 일하도록 관리하는 제작자라고 할 수 있다. 다른 말로 하면 그는 프로듀서를 키우는 경영자인 셈이다. 그가 키운 프로듀서들이 아티스트들을 발굴하고 배양한다. 바로 이것이 구타라기가 말하는 창조적인 경영을 할 수 있는 비즈니스맨인 것이다.

지금 그는 소니 뮤직의 사장이지만 마루야마의 기업 인생은 변화가 적었다. 그는 흰색 폴로 셔츠, 해군 재킷, 진을 즐겨 입고 스니커즈를 신는다. 매일 저녁 그가 사무실을 나와 소규모 라이브 음악 무대를 찾아다닌다는 소문은 사실이다. "에픽 소니를 세운 후 5년간은 고투의 나날이었다. 바로 이러한 때에 구타라기가 나를 만나러 온 것이다. 우리는 히트하는 음악을 만드는 노하우를 쌓아가고 있었다." 마루야마의 말이다. "나는 비록 소니 뮤직의 월급쟁이지만 회사의 톱 경영자처럼 내가 하고 싶은 것을 했다. 나는 상관에게 보고하지 않고 내가 결정했다. 그것이 아주 재미있었다."

작사가 아사오 고타로는 당시 에픽 소니의 분위기를 이렇게 묘사한다. "그 당시 에픽 소니는 아티스트를 보유하지 못했다. 점심시간이면 누구나 재미있는 카드놀이를 했다. 마치 대학 동아리처럼 느슨하게 풀어져 있는 것 같았다. 반면에 다른 레코드 회사들은 나이 많고 경험 있는 사람들이 많아서 아주 완강한 레코드 산업의 분위기를 유지하고 있었다. 그러나 에픽 소니는 전혀 달랐다. 나는 차를 마시기 위해 가기도 하고 별 뜻 없이 내 일을 거기에 갖고 가서 하곤 했다. 빈 책상에 앉아 그곳 사람들과 영화나 그 밖의 다른 이야기를 하더라도 언제나 유익한 시간이 됐다. 누구나 즐겁고 그리고 그렇게 급박한 일이 없어서 모두 스트레스로부터 자유로웠다. 쇼난(도쿄 근처의 해변 리조트)으로부터 머리가 희끗희끗한 사람이 사무실에 나타나면 이런 식으로 이야기를 한다. '헤이! 친구, 이것 좀 봐. 오늘 저녁 진구 스타디움에서 벌어지는 야구 게임의 티켓을 구했어.' 오랫동안 이 남자의 정체는 에픽 소니의 7대 미스터리 중의 하나였다. 우리는 이 남자가 소니 뮤직의 CEO가 될 것이라고는 생각하지 못했다."

구타라기는 마루야마에게 모든 것을 이야기했다. 자신은 지금 소니에서 디지털 음향 생성기 IC를 만들고 있다. 그것은 닌텐도 슈퍼 패미컴에 쓸 것이다. 왜 디지털 엔지니어들이 소니에서 제대로 평가를 받지 못하고 있는지, 왜 자신이 앞으로 3D 컴퓨터 그래픽 게임기를 만들려고 하는지를 설명했다. 구타라기와 마루야마가 의기투합하는 데는 오랜 시간이 걸리지 않았다. 구타라기는 늘 아오야마를 방문할 구실이 없을까 그 기회를 엿보고 있었는데 이제야 마루야마와 이야기하게 된 것이다.

"되돌아보면……." 마루야마의 회고이다. "구타라기는 자신이 소니에서 어떻게 심하게 취급당하고 있는지에 대해 많은 말을 하지 않았다. 그가 언급한 유일한 것은 소니 CD/I 그룹과의 충돌이었다. 나는 그에게 이렇게 말해주었다. CD/I가 관련돼 있다고 해도 당신을 지원하겠다. (당시 소니 뮤직도 CD/I 사업을 하고 있었다.) 나는 그를 지원해야 한다는 생각이 들었다. 왜냐하면 그는 의미 있는 일을 하고 있었기 때문이다. 그러나 우리가 플레이스테이션의 일을 같이 하면서 동료가 된 이후에야 그가 얼마나 무모한지를 알게 됐다."

마루야마가 이 침입자를 환영한 이유가 있었다. 그는 패미컴이 나온 지 1년 후인 1984년 출판사 파티에서 그 게임기를 처음 보았다. 테니스 게임처럼 단순한 것 같았지만 이내 거기에 마음을 빼앗기고 말았다. "나는 열중하게 되었다. 음악 산업에 종사하는 사람들은 게임을 사랑한다. 레코딩 스튜디오가 빌 때까지 즐기기 위해 게임기를 준비한다. 뮤지션들은 무대에 오르기 전 '팩맨'이나 '우주 침입자' 같은 게임으로 시간을 죽이면서 그들의 기술을 향상시킨다. 패미컴 게임을 도저히 그만둘 수 없었던 그날 밤 나는 게임기야말로 레코드의 가장 강력한 라이벌이 될 것이라고 확신했다. 우리는 그것을 파괴하거나 아니면 파이를 빼앗아 오는

길 밖에 없다고 생각했다. 그래서 오가 사장에게 게임 소프트웨어를 만들어야 한다고 건의한 것이다. 몇 년 안에 뉴미디어 사무실을 출범시켰다."

불행하게도 새 사업은 꼬꾸라지고 말았다. 슈퍼 패미컴이 나올 당시 에픽 소니는 경쟁 제품을 모방한 소프트웨어밖에 만들 수 없었다. 전문성을 갖추기 위해 특수 효과 하나에만 몇 년을 소비하는 게임 소프트웨어 시장에서 경쟁이 되지 않았다. "사실 구타라기는 우리가 만든 모든 게임을 쓰레기라고 혹평했다." 마루야마의 말이다. "우리는 낙담했다. 어떤 조치가 필요했다. 구타라기와 내가 공통점이 있다면 우리 모두 아웃사이더라는 점이다. 그 당시 에픽 소니 소프트웨어는 공식적으로 소니 뮤직 본부에서 인정을 받지 못하고 단지 묵인할 뿐이었다. 구타라기는 소니의 주류였던 CD/I와는 반대로 닌텐도와 합작 프로젝트를 진행하고 있었다. 우리는 둘 다 성공에 굶주려 있었던 것 같다. 그러나 우리는 둘 다 자부심을 갖고 있었다."

마루야마는 혁신적인 게임을 창조하고 싶었다. 그러나 그것을 성취할 수 있는 기술이 없었다. 구타라기는 기술은 있었다. 그러나 게임 소프트웨어를 만드는 노하우는 없었다. "구타라기를 움직이지 않고는 내 사업이 성공할 수 없다는 확신이 섰다." 마루야마의 말이다. 그래서 그는 음으로 양으로 구타라기를 지원한다. 구타라기에게 에픽 소니에서 일할 공간을 만들어주고 슈퍼 패미컴 CD-ROM 소프트웨어 개발에 들어갔다. "당시 우리는 10개의 타이틀을 만든다는 목표를 정하고 열심히 일했다. 그러나 이 프로젝트를 중단하게 되면서 우리는 7백만~8백만 달러를 손해 보았다."

닌텐도와의 위기 기간 동안 누군가가 닌텐도는 호환 기계의 게임을 제작하고 소니는 다른 소프트웨어를 제작하자는 제안을 했다. "내 대답은 소니는 닌텐도와 결별하고 독자적인 길을 가야 한다는 것이었다." 마루야마의 말이다. "나는 오자와 도시오 당시 소니 뮤직 사장을 통해 오가 사장에게 이런 뜻을 전했다. 우리가 독자적으로 하지 않는다면 문제가 생길 것이다. 포맷은 다른 회사와 공유할 수 없다. 우리 자신을 위해 그것을 지켜야 한다."

포맷의 지배권을 갖는 게 왜 그렇게 중요한가? "자신의 포맷을 갖는 것은 모든 정보를 당신에게 귀결시키는 것이다." 마루야마의 말이다. "당신은 이들 많은 정보를 다양한 방법으로 분석하고 입증하고 결과를 비교하면서 많은 것을 알게 된다. 이런 방법으로 당신의 비즈니스 활동은 객관적이고 보편적이 되는 것이다."

마루야마는 또 구타라기와 오가 사이의 파이프라인 역할을 했다. 왜냐하면 구타라기는 평사원이었기 때문에 오가를 직접 만나는 것이 쉽지 않았다. 오가를 만나려면 구타라기의 상사를 통해 약속을 정하고 오가의 비서를 거쳐야 한다. 그냥 며칠이 지나가버리곤 했다. "그래서 구타라기는 나를 이용하기로 한 것 같다. 그는 나를 이용하는 데는 일가견이 있었다." 마루야마의 말이다.

오가와 마루야마는 CBS 소니의 창립 멤버이다. 오가는 초창기 CBS 소니의 직원들을 잘 알고 있었다. "직원이 1백 명이 될 때까지는……." 오가의 말이다. 그의 성이 시계오인 마루야마를 오가는 '시계'라고 불렀다. 마루야마가 오가의 비서에게 전화하면 그것이 바로 핫라인이었다.

공식적으로 마루야마는 소니 뮤직의 오자와 사장을 거쳐야 했다. 그러나 오자와는 무슨 일이 있을 때마다 "왜 당신이 직접 오가 사장에게 전화하지 않는 거야?"라고 말하곤 했다. 소니에선 소수의 사람만이 오가를 설득할 수 있을지 몰라도 소니 뮤직의 사람들은 오가에게 직접 터놓고 이야기할 수 있었다. 마루야마는 오가에게 이렇게 말했다. "그는 이 프로젝트에 온 힘을 쏟고 있습니다. 왜 그가 일할 수 있도록 만들어주지 못합니까?" 오가가 대답했다. "알았어. 그를 당신에게 보내줄게."

소니의 자원을 모두 가동하다

소프트웨어 경영 전문가인 마루야마의 전폭적인 지원을 받게 된 것은 구타라기로서는 앞을 향해 큰 걸음을 내디딘 것이나 다름없었다. 그의 다음 목표는 소니의 자원을 이용하는 것이었다. 그는 이런 면에서 자신이 행운아라는 것을 알고 있었다. 왜냐하면 회사 밖에서 자신이 벤처 사업을 착수하려면 모든 것을 처음부터 시작해야 하기 때문이다.

그러나 그는 신용을 많이 얻지 못하고 있어서 이들 자원을 자신이 직접 요청해서는 얻기 힘들다는 것을 잘 알고 있었다. 그의 전략은 톱 경영진이 신뢰하는 사람, 소니 본부에서 훌륭한 경력을 갖고 있는 사람, 높은 사람과 매일매일 접촉하는 사람을 중개자로서 활용하는 것이었다. 구타라기가 선택한 사람은 도쿠나카 데루히사이다. 닌텐도 사건이 일어났을 때 급조한 위기 관리 그룹의 멤버이다.

도쿠나카는 또 소니 본부에서 소니 뮤직과 소니 픽처 인수를 맡았던 팀의 아주 존경받는 멤버였다. 구타라기는 먼저 그의 선택에 관해 오가에게 자문을 구했다. "아주 훌륭한 아이디어야. 그 친구라면 큰 도움이될 거야." 오가는 곧장 자신의 말을 행동으로 옮겨 필요한 조치들을 해주었다. '닻으로서의 도쿠나카의 역할'을 오가는 이렇게 설명했다. "구타라기를 마음대로 하게 내버려두면 어디까지 갈지 알 수가 없다. 우리가 도쿠나카에게 구타라기가 선을 잘 지키도록 해달라고 요청한 이유이다."

도쿠나카는 1988년 CD 포맷 확산의 파장을 토론하는 회의에서 구타라기를 만났다. "구타라기는 심술꾼처럼 보였고 말을 한마디도 하지 않았다." 도쿠나카의 말이다. "내가 플레이스테이션 프로젝트를 알게 된 것도 그때였다. 나는 그가 설명하는 것을 아무것도 이해할 수 없었다. 왜냐하면 그 주제에 대해 처음 들었기 때문이다. 그러나 소니에서 독립해 플레이스테이션 일을 계속하겠다는 구타라기의 희망은 수긍이 갔다."

도쿠나카는 1969년 소니에 입사했다. 법률 담당 부서에서 수습 사원으로 일하는 동안 그는 당시 그곳 책임자였던 이바 다모쓰의 책상 위에 놓여 있던 메모를 읽었다. 이것이 그에게 큰 영향을 미친다. "나는 이세상에 이런 재능 있는 사람들이 있다는 것을 알고는 놀랐다. 소니의 전략에 관한 메모였다. 나도 이렇게 쓸 수 있는 사람이 되고 싶었다. 그것이 내가 법률 담당 부서에 배치되기를 희망한 이유이다." 도쿠나카의 회고이다.

그가 공식적으로 소니 법률 담당 부서에 배치된 것은 1971년이다. 곧바로 미국 반독점법 소송 사건에 투입이 됐다. 미국에서 2년 반 동안 머물면서 그는 M&A의 모든 것을 알게 된다. 일본으로 돌아와서는 소니 국내 판매의 입안 부서에 있다가 시장에서 소니 8mm 비디오의 위치를 굳건히 하기 위한 전략을 수립하는 기획 부서로 옮긴다.

당시 소니는 베타맥스의 실패로 쓴맛을 보고 VHS의 경쟁 상품으로 8mm 비디오를 내놓으려 하고 있었다. 그러나 도쿠나카는 그 정책에 반대하고 VHS와 경쟁하는 대신 8mm 비디오를 휴대용 포맷으로 내세워야 한다고 주장했다. 결과적으로 8mm 포맷은 전세계 캠코더 시장의 선두주자가 되었다.

이어서 그는 미국 컬럼비아 레코드 인수를 위해 도쿄 쪽 일을 맡았다. "나는 일찍부터 인수와 합병 일을 경험했다. 그래서 그 과정에 대해선 자세히 알고 있다." 구타라기가 그를 도와줄 사람으로 도쿠나카를 선택했을 때 도쿠나카는 미국에서의 새로운 임무를 맡았다. 그는 가족을 남겨놓고 뉴욕으로 간다. 소니 해외 부서의 본부를 뉴욕으로 옮기는 일을 타진하기 위해서였다. "구타라기는 한밤중에 뉴욕에 있는 나에게 전화를 하곤 했다. 잠자는 나를 깨우고는 이렇게 말했다. '내가 추진하는 프로젝트가 진전이 없습니다. 어떻게 하면 좋겠습니까? 아이디어 좀 없습니까?' 구타라기는 한번 마음먹으면 도쿄와 뉴욕의 시간 차이는 안중에도 없었다."

도쿠나카는 다시 일본으로 돌아오라는 명령을 받는다. 18개월로 예정됐던 미국에서의 임무는 단 9개월로 끝났다. 1993년에 돌아온 그는 곧장 SCEI 설립 추진 사무소의 책임자로 임명된다. 오가는 그에게 이렇게 주문했다. "플레이스테이션에 대한 사업 계획을 되도록 빨리 만드시오. 7월까지는 끝내야 하오."

█ 세 가지 시나리오

셀 수 없이 많은 일들이 기다리고 있었다. "나는 걱정하지 않았다. 구타라기가 훌륭한 물건을 만들어낼 게 분명했기 때문이다." 이것이 새 게임기의 하드웨어에 대한 도쿠나카의 생각이었다. 그가 가장 신경이 쓰이는 것은 플레이스테이션이 출시된 후 예상되는 경쟁자들의 반격이었다. 그렇게 기술이 앞선 제품을 내놓는 것은 처음부터 시장을 장악하겠다는 의도를 대외에 드러내는 것이나 다름없다. 경쟁자들은 멍청하게 서 있지만은 않을 것이다. 그들은 곧바로 더 낫고 더 매력적인 게임기를 개발해 시장에 출시하려고 할 것이다. 소니는 이런 반격에 견딜 수 있을 것인가? 그리고 재반격에 나설 수 있을 것인가?

도쿠나카는 이 모든 것을 구타라기에게 일임할 수도 있었다. 그러나 구타라기의 사업 계획에는 헤아리기 어려운 것들이 너무 많았다. 가장 큰 의문은 과연 소프트웨어 메이커들이 플레이스테이션을 위해 소프트웨어를 만들어줄 것이냐 하는 점이었다. 당시 게임 소프트웨어의 유통과 소매는 닌텐도가 조직한 약 50개의 도매상으로 이뤄진 쇼신카이(오늘날의 이신카이)가 장악하고 있었다. 소니가 이런 환경 아래서 어떻게 소프트웨어를 팔 수 있을까? 가격은 어떻게 매기고 어떤 소프트웨어를 제공할 수 있을까? 어떤 판매 구조를 이용해야 할까? 로열티는 어떻게 해야 할까? 소니는 이 모든 것을 제로 베이스에서 시작해야 한다.

이 시점에서 확실한 것은 오직 한 가지가 있었다. 게임기의 이름을 '플레이스테이션'으로 정한 것뿐이다. 닌텐도와 함께 추진했던 CD-ROM 프로젝트의 이름을 고수하자는 것에는 누구나 동의했다. 코드 네임은 PS/X로 붙였다.

전략을 구체화하면서 구타라기 팀에 한 가지 걱정이 생겼다. 어떻게 사용자의 지지를 얻을 것인가? "그것은 아주 간단하다." 도쿠나카가 말했다. "소프트웨어 개발자들이 우리를 지지한다면, 즉 다시 말해서 플레이스테이션을 플랫폼으로 받아들인다면 우리는 사업을 계속할 수 있다. 그렇지 않으면 사업을 접어야 한다. 그것이 결론이다."

도쿠나카는 소프트웨어 제작자들을 끌어들이기 위한 전략이 그 결론에서 도출되어야 한다고 주장했다. "첫째, 게임 창조자들이 매력을 느끼고 그들에게 동기를 줄 수 있는 포맷을 만든다. 둘째, 경영자들을 움직일 수 있는 비즈니스 구조를 구축한다. 라이선스 또는 로열티 시스템을

말하는 것이다. 셋째, 소프트웨어 개발자들이 우리 제안에 관심을 나타
내면 그들에 맞춰 유통 구조를 구축한다는 것이다. 우리는 수백 가지 시
뮬레이션을 돌려보았다."

1993년 7월 20일까지 이것을 끝낸 뒤에 오가 사장도 참석한 가운데
PS/X 사업 계획을 검토하는 자리를 가졌다. 도쿠나카는 PS/X에 대한 전
망을 다음과 같이 상술한다.

"세 가지 시나리오가 있습니다. 그것을 A, B, C라고 하면 A는 성공
적인 포맷과 비즈니스 환경을 구축한다는 성공적인 시나리오입니다. B
는 PS/X가 처음에는 히트하지만 장기적인 성공은 불분명하다는 덜 긍정
적인 시나리오입니다. C는 PS/X가 비록 출발은 좋았지만 결국에는 시장
에서 철수해야 한다는 최악의 시나리오입니다. 저는 승리를 확신하고 싶
지만 경쟁이 너무 치열한 시장이어서 대성공을 기대한다는 것은 현실적
이지 않은 듯합니다. 가장 가능성이 큰 시나리오는 A와 B 사이에 있는
것입니다. 우리가 거기서 좀더 나아간다면 출발은 성공적이라고 할 수
있을 것입니다. 우리는 이 기간을 2년에서 2년 반으로 보고 있습니다."

오가는 한참을 생각하더니 머리를 끄덕이면서 "좋아, 추진합시다."
라고 말한 뒤에 이렇게 덧붙였다. "사용자의 입장에선 매체가 무엇이 되
든 문제가 되지 않는다. 문제는 아이들이 재미있게 갖고 놀 수 있느냐 하
는 점이다. 결정적인 요소는 소프트웨어 하우스들이 만드는 소프트웨어
의 매력이 될 것이다. 그들이 상상력이 풍부한 화면, 다양한 아이디어,
콘텐츠가 재미있는 소프트웨어를 만들어 주는 게 관건이다."

18개월 후 출범하는 플레이스테이션의 운명은 어떻게 될 것인가? 시
나리오 A, B, 아니면 C?

■ 1994년 12월 3일: 게임기 역사를 다시 쓰다

1994년 12월 3일, 게임기 역사의 분수령이 된 날이다. 플레이스테이션, 소니의 차세대 게임기가 그날 처음 시장에 나온 것이다. 도쿄 아키하바라에선 플레이스테이션을 파는 상점 앞에 아침 일찍부터 7백~8백 명이 기다랗게 줄을 서서 문 열기만을 기다렸다. 그곳에서 밤을 샌 사람도 있었다. 정오가 되기 전에 대부분의 상점들은 게임기가 바닥나 SCEI에서 물량을 더 확보하려고 필사적인 노력을 벌였다.

스포츠 닛폰은 1994년 12월 4일자에서 이렇게 보도했다. "그 줄의 맨 앞에는 임시직에 종사하는 30세의 도쿄 남자가 서 있었다. '나는 어젯밤 8시부터 여기에 있었다. 플레이스테이션은 기존의 게임기와는 전적으로 달라서 가격이 얼마인지도 생각 못했다.'고 말했다." 니혼게이자이 신문은 같은 날 이렇게 보도한다. "약 7백 명의 사람들이 도쿄 아키하바라에 있는 라옥스 컴퓨터 게임 스토어 앞에 줄지어 섰다. 어떤 사람은 밤을 새기도 했다. 간사이 지방의 도매상 조신전기는 자신들이 운영하는 아울렛의 절반인 70곳에서 플레이스테이션을 팔았는데 정오가 되기 전에 대부분 매진됐다."

SCEI의 홍보 담당 사에키 마사시는 오전 8시 30분에 반응이 어떤지를 알아보려고 신주쿠 역 서쪽 출구로 나갔다. 그는 요도바시 카메라의 닫힌 문 앞에 사람들이 줄지어 서 있으리라고 예상했다. 그러나 그가 본 것은 까마귀 몇 마리뿐이었다. 그는 다른 곳을 본 것이다. 요도바시 카메라는 군중이 몰릴 것을 예상하고 길 모퉁이를 돈 곳에 플레이스테이션 특판 장소를 마련해놓았다. 사에키가 그곳에 가보니 7백~8백 명이 줄을 서 있는 게 보였다. 그는 너무 기뻐서 그 긴 줄의 끝까지 걸어가보았다.

되돌아오면서 그는 실제로 게임기를 산 사람에게 말을 붙여보려고 고등학생으로 보이는 소년에게 다가갔다. 그러자 소년은 깜짝 놀라면서 달아나버렸다. 사에키는 순간 깨달았다. 최근 '드래곤 퀘스트'가 신문의 헤드라인을 장식하고 있었다. 요즘 최고의 인기 게임 소프트웨어를 산 사람에게 누군가가 말을 걸면서 다가와서는 그것을 빼앗아 달아난 사건이 일어났다. 그 소년은 사에키를 '드래곤 퀘스트 도둑'으로 생각한 것이다. 같은 일이 두세 번 반복되자 사에키는 전략을 바꿨다. 지나가는 사람에게 3미터쯤 거리를 두고 큰 소리로 외쳤다.

"안녕하세요, 소니 컴퓨터에서 나왔습니다. 몇 가지 질문을 해도 괜찮겠습니까?"

그 사람이 멈추어 섰다.

"어떤 소프트웨어를 사셨습니까?" 사에키가 물었다.

"리지 레이서(Ridge Racer)."

"얼마를 줬습니까?"

"세가 스테이션도 갖고 있습니까?"

신주쿠 지역 가게들은 오전 11시가 되자 플레이스테이션이 바닥났다. 일본의 주요 쇼핑가는 모두 이 같은 매진 사태를 빚었다. 소니의 1차 생산 계획 물량 30만 개 가운데 10만 개가 이날 다 팔렸다. 소니 경영진은 플레이스테이션이 잘 팔릴 것으로 예상은 했지만 이렇게 불티나게 나가리라고는 확신하지 못했던 것이다.

구타라기는 아키하바라에서 플레이스테이션 셔츠를 입고 가게 앞의 긴 행렬을 사진에 담았다. 만세이에서 사에키에게 저녁으로 불고기를 사주면서 "12월 3일은 정말 보람 있는 날"이라고 말했다. "내 인생에서 이런 행운은 없었어. 그래서 처음으로 한 장에 3천 엔이나 하는 복권 30장을 샀지. 이런 운수 좋은 날은 앞으로도 다시는 없을 거야."

한편 소니에서는 환호와 낙담이 교차했다. 경영진은 열광하면서도 이 폭발하는 수요를 소화해낼 게 걱정이었다. 생산을 당장 늘려야 했지만 여의치 않았다. 12월에 만들기로 예정된 20만 개도 곧바로 시장에 뿌릴 수가 없었다. 또 그 중 일부는 다가오는 크리스마스 시즌에 대비해 비축해두어야 했다.

소니가 게임기를 파는 것에 대해 비난하던 곳에서도 주문이 밀려들었다. 소니에서도 직원들이 자신이 쓸 것을 구하려고 연줄을 동원하는 등 소동이 일어났다. 12월 20일 소니 이사의 부인이 오가 사장에게 직접 전화를 걸었다. "부탁이 있습니다. 손자에게 크리스마스 선물로 플레이스테이션을 주려고 했는데 모든 가게가 크리스마스 이후까지 매진이 됐다는군요. 오가 사장님, 손자를 위해 하나 구할 방법이 없을까요?" 그녀가 간청을 했다. "제가 할 수 있는 모든 방법을 동원해 구해드리겠습니다." 오가 사장은 플레이스테이션이 첫날부터 잘 팔린다는 보고는 들었지만 믿기지가 않았었다. "그 부인은 손자가 대단히 기뻐할 것이라며 고마워했다. 나도 비로소 웃을 수 있었다."

그러면 오가가 프로젝트를 진행하라는 결단을 내린 날부터 게임기 시장의 정상을 향해 플레이스테이션이 출범하던 그날까지 구타라기는 도대체 무슨 일들을 벌인 것일까? 기술, 마케팅, 제작 그리고 판매 시스템까지 구타라기 팀은 이들 핵심 분야에서 어떤 전략을 구사한 것인가? 이것이 다음 장의 주제이다.

소프트웨어 개발자들을 포섭하라

플레이스테이션 프로젝트를 추진하던 사람들이 구호처럼 생각하던 말이 있다. 마루야마의 입을 빌리면 "오직 후발주자만이 할 수 있는 것을 하자."라는 것이다. 소니는 경쟁이 치열한 게임기 시장에 가장 늦게 입장한 주자이다. 라이벌 닌텐도와 세가는 이미 강력한 파워를 구축해놓고 있다. 소니가 이 경쟁에서 살아남으려면 이들을 물리쳐야 한다. 마루야마는 소니의 도전을 이런 식으로 정리한다.

"무엇보다도 먼저 닌텐도의 모든 것을 정밀하게 조사해야 한다. 소프트웨어 개발자, 유통업자 그리고 사용자가 닌텐도에 대해 품고 있는 불만이 무엇인지를 파악하고 소니가 그 해결책을 제시함으로써 그 불만을 파고드는 것이다."

소니의 전략은 후발주자로서 이 시장에서 자리잡기 위해 경쟁자의 약점을 찾아내어 그것을 소니의 이점으로 활용하는 것이었다.

▮ 소니 소프트웨어는 없다

비디오 게임 플랫폼이 성공하려면 많은 조건들이 충족돼야 한다. 가장 중요한 것은 다양한 소프트웨어를 공급하는 것이다. 어떻게 그런 환경을 만들 수 있을까? 소니의 전략은 게임 소프트웨어 공급을 철저하게 서드 파티에 맡긴다는 것이다. 소니는 소프트웨어를 만들지 않는다. 경쟁자 세가와는 정반대의 자리에 서는 것이다. 세가는 아케이드 게임을 만드는 잘 정비된 소프트웨어 개발 부서를 갖고 있어서 아케이드(게임센터)에서 성공한 제품을 쉽게 세가의 가정용 게임기 세턴(Saturn)으로 이식할 수가 있었다.

이것은 플레이스테이션에는 가능하지 않다. 마루야마가 이끄는 에픽 소니의 소프트웨어 제작 팀으로는 역부족이다. 그러므로 플레이스테이션의 운명은 유능한 소프트웨어 개발자들을 얼마나 많이 소니 진영으로 포섭하는지에 달려 있었다. 서드 파티 소프트웨어 개발자들은 성공할 것 같지 않은 포맷에는 참여하지 않는다. 그들은 어떤 포맷이 경쟁자들을 물리치고 있는지 끊임없이 시장을 주시하고 있다. 비즈니스 기회를 잡기 위해 독수리의 눈으로 지켜보다가 오직 승리한 포맷에만 재빨리 투자를 한다.

어떻게 이들을 플레이스테이션 프로젝트에 참여하라고 설득할 수 있을까? 수많은 내부 토론이 있었지만 이 질문에 대한 답을 내놓지 못했다. 그래서 소니는 소프트웨어 회사들에 직접 물어보기로 한다. 마루야마, 도쿠나카, 사토 아키라, 다카하시 유지 그리고 구타라기가 한 팀이 되어 1993년 5월에 출발해서 3개월 동안 북쪽의 홋카이도에서 남쪽의 규슈까지 일본 전역의 1백 개가 넘는 회사를 방문한다.

경영진뿐 아니라 소프트웨어 창작자까지 면담을 요청했다. 그들이 들고 간 2단계 전략은 낙관적이었다. 먼저 플레이스테이션의 기술적인 매력으로 게임 창작자들을 끌어들이고 그들이 경영진에 영향을 미치면 다음은 소니가 그 회사를 포섭하는 것은 시간 문제라고 생각했다. 그러나 게임 창작자를 면담하는 소니의 계획은 늘 꼬이곤 했는데, 왜냐하면 경영진이 회의를 리드하려고 해서 창작자는 늘 뒤편에 있었기 때문이다. 그리고 반응은 언제나 똑같았다. "당신들을 위해서 하는 말인데 소니는 비디오 게임에 관여해서는 안 된다." 플레이스테이션의 기술적 우월성을 경영자에게 설득시키는 게 쉽지 않았다.

플레이스테이션의 마케팅 전략 수립을 책임지고 있는 사토 아키라는 이렇게 말한다. "현실을 보면 우리가 닌텐도의 상대가 되지 않는다는 것은 분명하다. 우리는 소프트웨어 하우스들이 거절할 줄 알았다. 참여해달라고 요청하면 그들은 한결같이 이렇게 말한다. '3D 컴퓨터 그래픽은 앞으로 10년 안에 이뤄지지 않을 것이다. 프로그래밍 언어 C로 게임 소프트웨어를 만들겠다고 하는 것은 소프트웨어 개발에 대한 현실 감각이 없는 사람이다. 게임 산업은 거칠고 기복이 심해서 아마추어가 설 자리가 없다. 돈 벌기가 쉽다고 생각해서 게임 시장으로 들어오려고 한다면 큰코다칠 것이다.' 되돌아보면 그들의 충고는 호의로 한 말이었다."

▌ 3백만 개를 팔 수 있을까?

1993년 6월 25일 아침, 소니 팀은 어느 회사를 찾아갔다. (회사 A라고 부르기로 하자.) 롤플레잉 게임(role-playing game)으로 잘 알려진 회사이다. 미팅을 끝낸 후 소니 팀은 이 회사는 플레이스테이션용 소프트웨어 개발의 제1그룹에 포함할 수 있는 후보자가 아니라고 결정했다. 회사 A의 사장은 이렇게 말했다. "일본 시장에서 하드웨어 판매량이 최소한 3백만 개가 안 된다면 우리는 참여할 수 없다. NEC와 세가 모두 이 수치를 돌파하는 데 실패했다. 그리고 플레이스테이션이 3백만 개가 팔린다 해도 이 플랫폼이 다른 포맷과 비교해 경쟁력이 있다는 확신이 설 때까지는 참여를 결정할 수 없다."

구타라기 팀은 보고서에 이렇게 썼다. "이 단계에서 더 이상 추진 불가. 플레이스테이션이 3백만 개 팔리면 재방문."

당시 패미컴은 8백만 개가 팔려나갔다. 3백만 개 판매는 게임 플랫폼의 마지노선으로 여겨지고 있었다. 하드웨어의 성공은 첫해의 판매 실적에 달려 있다. 처음부터 불타나게 나가야 성공했다고 할 수 있지, 느리지만 꾸준하게 나가는 것은 바람직한 게 아니다. 소프트웨어 제작자들은 성공할 것 같지 않은 포맷에는 참여하려고 하지 않는다. 하드웨어 3백만 개 판매는 그들이 찾는 성공의 확실한 보증수표인 셈이다.

같은 날, 구타라기 팀은 회사 B를 방문했다. 또 다른 RPG의 선두 그룹에 속해 있는 회사이다. 그들의 반응도 같았다. "3백만 개 이상 팔리면 고려해보겠다. 우리는 최고의 팀을 갖고 있다. 타이틀당 1백만 개 이상을 팔 수 없는 포맷이라면 참여할 수 없다. 하드웨어 3백만 개 판매는 최소한의 조건이고 하드웨어와 소프트웨어를 합친 가격이 3백 달러 아래가 돼야 한다. 마쓰시타의 3-DO는 예외적인 특수성이 있다고 해도 7백 달러는 터무니없는 가격이다."

구타라기 팀은 보고서에 다시 이렇게 썼다. "이 단계에서 더 이상 추진 불가. 플레이스테이션이 3백만 개 팔리면 재방문."

마케팅에서 일본이 벤치마크를 중요하게 생각하는 것은 부분적으로는 문화적 요소에서 기인하고 있다. 서구 시장, 예를 들면 미국 시장은 닌텐도64(N64)와 플레이스테이션 둘 다 지원할 수 있다. 그러나 일본 시장에서는 살아남는 오직 하나의 포맷만을 인정하려고 한다. 이것은 왜 그럴까?

"이를 이해하려면 문화적, 인류학적인 시각이 필요할 것이다." 남코의 이사이면서 게임 마케팅 전문가인 하라구치 요지는 이렇게 말한다. "땅에 매여 있는 농경 민족과 사냥감을 찾아 이곳저곳을 떠돌아다니는 수렵 민족 사이의 차이일 것이다. 서구에서는 어떤 사람은 플레이스테이션을 좋아하고 어떤 사람은 N64를 좋아해도 문제가 없다. 일본에서는 이웃이 무엇을 가지고 있는지가 중요하다. 일본인은 누구나 갖고 있는 것을 갖고 있어야 안심이 되기 때문이다. 다르게 행동하면 외계인 취급을 당하고 그룹에서 따돌림당할 것이다. 일본에서는 같은 반 학생 대다수가 플레이스테이션을 갖고 있는데 N64를 사는 소년은 지극히 용감한 소년임에 틀림이 없다."

소프트웨어 하우스의 경영진이 "3D 컴퓨터 그래픽은 앞으로 10년 안에는 어림없는 일"이라고 말한 것은 단지 현실적인 상황을 고려한 것이다. 비용 효율성을 따져볼 때 게임 제작자가 당분간 3D 컴퓨터 그래픽으로 쉽게 갈 수 없을 것이라는 게 게임업계에서는 당연하게 여겨지고 있었다. 컴퓨터 애니메이션 1초분 제작에 30만 엔이라는 적지 않은 비용이 들었기 때문이다.

예를 들면 남코는 3D 컴퓨터 그래픽이 곧 가정용 시장으로 들어갈 수 있다고는 상상도 하지 않았다. 소니와의 첫 미팅에서 그들의 반응은 냉담했다. "플레이스테이션은 최첨단 기술을 구현하고 있다. 그러나 가정용 제품에도 채용할 수 있을지 의문이다." 남코는 몇 년 동안 컴퓨터 그래픽 기술 개발에 역량을 집중해 이미 그들의 아케이드 게임에 구현하는 데 성공했다. 플레이스테이션 기술이 가정용 제품에는 적용될 수 없을 것이라는 그들의 장담에는 일견 우리가 연구한 만큼 당신들이 알겠느냐는 자부심이 배어 있다. 당시 남코에는 두 개의 R&D 그룹이 있었는데 하나는 가정용 소프트웨어를, 다른 하나는 아케이드용 소프트웨어를 개발했다. 그때까지는 후자가 규모가 더 크고 더 유망한 분야였다.

남코의 견해는 가정용 비디오 게임기 시장이 가격에 너무 민감하다는 것이었다. 슈퍼 패미컴은 160달러에 팔고 있었다. 권장 소매가격이 398달러, 실제 판매 가격이 3백 달러 아래가 되지 않으면 게임기는 팔리지 않을 것이라고 남코는 믿고 있었다. 성능이 좋아야 한다는 것은 말할 것도 없다. 당시 컴퓨터 그래픽 기술을 구현한 아케이드 게임은 1만 8천 달러나 했다.

소프트웨어 회사의 냉대에도 불구하고 구타라기 팀은 중요한 정보를 얻었다고 생각했다. 사려 깊은 많은 고위 관리자들은 이 사업이 왜 어려운지를 아마추어도 알기 쉬운 말로 그들에게 자세히 설명해주었다. 구타라기 팀은 이 비즈니스만의 문제와 요구 조건을 알게 되었다. 예를 들면 반품, 높은 로열티, 재주문의 공급에 관련된 어려움 같은 것들이다.

고나미의 관리이사 기타가미 가즈미는 이렇게 말한다. "회의를 갖자고 소니가 우리에게 연락을 해왔다. SCEI는 설립된 지 얼마 안 됐기 때문에 소니의 이름으로 요청을 한 모양이다. 무엇에 관한 것인지는 밝히지 않고 단지 만나자고만 했다. 소니의 대표로 도쿠나카, 다카하시, 구타라기 그리고 마루야마가 나왔다. 고나미에서 나온 사람은 나 혼자뿐이었다. 내가 알기로 소니는 게임 시장의 경험이 없었다. 경험이 있는 사람으로서 나는 그 산업의 다양한 면모에 대해 설명해주었다. 그들이 닌텐도의 태도와는 정반대로 우리가 무엇을 원하는지를 들을 준비가 돼 있는 것을 보고 그 점은 현명하다고 생각했다. 구타라기는 그 후에도 이따금 나를 만나러 왔다. 하드웨어 메모리는 얼마나 원하는지, 컨트롤러는 어떤 모양이 알맞은지, 우리의 생각을 듣고 갔다."

기타가미는 컴퓨터 게임 산업의 노련한 베테랑이다. 그는 아케이드 게임기 디자인에서 출발했다. 1980년대 말에는 가정용 하드웨어 시장으로 들어갈 것을 고려하기도 했다. "불행하게도 그 분야에는 대규모 투자가 필요했다." 기타가미의 말이다. "그래서 많은 시뮬레이션을 돌려봤지만 결론은 늘 같았다. '해서는 안 된다.'"

많은 조사를 수행하다보니 기타가미는 닌텐도가 표준이 돼버린 게임기 산업의 실태를 아주 잘 알게 되었다. "당신들이 이 산업으로 들어

오겠다면 호된 꼴을 당할 준비가 돼 있어야 한다고 따끔하게 말해주었다. 그러나 하지 말라고는 안 했다."

소니측은 기타가미의 말을 조용히 듣기만 했다. 기타가미의 회고이다. "그들은 회의를 끝내고 돌아오면서 모두 기분이 좋지 않았다고 나중에 털어놓았다." 소니 팀은 다른 사람의 견해를 듣는 것만으로 끝내지 않고 그것이 부정적인 것이라고 하더라도 그들이 배운 것을 사업 계획에 반영하려고 노력했다. 도쿠나카는 이렇게 말한다. "소프트웨어 메이커가 그 사업을 하지 말라고 충고하더라도 그 말에 따라 우리가 그만둘 수는 없지 않은가. 우리에게 필요한 것은 이렇게 말해주는 것이다. '이것이 문제이다. 당신들이 어떻게 그것을 풀 수 있는 방법을 찾아낼 것인가?'"

소프트웨어 하우스와 만남을 거듭하면서 구타라기 팀은 그들이 3D 컴퓨터 그래픽에는 흥미가 있다는 것을 알게 되었다. 문제는 어떻게 그들의 관심을 소니 쪽으로 오도록 하느냐 하는 것이다. "소수만이 우리가 무엇을 하려고 하는지를 이해하고 있었다. 대부분은 비관적이었고 '불가능하다'고 말하고 있었다." 도쿠나카의 말이다.

▓ 세가의 3D 컴퓨터 : '버추어 파이터'가 흐름을 바꾸다

구타라기와 그의 팀은 1993년 8월 24일의 사건을 잊지 못할 것이다. 소니측은 그날 오후로 예정된 회사 C(전투 게임으로 유명)와 회의를 하기 위해 당시 마쿠하리에 있던 자신들의 사무실에 앉아 있었다. 오후 2시에 시작됐는데 분위기가 아주 이상했다. 회사 C와는 이번이 두 번째 회의였는데 그들의 말이 첫 번째 회의와는 180도로 달라져 있었다. 회사

C는 첫 번째 회의에서는 아주 단호하게 말했다. "소니는 정말 게임 사업과 함께 자살하려고 하느냐? 우리 문화는 2D 이미지의 문화이다. 3D 이미지에는 흥미가 없다. 우리가 소니 쪽에 참여하기 위해선 전세계적인 하드웨어 판매가 선행돼야 할 것이다. 구체적인 수치를 말한다면 3백만 대이다."

이 말을 들은 구타라기 팀은 회사 C는 플레이스테이션 플랫폼에 참여하지 않을 것으로 확신했다. 회사 C는 '전세계 판매'라는 전제와 함께 3백만 대라는 수치를 자격 요건으로 내세웠다. 왜냐하면 그들의 주종목인 전투 게임은 전세계로 팔려나가고 있었기 때문이다. 소니의 대답은 "잘 알겠습니다. 우리가 3백만 대를 팔게 되면 다시 들르겠습니다."였다. 그러나 회사 C는 소니의 제안을 아직도 고려하고 있다고 알려와서 8월 26일로 두 번째 회의를 잡아놓은 것이었다.

그날이 왔다. 예전의 회의처럼 비디오 데모가 끝나자 플랫폼에 대한 설명이 이어졌다. 그러나 이번에는 하드웨어에 대한 질문은 없었다. 2D와 3D 사이의 차이도 언급하지 않았다. 질문은 모두 다른 주제에 집중됐는데 가령 가격, 유통, 마케팅 전략에 관한 것이다. 회사 C는 이렇게 말하기까지 했다. "지금 시장에는 많은 포맷들이 나와 있지만 그 중에서도 우리가 특히 관심을 갖는 것은 소니의 PS/X이다." 이전의 자세와는 판이했다. 그때는 소니에 대한 최소한의 요구가 전세계를 상대로 3백만 대를 파는 것이었다. 회사 C는 지금 적극적인 자세를 보이고 있지 않은가?

무엇이 그들의 마음을 바꾸도록 한 것일까? "세가의 '버추어 파이터 (Virtua Fighter)'가 굉장하던데요." 그들 중 한 사람이 말했다. "정말 컴퓨터 그래픽이 3D로 가고 있구나! 우리는 깜짝 놀랐어요."

세가는 그날 마쿠하리 게임 쇼에서 아케이드 게임 '버추어 파이터'를 공개했다. 회사 C의 사람들은 아침에 그 게임 쇼에 참석한 뒤 근처에 있는 소니의 사무실로 온 것이다. 그들은 '버추어 파이터'에 압도당했다. 상품화된 '버추어 파이터'의 3D 이미지는 그들에게 엄청난 충격을 주었다.

회사 C의 간부는 다음 날 소니에 전화를 걸었다. "어제는 시간이 충분하지 못해서 말을 다 못했는데 PS/X를 아케이드 게임기로도 개발할 수 있을 것이다. 여러 소프트웨어 메이커들과 이야기해보니 그들 모두 PS/X에 대해 긍정적이었다."

'버추어 파이터'는 아이러니컬하게도 소프트웨어 개발자들을 소니로 기울게 만들었다. 이것이 나오기 전에는 그들은 꿈쩍도 하지 않았던 것이다. 소니는 마냥 진지한데도 그들은 시큰둥하기만 했다. 그리고 마치 같은 대본이라도 읽는 듯이 모두 한목소리를 냈다. "소니가 하드웨어를 3백만 대 팔면 고려해보겠다." 그러나 '버추어 파이터'가 모든 것을 바꾸어놓았다. 그들 눈앞에서 3D 이미지가 움직이는 것을 보고 소프트웨어 하우스들은 PS/X를 다시 보게 된 것이다. 심지어 그 중 몇몇은 "소니가 작업 중인 3D 컴퓨터 그래픽이 이해가 되는군요. 좀더 자세히 설명해줄 수 있습니까?" 하면서 소니와의 접촉에 적극성을 보였다.

도쿠나카의 말이다. "'버추어 파이터'의 절묘한 타이밍에 대해 우리는 세가에 감사하지 않을 수 없다. 그들은 3D 이미지로 게임을 만드는 게 가능하다는 것을 적시에 보여준 것이다. 그때부터 조류는 우리 쪽으로 밀려왔다."

기술 면에서 대세는 2D에서 3D로 흘러가기 시작했다. 소프트웨어 하우스가 3D 아케이드 기계를 개발하는 것은 시간 문제였던 것이다. 그 회사가 세가라는 것은 아이러니가 아닐 수 없다. 세가의 새턴이 플레이스테이션의 맞수였기 때문이다. 그러나 '버추어 파이터'가 나오자 도쿠나카의 가슴은 세가에 대한 감사의 마음으로 가득 찼다.

▌ 놀라운 시연회

1993년 가을, 10월 27일 소니는 게임기 시장 진출과 SCEI 설립을 발표한다. 마침내 플레이스테이션 프로젝트가 큰 걸음을 내디딘 것이다. 언론사에 배포한 보도 자료는 다음과 같다. "소니와 소니 뮤직 엔터테인먼트는 오는 11월 16일 소니 컴퓨터 엔터테인먼트 주식회사(SCEI : Sony Computer Entertainment Inc.)를 설립한다. SCEI는 가정용 게임기와 소프트웨어를 개발, 판매하고 소프트웨어 하우스와의 라이선스 업무를 관장한다. 소니와 소니 뮤직 엔터테인먼트 두 회사가 SCEI의 지분을 보유할 것이다. SCEI는 초고속 컴퓨터 그래픽 디스플레이 기능을 가진 차세대 가정용 게임기를 제공함으로써 컴퓨터 엔터테인먼트의 신세계를 창조하는 것을 목표로 하고 있다. 이 게임기는 고성능 그래픽 워크스테이션의 파워를 지향한다."

큰 걸음을 내디딘 다음 날 소니는 이에 멈추지 않고 이번엔 소프트웨어 개발자들을 위한 시연회를 개최한다. 도쿠나카의 회고이다. "우리가 여행 중에 수집한 명함을 이용해 전국의 소프트웨어 회사에 일일이 전화를 걸어 소니로 초대했다."

LSI 회로의 프로토타입은 10월 초에 완성이 됐다. 그 프로토타입으로 구축한 시스템은 공룡 티라노사우루스가 포효하는 생생한 3D 컴퓨터 그래픽을 만들어내는 데 성공했다. 게다가 그것은 단순한 와이어 프레임이 아니고 텍스처 매핑이 창출하는 실감나는 화면이다. 시스템G 기술로 구현한 이미지가 움직이고 있었던 것이다!

자신감이 생긴 구타라기는 이제 그것을 소프트웨어 하우스의 엔지니어들에게 보여줄 때가 됐다고 생각했다. 시연회는 10월 28일 오전 10시 도쿄 시나기와 고텐야마의 소니 본부 뒤쪽에 있는 A강당에서 열렸다. 60개의 회사에서 온 3백 명의 소프트웨어 엔지니어들이 참석했다. 그 거대한 행사장의 벽 쪽에 하얀 천으로 가려진 6개의 프로토타입이 공개를 기다리고 있었다.

전날 도쿠나카는 오가에게 연설을 요청했다. 이미 오가는 이 특별 프로젝트를 위한 마음의 준비가 돼 있었다. "우리 포맷의 성공은 여러분 같은 소프트웨어 회사의 지지에 달려 있습니다." 그는 소니 대강당의 청중들에게 호소했다. "현재 소프트웨어는 하나도 없습니다. 여러분이 도와주셨으면 합니다. 우리는 여러분의 협조에 대단히 감사할 것입니다. 소니는 앞으로 이 사업을 아주 신중하게 이끌어나갈 것입니다."

오가의 열정적인 연설에도 청중들은 조용했다. 강당의 분위기는 냉담했고 동떨어져 있었다. '정말 소니가 진심이야? 그 기계 안의 기술을 볼 때까지는 믿을 수 없어.' 모두들 그런 생각을 하고 있는 것 같았다.

구타라기는 서둘러 하얀 천을 벗기고 프로토타입의 스위치를 올렸다. 공룡 이미지의 시연이 시작됐다. 각 프로토타입이 배정된 6개의 테이블 주위에는 50명이 서서 진행을 도왔다. 시연회는 물 흐르듯이 진행됐다. 이미지는 수정처럼 깨끗했다. 텍스처 매핑의 3차원 티라노사우루스는 컨트롤러의 지시에 민감하게 움직이면서 마치 살아 있는 것처럼 포효했다.

청중은 일어나선 움직일 줄을 몰랐다. 시연이 진행되는 30분 동안 엔지니어들은 화면에서 눈을 뗄 수가 없었던 것이다. 긴장감이 느껴졌다. 마침내 시연회가 끝나고 관중들이 돌아갈 시간이 됐다. 엔지니어들의 얼굴에는 무엇에 홀린 듯이 놀란 표정이 가득했다.

시연을 하면서 구타라기는 이상하게 생각했다. '진짜 움직이는 것을 보여줬는데도 왜 반응이 없는 거야?' 그러나 엔지니어들은 사실 할 말을 잃을 정도로 쇼크 상태에 빠져 있었다. 그런 인상적인 이미지를 본 적이 없었던 것이다. 그들은 아주 비싼 실리콘 그래픽스의 시스템을 이용한 시연을 본 적이 있지만 소니 시연회의 이미지들은 그보다 더 낫다고는 못해도 마찬가지로 역동적이었다. 그들의 눈앞에 증거가 있었지만 엔지니어들은 아직도 이 기술을 과연 가정용 게임기에 쓸 수 있을지 감을 잡기 어려웠다. "나중에 그들에게 말을 걸었을 때 그들은 한결같이 쇼크를 받을 정도로 놀랐다고 말했다." 구타라기의 회고이다.

말할 것도 없이 게임 창작자들은 동기가 없으면 흥미 있는 게임을 만들 수 없다. 게임 창작자들에게 영감을 불러일으키게 해야 한다고 강조해온 구타라기의 전략은 결국 결실을 보고 있었던 것이다. 시연회를 본 엔지니어들은 대단한 것을 보았다고 그들의 사장에게 보고했고 그날 오후 SCEI의 전화통에 불이 나기 시작했다. 그 프로토타입을 더 자세히 알고 싶다는 게임 회사들의 전화였다. 이제 소프트웨어 메이커들은 소니 포맷에 참여해야 할 이유가 생긴 것이다.

▌왜 남코는 참여를 결정했을까?

남코는 바로 소니가 자신들의 진영으로 끌어와야 할 1순위 소프트웨어 메이커였다. 3D 컴퓨터 그래픽을 가정용 게임기에 구현하는 것은 남코로서는 바라던 일이다. 왜냐하면 남코는 아케이드 게임에서 다년간 컴퓨터 그래픽 기술을 운용해본 경험을 축적해놓고 있었던 것이다. 구타라기는 개인적으로 남코의 컴퓨터 그래픽 엔지니어들과 여러 차례 만났다.

첫 만남은 1993년 6월 18일에 있었다. 남코는 플레이스테이션 기술에 대해 이야기했다. "우리는 그것을 가정용 제품에 응용할 수 있을지 의문이다." 그러나 소니가 게임기 시장으로 들어오는 것을 단념시키려고는 하지 않았다.

7월 27일 아오야마 사무실에서 가진 세 번째 만남은 너무 고무적이어서 소니측을 놀라게 했다. 그날 소니는 프로젝터와 데모 소프트웨어를 사용해 시연을 했다. 그날 처음 사용된 데모 비디오는 폴리곤(polygon : 3차원 그래픽의 기본 구조)을 사용해 최근 완성한 프로토타입 기판으로 창출한 그림들이었다. 바로 전 회의 때까지는 데모 비디오가 완성되지 않았었다. 이것이 후에 시연회에서 소프트웨어 제작자들의 말을 잃게 한 데모의 기본형이다. 그러나 이것만으로도 3D 컴퓨터 그래픽 게임의 선두주자인 남코를 놀라게 하기에 충분했다. 아름다운 3D 객체가 천천히 움직이고 있었다.

데모를 본 남코의 게임 엔지니어는 이런 반응을 보였다. "훌륭하군요. 조금 놀랐습니다. 지금까지 내가 진짜 감탄했던 적은 패미컴이 나왔을 때, 시스템22(당시로서는 세계에서 가장 **빠른** 남코의 아케이드 게임용 3D 게임 보드)가 완성됐을 때, 그리고 지금입니다. 이걸 가지고 함께 물건을 만들어봅시다." 그러고는 이어 질문을 퍼붓기 시작했다. 그 중 하나는 오버레이(overlay)에 관한 것이었다. "스크린을 두 번 덧씌울 수가 있는가? 오버레이는 표현 범위를 상당히 넓혀줄 것이다. 예를 들면 총

탄을 맞은 대형 캐릭터가 불타오르는 것 같은 다이내믹한 효과도 만들어 낼 수 있을 것이다."

컴퓨터 게임 그래픽의 가장 중요한 요소는 60분의 1초에 만들 수 있는 오버레이의 수이다. 이 시간은 TV 영상면 한 개를 만드는 데 걸리는 시간이다. 이러한 질문이 이어서 나왔다는 것은 남코의 경영진이 소니와 만나고 난 후 심도 깊은 토론을 벌였다는 것을 알게 해준다.

구타라기는 대답했다. "물론 두 개 이상의 오버레이가 가능하다."

또 다른 남코의 엔지니어는 이런 것을 요구했다. "우리는 대형 캐릭터를 움직일 수 있을 정도의 충분한 파워를 원한다." 패미컴과 슈퍼 패미컴의 캐릭터는 각각 8픽셀, 16픽셀이다. 그러나 남코는 플레이스테이션의 캐릭터가 이보다 더 크기를 바랐다.

남코는 아케이드 게임기를 위해 만든 자신들의 차세대 컴퓨터 그래픽 기술인 시스템22를 사용해 '리지 레이서' 게임을 개발 중이었다. '리지 레이서'는 나중에 플레이스테이션 플랫폼으로 이식돼 플레이스테이션의 성공적인 데뷔에 큰 기여를 한다.

"남코가 PS/X에 참여한다면, 그리고 그 기술을 아케이드 게임에도 응용할 수 있다면 투자 중복을 피하고 경비도 줄일 수 있을 것이다." 남코의 기술 담당 수석 이사인 나카무라 시게카즈의 말이다. 그는 아케이드 게임으로 개발해서 슈퍼 패미컴으로 이식한 캡콤의 '스트리트 파이터'를 염두에 둔 것이다. "우리는 PS/X를 아케이드 게임에도 사용하고 싶다. 그것은 시스템22 게임을 제외한 우리의 모든 게임을 중단한다는 것을 뜻한다. 조직 개편도 필요할 것이다."라고 나카무라는 말했다.

남코가 플레이스테이션 기술을 반기는 데는 나름대로의 이유가 있었다. 남코는 1985년에 3D 컴퓨터 그래픽 기술 개발을 시작했다. 나카무라의 말이다. "우리의 목표는 아케이드 게임 시장에서 차별화하는 것이다. 왜냐하면 3D는 2D 이미지의 표현 능력과 비교해 하늘과 땅만큼의 차이가 있었기 때문이다. 그러나 그 당시 기술로는 좀 어려웠다. 아무도 3D 컴퓨터 그래픽에 경험이 없었다. 그래서 우리는 연구와 공부를 같이 시작했다."

당시 컴퓨터 그래픽은 유일하게 비행 시뮬레이션에 사용되고 있을 뿐이었다. 같은 기술을 아케이드 게임에도 적용하려면 수만 달러의 비용이 들어갔다. 첫 3D 컴퓨터 그래픽 아케이드 게임은 1989년에 출시된 '위닝 런(Winning Run)'이다. 그러나 판매는 신통치 않았다. 시판 가격을 1만 달러에 맞추다보니 기술적인 제약이 많았고 수준도 형편없었다. 폴리곤을 초당 6만 개밖에 생성시킬 수 없어 오직 단색을 사용하는 데만 채울 수 있는 수준이었다. 그리고 움직임도 어색했다. 왜냐하면 계산 능력에 한계가 있었기 때문이다. 정교한 2D 이미지와 경쟁이 되지 않았다.

그러나 시간이 지나면서 게임 창작자들은 3D 컴퓨터 그래픽을 사용하는 데 좀더 숙달되고 소프트웨어의 성능도 꾸준히 개선되어갔다. 예를 들면 '위닝 런'의 1991년 버전은 오리지널 버전과 폴리곤의 수는 같았지만 속도는 아주 빨랐다.

남코 역시 세가의 '버추어 파이터'에 깜짝 놀랐다. 그러나 아케이드 게임기 시장에서 남코의 최대 라이벌인 세가가 사람들의 마음을 사로잡는 3D 전쟁 게임을 개발했으니 놀람의 강도는 다른 회사와 비교할 바가 아니었다. 많은 사람들이 다음 세기까지는 상업화가 어려울 것이라고 생각하던 3D 컴퓨터 그래픽의 새로운 장르가 아케이드 게임 소프트웨어 시장에서 과감히 그 모습을 드러낸 것이다. 남코의 수석 이사인 나카무라는 이렇게 말한다. "우리도 이것을 하지 않으면 안 된다는 위기감이 팽

배했다. 그러나 플레이스테이션을 토대로 아케이드 게임기를 개발할 수 있다면 우리도 싸워볼 만하다고 생각했다." 여기서도 또 '버추어 파이터'는 플레이스테이션 프로젝트를 도와주었다. 남코가 참여하는 계기를 만들어준 것이다.

아케이드 게임기에는 두 가지의 주요한 타입이 있다. 1백만 엔이 넘어가는 대형 기계는 캐비닛, 모니터 그리고 회로기판으로 구성되어 있고 작은 기계는 오로지 기판으로서 팔리고 있었다. 1990년대 초 남코의 파워는 3D 컴퓨터 그래픽 기술을 구현한 대형 기계 쪽에 있었다. 그러나 작은 게임기 시장에서는 고전하고 있었다. 캡콤의 '스트리트 파이터'같은 뛰어난 전쟁 게임과 경쟁을 해야 했기 때문이다. 이를 뒤집기 위해 남코는 자신들의 강력한 무기인 3D 컴퓨터 그래픽을 앞세워 폭풍처럼 이 시장을 장악할 기회를 노리고 있었다.

마침 '버추어 파이터'가 나왔고 남코는 3D 컴퓨터 그래픽의 새로운 가능성을 목격한 것이다. 시스템22에 기반을 둔 전쟁 게임을 개발하자고 SCEI에서 제안해왔을 때 남코는 망설였다. "대형 아케이드 게임기용으로 개발한 시스템22를 갖고 세가의 뒤를 쫓아가는 것은 승산이 없어 보였다. 우리는 3D 컴퓨터 그래픽을 이용해 전쟁 게임을 만들어본 경험이 없다. 우리가 개발을 끝낼 때쯤 세가는 '버추어 파이터'의 새 버전을 내놓고 다시 앞서 나갈 것이다."

남코가 이런 딜레마에 빠져 있을 때 PS/X가 등장한 것이다. 나카무라 수석 이사는 플레이스테이션 기술이야말로 남코를 위해 돌파구를 열어줄 것이라고 보았다. 바로 이렇게 해서 게임 '철권'이 1994년 12월 15일 탄생하게 되는 것이다. 남코가 플레이스테이션 기술을 아케이드 게임에 적용한 첫 사례이다. 플레이스테이션이 데뷔한 지 얼마 안 돼서이다.

경쟁자에 대한 경고

남코가 플레이스테이션 프로젝트에 참여한 또 다른 이유가 있었다. "소니의 제안은 타이밍이 절묘했다. 우리는 닌텐도의 서드 파티로서 한계를 느끼고 있었다." 나카무라의 고백이다. 소니가 남코의 도움을 얻으려고 할 때 남코는 마침 새로운 플랫폼을 찾고 있었던 것이다. 마치 숙명적인 이끌림이라고 해야 할까, 서로가 서로를 원했던 것이다.

남코도 한때는 가정용 게임 하드웨어 시장에 들어가는 것을 신중하게 고려한 적이 있었다. 그러나 사업 계획이 실현성이 없어 그 아이디어는 포기했다. LSI 회로 하나에만 1백 달러 이상이 들어갔다. 하드웨어에서는 밑진다고 해도 소프트웨어에서 이익을 남기려면 게임기의 가격이 최소 150달러는 돼야 하고 첫 18개월 동안 3백만 개를 팔아야 한다. 그렇지 않으면 그 플랫폼은 실패한 것이다. 이것은 남코가 18개월분의 물량을 확보해둬야 한다는 것을 의미했다. 3백만 개, 돈으로 환산해서 4억 달러, 남코가 감당할 수 있는 사업이 아니었다.

나카무라는 이렇게 설명한다. "우리는 아케이드 게임에서 터득한 노하우를 바탕으로 가정용 3D 게임을 만들고 싶었다. 그러나 슈퍼 패미컴은 이를 구현할 수 없었고 또 우리는 하드웨어가 없었다. 유일한 방법은 3D 컴퓨터 그래픽을 소화해낼 수 있는 플랫폼을 찾는 것이었다."

패미컴을 출시하고 1년 후, 남코는 '팩맨(Pacman)'과 '제비우스(Zebius)'라는 게임 타이틀을 앞세워 그 시장으로 들어갔다. 처음에는 패미컴 서드 파티 중에서도 남코는 특별 대우를 받았다. 닌텐도에서 모두가 '가장 바라는' 자격을 보장받았는데, 가령 다른 소프트웨어 하우스보다 더 높은 로열티를 받는 것 같은 특권을 누렸다.

그러나 5년 후 슈퍼 패미컴이 출시되면서 남코는 갑자기 지위가 강등돼 다른 소프트웨어 개발자와 똑같은 대우를 받게 된다. 동등한 자격으로 경쟁하게 되자 남코의 마진도 그만큼 줄어들었다. 이때 남코는 자신의 하드웨어로 새 영토를 개척해야 한다는 꿈을 품게 된 것이다. 그러나 현실적으로 가능한 목표가 아니었다. 바로 이때 남코의 경영진에게 만나자고 한 사나이가 있었다. 바로 구타라기였다.

"나는 구타라기에게 그때 한창 떠돌고 있던 소니와 닌텐도 분쟁에 대해서 물어보았다. 구타라기는 소니 독자적인 가정용 게임 하드웨어를 만들고 싶다고 말했다." 나카무라의 회고이다. "그것은 바로 우리도 원하는 것이다. 내가 그렇게 말하자 구타라기는 경계하는 눈치였다."

그로부터 얼마 지나지 않아 닛폰 교토 신문이 1면에 소니가 혁신적인 이미지 처리 집적회로(IC)를 개발했다는 특종 기사를 보도했다. 나카무라는 바로 이것이 플레이스테이션에 탑재할 그래픽 엔진이라는 것을 알아챘다. 그가 구타라기에게 전화를 걸어 물어보았으나 구타라기는 아무것도 모른다는 듯이 시치미를 뗐다. 나카무라는 집요했다. 마침내 구타라기는 PS/X 프로젝트에 대해서 털어놓았다.

1993년 가을 남코는 아케이드 게임 '리지 레이서'를 내놓아 자신들의 진일보한 3D 구사 능력을 과시한다. 3D 기술이 갈수록 더 정교해지면서 남코는 이번엔 '리지 레이서'를 가정에서도 즐길 수 있게 할 수 없을까, 고민하게 된다. 소니의 시연회는 '리지 레이서'의 가정용 버전을 만들자는 남코 내부의 열망에 불을 지핀다.

"소니는 우리에게 그들의 프로토타입 중 하나로 3D 컴퓨터 그래픽을 구현해 보여주었다." 나카무라 수석 이사의 말이다. "개인적으로 나는 그렇게 놀라지 않았다. 왜냐하면 이미 예상했던 일이기 때문이다."

아케이드 게임 시장에서 남코와 세가는 최대의 라이벌이어서 남코는 세가의 새턴에는 소프트웨어를 공급할 수 없었고 대신 플레이스테이션을 지원해야 했다. 새턴과의 대접전에서 플레이스테이션이 기선을 잡을 수 있을지, 남코는 촉각을 곤두세우고 지켜보았다. "남코는 플레이스테이션이 플랫폼의 리더로 부상하기를 간절히 바랐다." 남코의 하라구치 이사의 말이다. "우리는 플레이스테이션에 전력을 기울이기 위해 슈퍼 패미컴용 소프트웨어 개발을 모두 중단했다. 우리로서는 아주 중대한 결정이었다. 왜냐하면 그때까지 우리는 슈퍼 패미컴 소프트웨어를 1백억 엔 이상 팔았기 때문이다. 일시적인 기분으로 바꿀 수 있는 문제가 아니었다."

하드웨어 혁신이 빛을 발할 수 있는 장르가 카레이스 게임이다. 첫 플레이스테이션 게임으로 시장을 강타한 남코의 '리지 레이서'는 공전의 히트를 쳤다. 사용자들은 게임 센터에나 가야 할 수 있는 게임을 집에서도 즐길 수 있으니 끌리지 않을 수가 없었다. 나카무라의 말이다. "어떤 때는 '리지 레이서'의 판매 개수가 플레이스테이션 콘솔 판매를 앞지른 적도 있다." 게임 마니아에겐 2차원에서 3차원 화면으로 가는 것은 대도약이다. '리지 레이서'는 게임 플레이어에게 실제로 운전하는 느낌을 주는 3D 이미지를 만들어냈다.

마루야마는 이렇게 말한다. "남코는 우리에게 아주 중요한 회사이다. 되돌아보면 비디오 게임 시장은 오셀로 게임 같았다. 오셀로에서는 아무리 잘하다가도 코너를 차지하지 못하면 마지막에 모든 것을 잃게 된다. 남코가 플레이스테이션 프로젝트에 사인하기로 결정을 하면서 우리는 코너를 하나씩 차지하기 시작했다." 소니는 남코와 함께 코너를 획득한 후 또 다른 코너는 2년 후 소프트웨어 회사 스퀘어와 함께, 세 번째 코너는 에닉스 코퍼레이션과 함께 손에 넣었다.

플레이스테이션과 세가의 새턴의 경쟁은 1996년 12월 최고조에 달했지만 1997년 1월 '파이널 판타지(Final Fantasy)'가 나오면서 플레이스테이션이 앞서 나가기 시작했다. 마루야마는 이런 기회를 만들어준 스퀘어에 너무 감사하지 않을 수 없다고 말한다.

▮ 소프트웨어 개발자를 유혹하는 하드웨어 : 3D 컴퓨터 그래픽

소프트웨어 개발자들을 유혹하기 위한 소니의 기본 전략은 3D 기술의 극적인 공개이다. 소니는 우선 말로서 그 기술을 설명한다. 그러나 소프트웨어 하우스 대표의 관심을 이끌어내리라고는 기대하지 않는다. 그러고 나서 두 번째 미팅에서 소니 대표는 플레이스테이션 스타일의 3D 컴퓨터 그래픽을 비디오 데모로 보여줌으로써 녹아웃 펀치를 날리는 것이다. 보는 것이 믿는 것이라는 게 바로 플레이스테이션 홍보를 두고 하는 말일 것이다. 그 비디오를 보고 혹하지 않은 경영진이 없었으며 그 소프트웨어 하우스가 플레이스테이션 진영에 합류하는 것은 시간 문제였다.

소니가 회사 D를 처음 방문한 것은 1993년 5월 28일이다. 그들의 반응은 냉담했다. 볼을 소니 쪽으로 떠넘겼다. "당신들이 첫해에 1백만 개를 팔지 못하면 관심이 없다. 가격은 2만 엔 밑이어야 한다. 사실 우리는 가전 회사를 그렇게 신뢰하지 않는다. 결정 과정이 너무 느리기 때문이다."

그러나 두 번째 미팅에서 데모 비디오를 본 회사 D는 태도가 달라졌다. "정말 충격적이다. 당신들이 그것을 5만 엔 이하로 만든다는 게 믿기지 않는다. 컴퓨터 그래픽에 종사하는 사람들은 어떻게 게임기가 PC보다 나을 수 있는지 당혹스러울 것이다. (회사 D는 TV 광고를 위해 워크스테이션으로 3D 컴퓨터 그래픽 이미지를 만들고 있었다.) 지금까지 우리는 3D 컴퓨터 그래픽 게임기가 가능하다는 생각을 못했기 때문에 정말 감명을 받았다. 텍스처 렌더링과 움직이는 컴퓨터 공룡은 훌륭하다. 웬만한 소프트웨어 회사에선 플레이스테이션용 제품을 만들기가 쉽지 않을 것이다."

5월 28일 첫 미팅에서 회사 E는 무얼 팔러 온 사람 대하듯 적당히 피하려는 기색이 농후했다. "소니가 이 사업에 대해 진심인지 확신할 수 없다. 제아무리 하드웨어가 뛰어나다고 해도 그것이 비싸면 팔리지 않는다. 그리고 기술이 훌륭하다고 해도 사용자가 외면하면 소용이 없다. 참여 여부에 대해 심사숙고할 것이다. 그러나 좀더 자세히 알기 전까지는 실행에 옮길 수 없다."

7월 21일 두 번째 미팅에서 데모를 보고 난 후 회사 E의 자세도 완전히 달라졌다. "경이적이다. 우리가 기대했던 것 이상이다. 기술적으로도 훌륭하다. 최종 결정은 소니의 세계 시장 전략을 검토한 후에 내릴 생각이다."

고나미와의 첫 번째 미팅은 6월 24일 열렸는데 관리이사 기타가미의 반응은 뜨뜻미지근했다. "당신들의 제안에는 CD-ROM을 매체로 선택한 이유와 그것이 어떻게 새로운 게임을 가능하게 하는지에 대한 설명이 명확하지 않다. 성능이 세가의 메가드라이브(Megadrive)나 NEC의 PC 엔진과 비슷하다면 우리는 차라리 마스크 ROM 가격이 떨어질 때까지 기다리는 것이 낫겠다. 당신들은 이미지의 질을 개선했다고 하는데 가정용 TV에서 구현할 수 있는 이미지에는 한계가 있다."

소니는 8월 23일 그들의 아오야마 사무실에서 기타가미에게 데모 비디오를 보여준다. 구체적인 사항에 대해선 구타라기가 직접 설명을 했다. 기타가미의 반응은 한마디로 "믿을 수 없다."였다. "이미지가 정말 움직인다면 그것은 획기적인 진전이다. 이런 타입의 실시간 액션은 아케이드 게임에서도 가능하지 않다. 어떻게 가정용 게임기에서 구현할 수가 있었나? 특수 장비를 사용한 것인가? 정말로 이와 같은 가정용 게임기를 만들 수 있는가?"

플레이스테이션 이전의 가정용 게임기 그래픽에는 스프라이트 (sprite)라고 부르는 테크닉이 이용됐다. 배경을 순차적으로 바꿈으로써 문자와 같은 2D 이미지를 움직이는 것이다. 그러나 데모 테이프에서 보여준 PS/X 이미지들은 인상적인 화면과 함께 3D 캐릭터가 동시에 움직이는 것 이상을 보여줬다. 이런 효과를 내기 위해서 그 기계는 60분의 1초(TV의 한 영상면을 구성하는 데 걸리는 시간)마다 실시간으로 이미지를 갱신할 수 있어야 하고 컨트롤러의 지시에 따라 이미지를 합성, 디스플레이하는 메커니즘(follow-up mechanism)이 필요하다. 따라서 하드웨어는 이미지 정보를 처리하기 위해 엄청난 계산을 수행해야 한다. 그때까지 이것은 불가능한 것으로 여겨지고 있었다. CPU 하나로 모든 계산을 할 수 없기 때문이다. 심지어 DSP(Digital Signal Processor)라고 부르는 전용 3D 프로세서와 CPU를 추가한 특수 하드웨어를 사용하는 고성능의 기업용 그래픽 워크스테이션도 마찬가지였다. 기타가미가 플레이스테이션에 놀란 것은 이런 이유 때문이다.

"당신들은 엄청난 IC(Integrated Circuit) 베이스가 없다면 이와 같은 이미지를 만들 수 없다." 기타가미가 말했다. "소니가 대단한 노력을 기울인 것은 분명하다. 하드웨어는 믿을 수 없을 정도이다. 이 하드웨어에 어떤 소프트웨어 아이디어가 나올 수 있을까, 당장 떠오르지는 않는다. 이 게임기에 익숙해지다보면 찾을 수 있을 것이다. 이 하드웨어를 3만

엔 아래로 팔 수 있다면 당신들은 게임 시장을 지배할 수 있을 것이다."

'엄청난 IC 베이스'라는 기타가미의 언급은 옳은 말이다. "이 이미지는 일반적 목적의 장치로는 만들 수가 없다." 구타라기의 설명이다. "당시 R3000의 RISC 칩의 기본 성능은 30MIPS(컴퓨터의 실행 속도를 표시하는 단위. 1MIPS는 1초 동안에 1백만 개의 명령어를 처리)이다. 10개를 사용한다고 해도 300MIPS이다. 텍스처 매핑에 기반한 자연스럽게 보이는 3D 컴퓨터 그래픽을 창출하려면 800MIPS에 준하는 DSP가 필요하다. 이 분야에서 쌓은 다년간의 경험으로 기타가미는 플레이스테이션 기술의 우수성을 금방 알아챈 것이다.

▌ 하드웨어 디자인 CD-ROM : 기존의 개념을 부수다

소프트웨어 제작자들을 끌어들인 또 다른 전략은 CD-ROM이다. 슈퍼 패미컴에 사용된 마스크 ROM 대신 소니는 광디스크 매체인 CD-ROM을 선택한 것이다. 플레이스테이션은 CD-ROM의 숨어 있는 잠재력을 드러낸 첫 플랫폼이다. 다음 장에서 자세히 다룰 주제들이지만 기술, 마케팅 그리고 유통 부문까지 엄청난 파급 효과를 불러왔다. 소니의 CD-ROM 선택이 한 소프트웨어 회사와 논쟁을 부르고 결과적으로 그 소프트웨어 하우스가 플레이스테이션 진영에 참여하는 계기가 된다.

그 소프트웨어 회사는 소니에 이렇게 질문했다. "당신들이 매체로 CD-ROM을 선택했다는 말을 들었다. 그러나 그것이 접근 시간(access time)을 느리게 하는 것을 뜻하는 게 아닌가?" 그 질문은 타당성이 있었다. CD-ROM 게임들은 이미 세가의 메가드라이브나 NEC의 PC엔진용으로 나와 있었다. 그러나 접근 속도가 너무 느려 작동하기가 쉽지 않았다. 그래서 CD-ROM은 비디오 게임에는 알맞지 않다는 생각이 널리 퍼져 있었다.

그러나 구타라기는 이런 종류의 질문을 즐긴다. 왜냐하면 플레이스테이션의 능력을 선전할 수 있는 가장 효과적인 방법이 CD-ROM을 채용한 이유를 설명하는 것이기 때문이다. 그는 이렇게 말한다. "확실히 느린 접근 시간은 CD-ROM이 갖고 있는 구조적인 문제이다. 그러나 이런 비판은 PS/X에는 해당되지 않는다. 예를 들면 마쓰시타의 3-DO는 데이터 재생형의 기계이다. 그래서 접근 시간이 직접적으로 소프트웨어 성능에 영향을 미친다. 두 개의 스피드 드라이브를 가지고 있어도 초당 150 또는 300킬로바이트의 데이터 전송 속도밖에 낼 수 없다. 게임 속도가 아주 늦어지는 것이다. 그러나 플레이스테이션은 데이터 재생 시스템이 아니고 이미지 생성 시스템이다. 한번 CD에서 데이터를 읽으면 이미지 생성 엔진이 최대한의 속도로 가동되면서 이미지를 하나씩 생성해 합성하는 것이다. 이것이 플레이스테이션이 여타 게임기와 완전히 다른 점이다."

완전히 새로운 접근 방식으로 CD-ROM을 사용한 것은 'CD-ROM은 느리다'는 게 보편적인 생각이었던 당시로서는 혁명적인 것이다. PS/X는 또 흥미 있는 기능을 제공했다. 실시간 컴퓨터 그래픽은 기계 자체에서 이미지를 생성하는 게 당연한 것이지만 플레이스테이션은 PC 엔진 같은 다른 포맷보다도 훨씬 작은 데이터 볼륨이면 됐다.

남코의 첫 플레이스테이션용 게임인 '리지 레이서'의 데이터 볼륨은 2메가바이트이다. CD-ROM의 용량은 650메가바이트이다. '리지 레이서'는 총 볼륨의 0.3퍼센트밖에 사용하지 않는 것이다. 이것은 남코의 제작자에게 어떤 의미를 준 것인가? 플레이스테이션이 CD-ROM에서

'리지 레이서' 프로그램을 읽으면 나머지는 더 이상 사용되지 않는다. 그래서 남코의 제작자들은 텅텅 비어 있는 그 자리에 음악 데이터를 채워 놓았다. 그들은 심지어 '리지 레이서'가 구동될 때까지 즐길 수 있게 미니게임도 집어넣었다. 그래서 사용자들은 프로세스가 오래 걸린다는 것에 신경을 쓰지 않았다. 음악을 즐기면서 게임을 할 수 있다는 것은 남코로서는 생각지도 않았던 '리지 레이서'의 판매 포인트가 되었다. 작은 볼륨의 게임을 대용량의 CD에 담아 제공하는 플레이스테이션만의 유일한 특징은 소프트웨어 제작자들 사이에서 인기가 있었다.

나중에 게임 열광자들은 한번 데이터를 게임기에 올리면 게임 CD를 음악 CD로 바꾸어도 게임을 계속할 수 있다는 것을 알게 됐다. 어떤 사용자들은 '리지 레이서' 게임에서 운전을 하면서 일본의 대중가요 엔카를 즐기기도 했다. 게임과 음악을 동시에 즐기는 이런 새로운 결합이 유행하게 되었다. 구타라기가 컴퓨터 그래픽과 CD-ROM을 결합하려고 추진할 때부터 이미 예견했던 것이다. 그러나 소프트웨어 제작자와 사용자의 주의를 끌려고 구타라기가 준비한 무기는 이것이 전부가 아니었다.

소프트웨어 개발자를 유혹하는 소프트웨어 디자인

소프트웨어 제작자들을 소니의 울타리 안으로 들어오게 한 후 다음에 할 일은 이들로 하여금 되도록 많은 소프트웨어 타이틀을 만들게끔 하는 것이다. 소니 뮤직의 기본 철학 중의 하나는 아사쿠라 프로듀서와의 인터뷰에서 알 수 있다.

"아사쿠라 씨는 레코드 산업에서 누가 가장 중요한 사람이라고 생각하는가?"

"톱 경영진, 아사쿠라 씨 같은 제작자, 아니면 마루야마 사장?"

"레코드 산업에서 가장 중요한 사람은 프로듀서도 디렉터도 아니다. 사장은 더욱더 아니다. 바로 뮤지션이다. 우리는 뮤지션을 신이라고 생각한다. 신인에게도 이런 자세로 대해야 한다. 모든 아티스트가 다 큰돈을 벌어주는 것은 아니다. 그러나 인기가 없는 아티스트라고 해도 똑같은 자세로 대해야 한다."

마루야마에 따르면, 음반 회사가 신인이라고 마구 대하면 그들은 언젠가는 그때의 설움을 되돌려준다. 당신이 시큰둥하게 대하던 젊은 아티스트가 나중에 성공을 하면 그 관계는 여전히 어떻게 해볼 도리가 없지만 당신이 다른 사람과 마찬가지로 아티스트로서 존중했다면 미래에도 기회는 있는 것이다. 그는 이렇게 결론짓는다. "그래서 신인을 다룰 때도 겸손이 가장 중요하다. 이것이 지적 재산을 다루는 회사가 지켜야 할 기본 법칙이다."

플레이스테이션 개념에서 돋보이는 것은 바로 이런 예술가 관리 원리를 고스란히 컴퓨터 게임의 세계로 이식해왔다는 점이다. 음악과 게임은 아티스트/창작가(artist/creator)가 소프트웨어 또는 게임을 만든다는 점에서 같다. 그러므로 소니는 게임 창작가들을 아티스트와 같이 대해야 한다. 이것은 게임 창작가들에게 창조적으로 일할 수 있는 환경을 만들어준다는 것을 뜻한다.

마루야마의 예술가 관리 이론에서 많은 것을 배운 구타라기는 게임 창작가들을 도와줄 수 있는 프로그램을 고안한다. 어떻게 소프트웨어 개발 시간을 최소화할 수 있을까? 해답은 좀더 열심히 플레이스테이션용 게임을 개발할 수 있도록 소프트웨어 창작가들에게 동기를 만들어주는 것이다. 초기 단계부터 개발자 친화적인 환경을 만드는 게 급선무였다.

구타라기는 이 시점에서 비상한 재능을 보여준다. 창작가들을 지원하는 모든 하드웨어 기능은 소니 내부에서 만들고 대신 플레이스테이션 LSI 회로 설계와 제조는 아웃소싱하자고 주장한다. 그는 이렇게 설명한다. "소니는 세트를 만들고 반도체 회사들은 LSI 회로를 만든다. 우리는 소프트웨어 개발 도구를 개선하는 데 우리의 개발력을 집중하고 싶었다. 전용 네트워크를 만들어 게임 프로그래머와 의견을 나눌 수 있는 환경을 구축했다. 장기적인 관점에서 그들에게 가능한 모든 지원을 하기 위해서이다. 이런 노력들이 창작가들에게 자신이 원하는 것을 만들도록 더 많은 시간을 만들어줬다. 여기서 더 나아가 우리는 플레이스테이션 전용 라이브러리를 구축하기 시작했다."

라이브러리란 게임을 제작할 때 공통으로 들어가는 소프트웨어이다. "나는 중국 음식을 만들 때와 같은 원리를 적용했다." 구타라기의 설명이다. "중국에는 수많은 요리가 있지만 주문하자마자 빨리 서비스할 수 있는 것은 요리 시간이 짧기 때문이다. 음식마다 한 요리사가 처음부터 끝까지 모두 만드는 것이 아니다. 요리를 하기 전에 쇼핑과 재료 준비부터 철저한 분업 시스템이 작동한다."

구타라기의 지시 아래 라이브러리를 개발한 오카모토 시니치는 그 시스템을 자동차 공장에 비유한다. "자동차를 만들 때 여러 곳에 나사가 들어간다. 모델이 달라도 같은 나사를 쓴다. 라이브러리 시스템은 이것과 같은 원리이다."

다른 말로 설명하면 어떤 게임을 만들더라도 그것을 구성할 때 공통으로 들어가는 부분이 있다는 것이다. 이런 소프트웨어를 모아놓은 것이 라이브러리이다. 예를 들면 라이브러리에는 CD-ROM이나 메모리 카드에서 데이터를 읽을 때 필요한 소프트웨어가 포함된다. 즉 어떤 특정 게임 타이틀에만 들어가는 소프트웨어가 아닌 것이다.

▍ 라이브러리는 필요악인가?

▍라이브러리가 없다면 창작가들은 하드웨어를 분석해야 하고 심지어 공유 소프트웨어까지 다시 만들어야 한다. 제로 베이스에서 시작해야 하는 것이다. 라이브러리는 이 문제를 해소해준다. 게임 창작가들이 창조적인 일에 시간을 더 할애할 수 있게 해주자는 것이 취지이다. 사실 플레이스테이션 이전에는 게임 산업에 이런 개발 시스템이 존재하지 않았다. 그래서 구타라기 팀은 창작가 자신들이 직접 혁신적이며 도움이 되는 것을 찾아내기를 기대했다. 그러나 현실은 그들이 생각한 것처럼 되지 않았다. 라이브러리 개발 팀의 오카모토는 일찍부터 이것을 알아차렸다.

오카모토는 SCEI에 다섯 번째로 들어온 소프트웨어 엔지니어이다. 오카모토 전에 들어온 네 명의 엔지니어는 모두 게임 소프트웨어를 다뤄본 적이 없었다. 그들은 자신들이 무엇을 해야 하는지 심사숙고한 후 타깃을 좁히기로 결정했다. 오카모토의 말이다. "우리의 관점은 어떻게 창작가들이 즐겁게 플레이스테이션용 게임을 만들 수 있게 하느냐 하는 것이었다. 그런 소프트웨어를 만들어준다면 더 많은 소프트웨어 하우스들이 플레이스테이션 캠프에 참여할 것이다."

그가 말한 소프트웨어는 어떤 종류를 의미하는 것인가? 사실 아이디어가 없었다. 놀랄 일은 아니다. 그 라이브러리 팀의 아무도 게임에 경험이 없었기 때문이다. 그렇지만 그들은 자신들의 경험 없음을 한탄하며 시간을 낭비할 수 없었다. 1992년 12월 기본 라이브러리 디자인을 시작

소니를 지배한 혁명가

한다.

그들은 어떤 게임 타이틀에만 사용될 수 있는 소프트웨어는 쓰지 않았다. 라이브러리의 요점은 모든 사람이 공유해 함께 사용한다는 것이다. 때때로 어느 특정 타이틀을 위한 소프트웨어를 만들어주는 경우는 나중에 그것을 라이브러리에 포함시킬 수 있을 것 같아서이다. 한 소프트웨어 회사에만 혜택을 주려는 게 아니고 라이브러리를 더 풍성하게 하기 위해 유용한 도구들을 추가하기 위한 것이다. 오카모토는 이렇게 설명한다. "전쟁 게임의 속도를 올려주는 소프트웨어를 예로 들어보자. 우선 한 소프트웨어 메이커의 요청을 받고 캐릭터의 액션을 더 빠르게 해주는 '가속형 소프트웨어'를 만든다. 이것을 사용하면 속도를 더 높일 수 있다는 것이 검증되면 우리는 그것을 라이브러리에 추가한다. 그러면 누구나 그 소프트웨어를 사용해 이점을 얻을 수 있을 것이다."

라이브러리가 그렇게 좋다면 모든 게임 창작가가 그것을 환영한 것인가? 현실은 또 그렇게 간단하지가 않았다. SCEI가 라이브러리를 공급하기 시작한 후 새로운 문제가 튀어나왔다. 창작가들에게 그것을 사용하도록 설득해야 하는 일이 생긴 것이다. 한 게임 창작가에게 왜 라이브러리를 쓰지 않느냐고 묻자 이렇게 대답했다. "다른 사람이 쓴 프로그램을 사용하고 싶지 않다." 그의 주장은 라이브러리로 인한 문제가 일어났을 때 자신은 속수무책이라는 것이다. 이것이 어떻게 쓰였는지 자신은 모르기 때문이다. 비록 일이 겹치는 부분이 있다고 할지라도 소프트웨어 창작가들은 대부분 프로그램 전체를 자신이 쓰고 싶어한다. 프로그램에서 문제가 일어났을 때 원인을 바로 찾아낼 수 있기 때문이다.

이것이 게임 창작가들의 전형적인 사고 방식이다. 그들 대부분은 자신이 소프트웨어의 모든 콘텐츠를 제어하고 싶어한다. 문제의 원인이 자신의 프로그램 속에 있는지 라이브러리 소프트웨어에 있는지 확신할 수 없는 그런 모호한 상황을 싫어한다.

"이 말을 들을 때까지는 게임 창작가들이 이렇게까지 생각하는 줄 몰랐다." 오카모토의 고백이다. 그들은 종종 그 소프트웨어에 변화를 줄 수 있는지를 알고 싶어했다. 오카모토는 이렇게 대답했다. "그렇게 할 수 없다. 이것은 누구나 쓸 수 있는 소프트웨어이다. 특별한 목적을 위해 그것을 변경할 수는 없다." 게임 창작가들은 여전히 완고했다. "그러나 소니 라이브러리 때문에 움직임이 그렇게 느린 것 아니냐?" 그들은 자신들이 만든 타이틀의 이미지 움직임이 느린 것은 라이브러리 소프트웨어 때문이라고 의심했다.

오카모토는 이렇게 대답하곤 했다. "안심해도 좋다. 우리 라이브러리는 당신이 만든 게임의 보이는 부분에는 영향을 안 미친다." 그러나 대부분 그 말을 믿지 않았다. 오카모토가 전하는 당시 해외 소프트웨어 하우스들이 참석한 회의를 예로 들면 전형적인 상황을 알 수 있다.

"먼저 나는 플레이스테이션 소프트웨어가 어떻게 돌아가는지를 설명했다. 그때 누군가가 손을 들고 이렇게 말했다. '라이브러리의 소스 코드를 공개합시다.' 그러자 2백 명 정도 되는 청중이 모두 박수갈채를 보냈다. 기립박수라니! 우리가 가는 곳마다 같은 일이 일어났다. 나는 믿을 수가 없었다."

명문화되진 않았지만 게임기는 7~8년 동안 포맷을 바꿔서는 안 된다는 법칙이 있는데도 플랫폼에 사용된 반도체는 그 기간 동안 엄청나게 빠르게 변한다는 사실에 게임 창작가들의 고민이 있다. 이것은 소프트웨어는 같아 보이지만 플랫폼의 핵심인 하드웨어에는 발전적인 변화가 있다는 것을 의미한다. 이런 이유 때문에 게임기 메이커들은 하드웨어의 명세를 쉽사리 공개하지 못하는 것이다. 왜냐하면 호환성을 보장할 수 없기 때문이다.

패미컴 같은 기존의 게임기에서는 회로에 직접 명령어를 줄 수 있다. 시스템 자체가 비교적 간단하기 때문에 이것이 가능하다. 그러나 플레이스테이션처럼 복잡한 기계는 하드웨어에 변화가 생기면 응용 소프트웨어의 호환성을 보장하기가 어렵다. 운영체제의 핵심인 커널(kernel)이나 디바이스 드라이버 같은 기본 프로그램이 호환성을 보장해주는 장치들이다. 게임 프로그래머들이 좌절하는 이유는 이들 프로그램에 자신이 직접 변화를 줄 수 없기 때문이다.

남코의 수석 이사 나카무라의 말이다. "처음부터 우리가 기계를 마음대로 할 수 없다는 사실이 스트레스의 근원이다. 그것은 신발을 벗지 못하고 가려운 곳을 긁어야 하는 것과 같다. 정말 실망스러울 때가 많다. 특히 아케이드 게임을 개발해온 팀들은 지금까지는 자신들이 직접 하드웨어까지 요리해왔기 때문에 낙담이 더 크다. 그런데 소니는 이렇게 말한다. '게임 제작자들은 그런 세부적인 것까지 염려할 필요가 없다.' 이것이 우리를 혼란스럽게 만든다. 지금까지 이런 방법으로 해오지 않았기 때문이다."

이런 부정적인 반응에도 불구하고 오카모토는 라이브러리의 이점을 알리는 일을 계속했다. 게임 소프트웨어를 만드는 데 공동의 자원을 사용하는 것이 중요하다, PC 운영 체제가 DOS에서 윈도로 발전한 후 응용 소프트웨어가 극적으로 증가한 것도 이 점을 잘 보여주고 있다고 강조했다. 그의 호소가 천천히 효과를 보이기 시작했다. 게임 창작가들이 라이브러리를 사용하니 개발 프로세스가 단축됐으며 일이 놀랍도록 쉬워졌다고 말하기 시작한 것이다. 사실 남코가 1년도 안 돼 '리지 레이서'를 아케이드 게임기에서 플레이스테이션으로 이식할 수 있었던 것도 라이브러리 덕이다. 어떤 개발자들은 개발의 일부분을 라이브러리에 의존한다고 말한다. 효율성을 제고할 수 있기 때문이다. 라이브러리 콘텐츠를 갖다 쓰면 그만큼 개발자의 부담이 줄어든다.

처음에 라이브러리는 C 프로그래밍 언어와 3D 기술만을 커버했으나 제작자들의 요청에 따라 2D 기술 라이브러리를 추가했다. 그리고 피드백이 오면 콘텐츠에 반영한다. 라이브러리는 그 후 7~8번 정도 계속해서 업그레이드되고 있다. "예를 들면 누군가가 C 라이브러리 기능에 오류가 있다고 알려왔을 때 우리는 검사한 후 잘못이 있으면 곧바로 수정을 한다." 오카모토의 말이다. 문제는 그렇게 간단하지 않을 때이다. 라이브러리는 모든 제작자가 사용하는 기본 소프트웨어로 구성돼 있다. 어떤 사람에게는 잘 안 돌아가지만 다른 사람에게는 문제가 없을 수도 있다. 그 이유는 PC와 개발 소프트웨어의 환경 차이 때문이다.

오카모토는 이렇게 설명한다. "우리는 어떤 것을 고친다. 누군가가 우리에게 요청했기 때문이다. 그러나 또 누군가는 거기에 반대하는 사람이 나타난다. 왜 우리가 그것을 바꿨는지 이유를 말해달라고 요구한다. 이런 일이 자주 일어났다. 우리는 라이브러리를 구축하는 도중에 오리지널 소프트웨어와 개정된 버전에 번호를 붙여 같이 라이브러리에 두기로 결정했다. 오리지널은 1번이 되고 첫 번째 개정 버전은 2번, 다음은 3번, 이런 식으로 계속 붙여나갔다. 어떤 것은 9번까지 나간 것도 있다. 그러나 우리의 라이브러리 담당자가 그렇게 많은 버전을 갖고 있다면 좀 창피스러운 일 아닌가. 왜냐하면 오리지널이 형편없다는 것을 반증하는 것이니까."

이런 방법으로 라이브러리는 성장했다. 처음에는 350개의 기능밖에 없었지만 지금은 1천 8백 개로 늘어났다. 초창기에는 라이브러리 개발에 18명이 투입됐다. "물론 그들은 우리에게서 충분한 지원을 받았다." 남코 수석 이사 나카무라의 말이다. "오늘날의 라이브러리는 꽤 인상적이다. 그러나 우리가 1993년 5월 '리지 레이서' 개발을 시작했을 때는 아주 최소의 기능밖에 없었다. 라이브러리를 구축하는 데 우리도 한몫을 했다. 우리가 원하는 아이템과 기능을 그들에게 말해줌으로써 라이브러리 개발 스태프들과 긴밀한 협력을 했다. 소니의 관점에서 보면 우리는 서드 파티 개발자라기보다는 세컨드 파티 개발자라고 말해야 하지 않을까?"

소니가 소프트웨어 창작을 자극하는 환경을 만드는 데 헌신한 결과는 누구나 알 수 있듯이 자명하다. 라이브러리 개발자들은 이런 과정을 통해서 서드 파티 개발자들에게 플레이스테이션의 극적인 성장에 공헌한 많은 소프트웨어를 만들 수 있게 해주었다. "그러나 우리의 역할은 무대 뒤에서 하는 일이다." 오카모토의 한탄이다. "지원 부서의 일은 화려한 조명을 받을 수 있는 일이 아니다. 최근 SCEI는 졸업생들에게 아주 인기가 있는 직장이다. 그러나 그들은 모두 게임을 만들고 싶어 하지 지원 부서의 일에는 관심이 없다. 좀 실망스럽다. 좀더 많은 사람들이 지원 부서의 중요성을 알아줬으면 한다."

유통 혁명:
돌파 전략

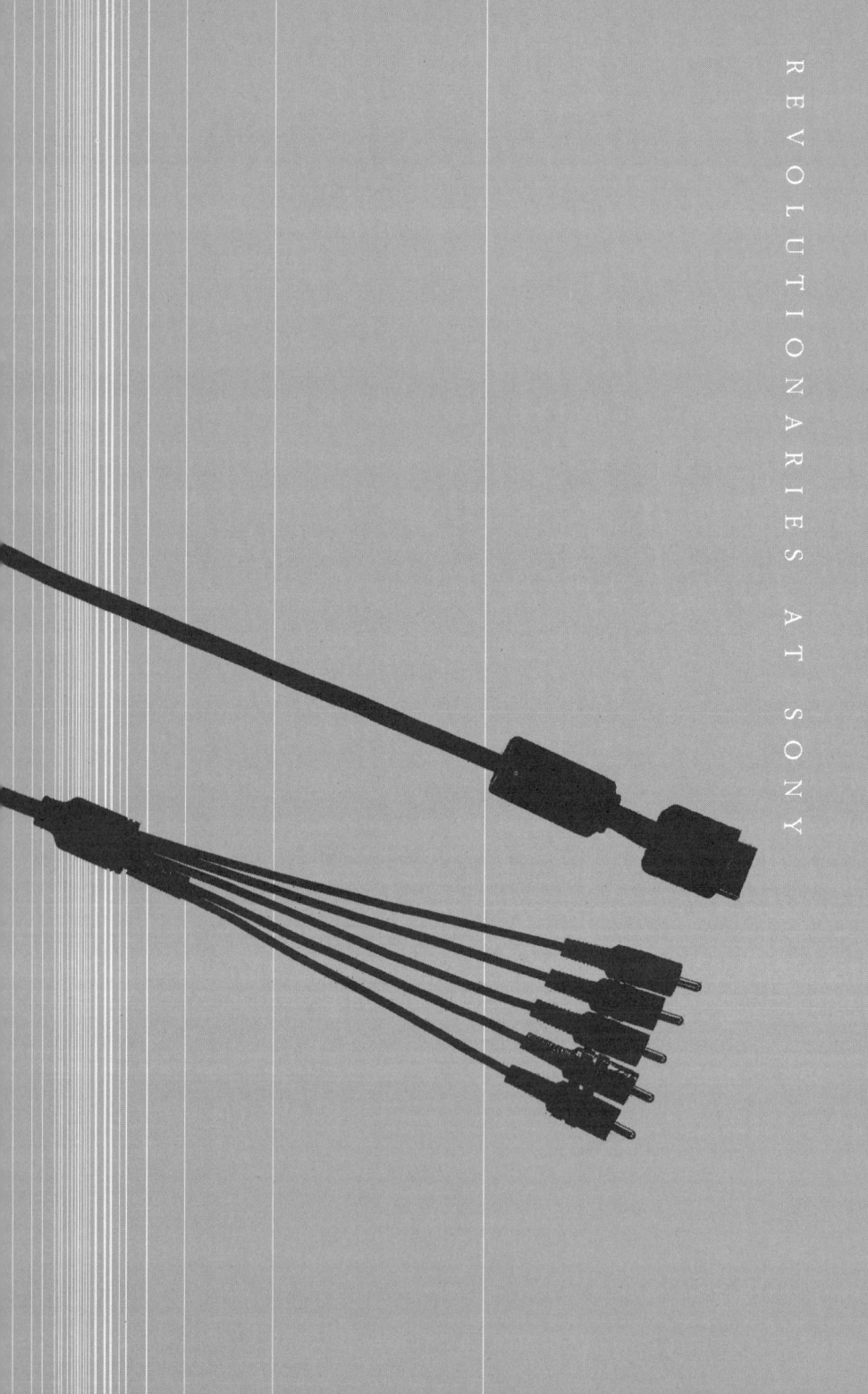

"우리가 플레이스테이션에서 이루려고 했던 것은 경쟁자들과 확연히 구별되는 개념을 만들어내는 것이다. 다른 말로 하면 우리는 전혀 다른 패러다임으로 경쟁하겠다는 것이었다."

사토 아키라 SCEI 부사장의 말이다. 플레이스테이션의 출발이 늦었기 때문에 전임자들의 길을 그대로 따라가서는 안 되고 새로운 길로 승부를 걸어야 한다고 소니는 믿고 있었다. 결과적으로 유통업자, 소프트웨어 하우스 그리고 사용자까지 소니의 방식을 따라왔다. 플레이스테이션 승리의 제1의 비밀 병기는 기술적인 우월성이다. 그것은 분명히 서드 파티 공급자들을 사로잡았다. 그러나 그것 한 가지만 가지고는 그런 성공을 일궈내지 못했을 것이다. 사토 부사장의 말을 들으면 이 점이 분명해진다.

"이 사업을 시작하려고 할 때 우리의 정체성을 어떻게 가져갈까에 대해 고심했다. 이 시장에서 전혀 경험이 없기 때문에 사람들이 '와! 소니는 경쟁자들보다 한 수 위에 있네!' 라고 생각할 수 있는 물건을 만들어 냄으로써 사용자들을 사로잡지 않으면 안 되었다."

승리를 거둔 포인트는 여기에 있다. 소니가 게임 시장에서 전통적인 비즈니스 모델을 답습했다면 그런 괄목할 만한 성공은 꿈도 꿀 수 없었을 것이다. 사토는 이렇게 덧붙인다.

"침입자로서 우리는 게임 산업의 관행에 얽매일 필요가 없었다. 자유롭게 움직였다. 이 사람들의 입장에서 보면 예기치 않은 곳에서 경쟁자가 튀어나온 것이다."

▎마스크 ROM이 유통 구조를 왜곡하다
왜 사토는 유통 혁명을 해야 한다고 마음먹었을까? 그의 결심은 부분적으로는 개인적인 쓰라린 경험에서 나온 것이다. 언젠가 그는 집 근처의 가게에서 슈퍼 패미컴 소프트웨어를 산 적이 있다. 진열장에서 그가 원하는 인기 타이틀을 찾을 수 없었다. 주인에게 자신이 찾는 것을 이야기하자 그는 가게 뒤로 가더니 잠시 후 보물 다루듯이 하면서 그 타이틀을 갖고 나왔다.

"이게 손님이 찾는 게 맞습니까?"

사토가 집에 와서 패미컴을 TV에 연결한 후 소프트웨어를 넣자 이상한 것이 떠올랐다. 전 사용자의 점수가 화면에 나타난 것이다. 사토는 불쾌했다. 그것은 신품처럼 보였지만 분명히 누군가가 사용하던 것이다. 정상 가격을 전부 지불하지 않았던가! 그가 가게로 달려가 항의하자 점원은 순순히 사과했다. "죄송합니다. 사용한 제품이 분명하군요."

플레이스테이션이 등장하기 전까지 그런 일은 게임 시장에서 다반사로 일어났다. 사토는 이렇게 말한다.

"사용자를 그런 식으로 대한다면 불만이 안 생길 수 없다. 그것은 분명히 사기였다. 게임 산업에 있는 사람들이 소비자를 깔본다는 것은 의심할 여지가 없었다. 이 경험이 나로 하여금 컴퓨터 게임 시장의 거래 관행을 바꿔야겠다는 결심을 하게 했다."

그 당시 사토는 단지 슈퍼 패미컴 사용자에 불과했지만 유통 방법에 대한 불만은 소프트웨어 제작자들 사이에서도 들끓고 있었다. 고나미의 관리이사 기타가미의 말이다.

"닌텐도 총판 쇼신카이에 대한 우리의 인내심이 한계에 이르렀다. 하자가 있는 제품을 교환해주려고 하지 않을 뿐 아니라 정상적인 유통 채널을 무시하기도 했다. 심지어 소프트웨어까지 복사했다. 그들은 비윤리적인 행동을 서슴지 않아 믿음을 잃었다."

소니를 지배한 혁명가

게임 산업의 유통 구조는 외부인이 보기에는 복잡하고 미스터리한 점이 많았다. 쇼신카이에서 소매상으로 가는 게 일반적인 채널이지만 종종 그 사이에 2차 도매상과 현금업자들이 끼어들었다. 총판에서 소매상이 반품한 제품을 다른 가게로 넘기는 것은 일상적인 일이었다. 사토가 경험했듯이 사용한 제품을 새것처럼 파는 일은 빙산의 일각에 불과한 것이다. 좀더 교활한 행위는 '예행 임대'이다. 소매상은 신제품을 정상 가격보다 할인해 50달러에 판다. 반값인데 끌리지 않을 사람이 없다. 나중에 소매상은 다시 그 고객한테서 그보다 할인한 가격으로 사서는 50달러에 다른 사람에게 되파는 것이다. 그 거래에서 이익이 10달러라고 예상했을 때 사고 파는 것을 열 번만 되풀이하면 소매상은 1백 달러를 버는 것이다. 그 제품을 돌리면 돌릴수록 이익은 더 커지게 된다.

패미컴 소프트웨어는 독특한 방법으로 유통이 이뤄졌다. 쇼신카이 총판은 대량 구매를 위한 계약을 소프트웨어 회사와 맺곤 했다. 한 번에 타이틀당 5천 개 내지 1만 개를 사들이는 것이다. 이것이 히트를 치면 문제가 안 되지만 팔리지 않을 땐 모두 재고로 떠안게 되는 것이다. 그러나 히트를 치는 것은 소수에 불과했다.

이러한 유통 구조 아래서 판매상은 이런 행동 양태를 보인다. 도매상은 재고가 쌓이는 게 겁나 그들이 사들인 소프트웨어를 되도록 빨리 털어버리려고 한다. 그러나 인기가 있는 것은 오히려 팔지 않고 가격이 오를 때까지 갖고 있으려고 한다.

이것이 바로 패미컴에 얽혀 있는 문제였다. 이런 행동 양태가 나오게 된 것은 소프트웨어를 담는 매체인 마스크 ROM의 특징 때문이기도 하다. 마스크 ROM의 장점은 사용자의 입장에서 데이터를 빨리 불러낼 수 있다는 점이다. 그러나 제조업체 입장에서 마스크 ROM은 제조 공정이 오래 걸린다는 치명적인 약점이 있다. 상품이 히트를 쳐 순식간에 다 팔리면 소프트웨어 하우스는 허겁지겁 생산 주문을 하지만 마스크 ROM 은 발주에서 배달까지 두 달 이상 걸린다. 타이밍은 게임 사업의 핵심이다. 판매 기회는 기다려주지 않기 때문이다. 소프트웨어 하우스는 창고를 다시 채울 때까지 두 달이 걸리기 때문에 타이밍을 맞추지 못해 재고 처리를 해야 했던 쓰라린 경험들을 갖고 있다.

마스크 ROM은 공정이 오래 걸려서 사실 재생산은 불가능하다. 그래서 판매 기회를 놓칠 것이 두려운 게임 제조업체들은 처음부터 대량 생산을 하게 된다. 그러나 도매상은 이들을 모두 안고 있을 수 없어 이 중 일부를 다른 도매상이나 현금업자에게 넘긴다. 위에서 본 것처럼 이것이 많은 문제를 일으킨다. 악순환이 시작되는 것이다.

"나도 사용했던 제품을 속아서 샀지만 마스크 ROM 때문에 그런 비즈니스 모델이 나올 수밖에 없겠다는 생각이 든다. 재생산이 불가능하기 때문에 유통 시스템 어딘가에는 저장소가 마련돼 있어야 한다. 플레이스테이션에도 마스크 ROM을 채용한다면 우리도 닌텐도와 유사한 유통 전략을 쓸 수밖에 없다. 다른 옵션은 없기 때문이다." 사토의 말이다.

마스크 ROM 제품에 대한 가수요는 쉽게 발생한다. 소매상이 잘 팔리는 타이틀에 대해서 대량 공급을 원할 수 있다. 그러나 도매상 한 곳에서 그런 충분한 양이 나올 수 없기 때문에 그 소매상은 이곳저곳에 알아보게 된다. 7~8개의 도매상이 동일한 주문을 받게 되면 갑자기 총수요는 엄청나 보인다. 그러나 이것의 대부분은 가공 주문인 것이다.

오직 소수의 회사만이 정밀한 시장 조사를 통해 소프트웨어 판매 트렌드를 파악하고 있다. 남코가 그런 회사 중의 하나이다. 수석 이사 나카무라의 말이다.

"마스크 ROM 제품이 출시 날짜에 가게 진열대에 놓이는 것을 보장하기 위해 우리는 3개월 전에 미리 닌텐도에 소프트웨어 원판(마스터 카피)을 갖다 줘야 한다. 연말 수요를 고려해서 제작은 8월부터 시작해야 한다. 그러나 어떻게 8월에 연말 수요를 정확히 예측한단 말인가? 30만 개를 예상했는데 실제 수요는 40만 개라면 10만 개를 팔 기회를 놓친 것이다. 또는 반대의 경우 10만 개의 과잉 공급이 생긴다. 우리는 닌텐도의 게임을 만들 때 재고를 처분하기 위해 몇 번이나 밤늦게까지 나와야 했다. 마스크 ROM 제품의 생산과 판매를 예측할 수 있다면 당신은 천재임이 분명하다."

판매 기회를 놓치는 것을 피하기 위해 남코는 시장 트렌드를 자신의 이점으로 만드는 방법을 찾기 시작했다. 그 회사는 재주문의 가능성을 모색하는 시도를 하기도 했다. 그러나 남코는 아주 예외적인 경우이다. 게임 산업에서 소프트웨어 제작자는 비용을 산정할 때 '위험 보험료'(보통 5달러)를 포함하는 게 관례로 되어 있다. 마스크 ROM 때문에 재고 위험이 너무 커서 마음 약한 소프트웨어 하우스의 경영자들은 위험을 상충할 수 있는 장치를 요구했다.

유일한 해결책 CD-ROM

마스크 ROM의 사용은 소매상, 사용자, 게임 제조업체에 중대한 문제를 안겨주었다. 소매상, 소프트웨어 개발자의 입장에서 마스크 ROM의 치명적인 약점은 정확한 판매 전망을 세우는 게 불가능하다는 점이다. 극도로 위험 부담이 높고 반품률이 높은 비즈니스였다. 게임 제작자들은 제품이 잘 팔리면 없어서 못 팔고 제품이 안 나가면 엄청난 재고를 떠안아야 한다. 3개월 앞의 시장 트렌드를 예상할 수 없으면 생산 계획을 세울 수 없는 것이다. 그러나 게임 비즈니스에서 이것은 사실 불가능한 일이다. 그래서 의사 결정이 지극히 어렵다.

마찬가지로 사용자에게도 문제가 생긴다. 무엇보다 먼저 소프트웨어가 너무 비싸다는 점이다. 1차적으로는 마스크 ROM의 높은 제작 비용 때문이다. 소프트웨어 하우스는 닌텐도에 OEM 생산 비용으로 30달러를 지불해야 할 뿐 아니라 거기에 개발 비용, 마진, 위험 보험료, 유통 비용을 더하면 최종 소매가격은 1백 달러에 육박한다.

2차적으로 닌텐도의 가격 전략에 있었다. 닌텐도와 오랫동안 함께 일한 구타라기는 이렇게 말한다. "닌텐도의 아이디어는 거듭해서 소프트웨어의 가격을 인상하는 것이었다. 알맞은 가격으로 내놓는 대신에 소프트웨어를 고품질의 소량으로 제한하고 포맷을 바꿀 때마다 가격을 올렸다."

8비트 패미컴의 소프트웨어 가격은 약 40달러 선이었으나 슈퍼 패미컴이 되면서 1백 달러로 껑충 뛰었다. 닌텐도 고가 정책의 결과이다. "사용자의 입장에서 보면 얼토당토않은 일이다." 구타라기의 코멘트이다. "12월 말과 1월 초에 해마다 소프트웨어 가격을 올리면 부모 입장에서는 상당히 화가 난다. 아이들도 마찬가지일 것이다. 주머니 사정을 생각하면 살 수 있는 게임이 많지 않기 때문이다. 그래서 아이들은 묘책을 생각해냈다. 게임을 사면 되도록 빨리 재미를 보고는 중고 아울렛으로 넘기는 것이다. 재판매 가격도 높게 형성돼 있기 때문이다. 초등학생들이 중고 소프트웨어를 수천 엔에 거래하는 것은 당연한 일이 돼버렸다. 그들은 부모가 동의한다는 사인이 있어야 팔 수 있는 새로운 거래 규칙도 만들었다. 나는 상식에 어긋나는 이런 일들이 끝없이 계속될 수 없다고 생각했다."

　게임 산업의 소매와 유통 시스템의 이런 문제점들을 파악한 소니는 플레이스테이션만의 유통 전략을 찾기 시작했다. 소니가 신제품을 갖고 그 시장에 들어간다면 자신들의 소프트웨어는 그 시장을 이루는 중요한 세 그룹인 소프트웨어 제작자, 소매상, 사용자 모두를 만족시킬 수 있어야 한다. 소프트웨어 제작자는 위험 부담이 적은 판매 전략을 세울 수 있고, 소매상은 판매 예측을 쉽게 할 수 있고, 사용자는 부담 없이 살 수 있게 하려면 어떻게 해야 할까?

　해결책은 하나밖에 없었다. 매체로서 마스크 ROM 대신 CD-ROM에 게임 소프트웨어를 담는 것이다. 구타라기의 머리에 CD-ROM이 자리잡기 시작한 것은 오래 전의 일이다. 소니의 기술을 채택하도록 닌텐도를 설득할 때부터이다. 닌텐도는 세가가 16비트 시스템을 가동하고 NEC가 그 시장으로 들어온다는 소문에 위기감을 느끼고 있었다. 소니와 닌텐도는 두 회사의 중간 지점인 시즈오카 현 미카비의 소니 사원 휴양지에서 차세대 패미컴을 논의하기 위해 여름 비즈니스 캠프를 열자는 데 합의했다. 1987년 6월 16일 시작된 그 캠프에서는 2박 3일에 걸쳐 진지한 토론이 이어졌다.

　초기 단계에서부터 구타라기는 마스크 ROM 대신 CD-ROM을 사용하자고 닌텐도에 제안했다. 그러나 닌텐도는 앞으로 마스크 ROM의 용량이 늘어날 수 있을 것으로 보고 즉각적인 결정은 내리지 않았다. 1989년 닌텐도의 슈퍼 패미컴 개발이 막바지에 이르렀을 때 구타라기는 다시 닌텐도에 CD-ROM을 사용하자고 제안했다. 그러나 닌텐도는 패미컴 어댑터의 판매 저조를 우려해 CD-ROM에 대해 여전히 부정적인 반응을 보이며 소니 독자적으로 추진해달라고 요청한다. 이렇게 해서 소니는 슈퍼 패미컴과 호환이 될 수 있는 CD-ROM 시스템을 개발하기 시작하게 된 것이다. 다음 해 소니와 닌텐도 사장이 CD-ROM 시스템의 합작 개발을 동의하는 계약에 사인한다. 그리고 몇 년이 지난 뒤 1991년 6월 2일 닌텐도와 필립스는 시카고 가전 쇼에서 소니의 것과는 호환이 안 되는 CD-ROM 시스템을 개발한다고 발표하는 것이다.

▌ 유통 체제의 혁신

구타라기는 왜 CD-ROM을 지지하는 것일까? 첫째로 그것은 마스크 ROM보다 훨씬 싸고 용량이 더 크다. 그것은 또 멀티미디어의 이점도 제공한다. 왜냐하면 이미지, 사운드, 디지털 데이터를 결합할 수 있기 때문이다. 게다가 그것은 소프트웨어 공급 매체로서 전략적인 이점을 갖고 있다. 구타라기 팀은 다양한 관점에서 CD-ROM을 분석해보고 그것의 전략적 요소들을 극대화하기 시작했다. 그들의 목표는 무엇보다도 CD-ROM을 앞세워 유통 시스템을 확 뜯어고치려는 것이었다. CD-ROM은 1990년부터 게임기에 사용되고 있었다. 세가의 메가드라이브와 NEC의 PC엔진이 그 보기이다. 그러나 어떤 회사도 유통 체계를 개혁하려는 의도 아래 CD-ROM을 매체로서 채택하지 않았다. CD-ROM은 오직 제한된 시장에서 팔리고 있었으며 마스크 ROM 제품의 유통 채널을 통해 공급되고 있었다.

그러나 소니는 플레이스테이션과 함께 CD-ROM의 장점을 의도적으로 부각시키면서 그것을 유통 개혁의 촉매로 사용하려고 했다. 첫째로 구타라기 팀은 CD-ROM의 매력적인 가격을 부각시켰다. CD-ROM을 사용하면서 가능해진 소프트웨어 가격 인하가 사용자의 요구를 충족시

소니를 지배한 혁명가

킬 뿐 아니라 유통 개혁의 추진력으로 작용할 것이라고 믿었다. 소니는 낮은 가격이 기존 포맷과 경쟁하는 데 가장 강력한 무기가 될 것이라는 것을 알았다.

인기 있는 소프트웨어는 금방 팔려버려 소매상의 진열대에는 안 팔리는 것만 쌓여 있게 마련이다. 사람들이 히트 게임을 구입할 수 있는 유일한 방법은 중고 소프트웨어 판매상을 통하는 것이다. 이들도 이것을 중고시장에서 사들이는 것이다. 구타라기가 아주 잘못돼 있는 이 상황을 바로잡아야 한다고 결심했을 때 사토에게는 어떤 영감이 떠올랐다. "이 것이 마스크 ROM 비즈니스 모델의 최대 약점이다. 우리가 히트 게임이라고 하더라도 소비자가 원할 때 새것을 바로 살 수 있고 카트리지에 넣은 제품보다 훨씬 싸게 구입할 수 있는 환경을 만든다면 기존 업체들을 제칠 수 있을 것이다." 그의 생각은 이런 것이다. 소매가격이 1백 달러인 슈퍼 패미컴 소프트웨어는 중고상이 50달러에 산다. 그는 거기에 20 달러의 마진을 붙여 70달러에 판다. 플레이스테이션 게임들은 소매가를 70달러 이하로 판다면 소니가 경쟁자들을 꺼꾸러트리는 것은 시간 문제이다. 더 나아가 중고시장에서 유통되던 물량도 새것으로 대체돼 그 이익은 고스란히 소니가 가져갈 수 있을 것이다.

소니 팀은 기존 시장의 상태를 면밀히 분석함으로써 틈새를 발견할 수 있었다. 구타라기의 설명이다. "바로 우리가 플레이스테이션 소프트웨어의 소매가격을 58달러에 맞춘 이유이다. 낡은 질서에서 비롯된 문제를 풀 수 있는 방법은 저가에 새로운 소프트웨어를 제공하는 것이다. 이것은 계산된 전략의 하나이다. 가격은 마스크 ROM 카트리지 제품의 절반 정도로 초기 패미컴의 가격 수준이다."

플레이스테이션이 나오기 전에 마스크 ROM 소프트웨어는 계속 가격이 올라갔다. 1993년 10월과 1994년 9월 사이에 출시된 슈퍼 패미컴의 24개 타이틀의 가격은 백 달러가 넘었다. 전해에 나온 것들보다 두 배나 더 비쌌다. "마스크 ROM 환경에선 개발자들은 중고시장에서도 소매 가격으로 팔아 재미를 본다. 그래서 신품의 가격이 높은 것이다." 사토의 말이다. "우리는 이런 말도 안 되는 상황을 바꾸려고 CD-ROM을 사용한 것이다."

소프트웨어 하우스 설득의 수단

CD-ROM으로 이익을 볼 수 없다면 소프트웨어 제작자들을 설득할 수 없을 것이다. 그들이 솔깃할 수 있는 비즈니스 모델을 만드는 것이 급선무였다.

플레이스테이션에는 여러 가지 분명한 매력이 있었다. 소프트웨어 창작자들을 유인한 매력은 3D 컴퓨터 그래픽과 라이브러리 시스템이다. 반면에 소프트웨어 하우스의 경영진에게는 매체로서 CD-ROM을 사용하면서 얻을 수 있는 이익이 그들을 끄는 요소였다. 첫째, CD-ROM은 마스크 ROM보다 훨씬 낮은 제조 비용이 들었다. 소니는 이 비용 측면의 장점을 플레이스테이션 플랫폼에 참여할 것을 고려하고 있던 경영진들을 유혹하는 도구로 이용했다. "우리는 소프트웨어를 비싸지 않게 만들 수 있다. 그러면 당신도 상당히 재미를 볼 수 있을 것이다."

저비용은 저투자를 의미한다. 다음의 예를 살펴보자. 마스크 ROM의 경우에는 OEM 가격이 카피당 30달러이다. 1만 개면 30만 달러, 6만 개면 180만 달러이다. 실제 판매 시점과 소프트웨어 제작자가 대금을 받는 시점 사이에는 상당한 간격이 있다. 그래서 회사는 이 기간 동안 충분한 운영 자금을 확보하고 있어야 한다. 그러나 플레이스테이션의 경우는 CD-ROM의 제조 단가가 9달러이다. 6만 개면 54만 달러이다. 이런 비용 측면의 이점은 창의력은 있지만 자금력이 달리는 소프트웨어 제작자들에게 크게 환영을 받았다.

초기 비용이 산정되면 다음은 이익을 산출하는 일만 남는다. 슈퍼 패미컴 타이틀의 소매가격은 1백 달러인 반면에 플레이스테이션 소프트웨어 타이틀은 58달러이다. 소니의 유통 시스템은 소프트웨어 가격이 낮은데도 제작자들에게 총수익을 보장했으며 그리고 유통 시스템의 일반적인 틀은 게임 산업의 관행과 조화를 이루도록 했다. 이 점이 플레이스테이션 프로젝트의 슬기로운 일면이다. 소니의 혁명가들은 기존 기술과 매체 그리고 마케팅 모델을 뛰어넘었지만 로열티 개념은 닌텐도의 관행을 따랐다.

닌텐도의 로열티 시스템은 다음과 같이 운영되고 있었다. 플랫폼 개발자가 OEM 방식(소프트웨어 제작자의 브랜드명으로 생산)으로 모든 소프트웨어를 생산한다. 그리고 소프트웨어 하우스는 플랫폼 메이커에 OEM 비용과 로열티를 지불한다. 사토의 말이다. "우리는 닌텐도의 기본 로열티 공식을 바꾸지 않고 사용했다. 그것은 완벽하게 고안된 훌륭한 시스템이었다. 바꿀 필요를 못 느꼈다. 로열티는 세금처럼 포맷 개발에 지불해야 하는 돈이다."

소니와 소프트웨어 개발자 사이의 관계 설정은, 전반적인 모양은 닌텐도의 것과 같았지만 속으로 더 들어가서는 높은 로열티와 OEM 제작 비용으로 고민이 많은 소프트웨어 제작자들이 좋아하게끔 개선했다. 소니는 여기서도 닌텐도 시스템의 약점을 이용할 수 있다는 점을 깨닫는다. CD-ROM의 제조 비용은 마스크 ROM의 10분의 1이다. 저비용의 이

점을 최대한으로 활용한 새 로열티 표와 OEM 비용 청구는 소프트웨어 하우스가 매력을 느낄 만하다고 소니는 생각했다.

다음은 이익 손실 산출 모델이다. 소프트웨어 개발 비용이 1백만 달러가 들고 마스크 ROM을 10만 개 팔았다고 가정해보자. 슈퍼 패미컴 플랫폼의 OEM 가격은 개당 30달러이다. 여기에는 마스크 ROM 제작 비용 15달러가 포함돼 있다. 다른 말로 하면 소프트웨어 하우스는 타이틀을 제작하면서 개당 15달러의 로열티를 지불하는 것이다.

소프트웨어 하우스는 개발 비용과 개당 10달러의 장비 할부 상환금, 여기에 개당 10달러의 마진, 개당 6달러의 광고 비용, 위험 보험료 5달러(재생산이 어려운 마스크 ROM으로 인한 손실 보전)를 추가해 이들 모두를 합치면 61달러가 된다. 이것이 도매상에 넘기는 가격이다. 도매상이 여기에 12달러를, 소매상이 25달러를 붙이면 결국 소매가격은 98달러가 되는 것이다.

이와는 대조적으로 플레이스테이션 소프트웨어는 재생산이 용이하다. 위험 보험료 5달러는 계산하지 않아도 된다. 소프트웨어 하우스는 소니에 OEM 비용으로 개당 9달러를 지불한다. 여기에는 로열티와 CD-ROM의 제조 비용도 들어가 있다. 여기에 소프트웨어 개발 비용과 장비 할부 상환금으로 10달러, 소프트웨어 제작자의 마진 10달러, 광고비를 더하면 모두 35달러가 된다. 이것이 도매상에 넘기는 가격이다. 슈퍼 패미컴 소프트웨어 가격보다 26달러가 적다.

도매상은(SCEI의 경우) 6달러를, 소매상은 마진으로 17달러를 책정하면 이것을 모두 합쳐 소매가격은 58달러가 된다. 그래서 소매가격이 슈퍼 패미컴 소프트웨어보다 낮지만 소프트웨어 하우스의 이익은 똑같이 10달러가 된다. 그들이 거절할 이유가 없는 것이다. 소니의 이 로열티 시스템은 소프트웨어 제작자들을 플레이스테이션 캠프로 합류시키는데 강력한 유인 요소가 되었다. 대다수 소프트웨어 하우스는 남코의 하라구치 이사의 말에 동의한다. "소니의 OEM 가격이 적당하다고 생각한다. OEM 비용 9달러에는 SCEI의 개발 비용, 지원, 포맷 광고 비용이 들어 있다. 공정한 산정이다."

CD-ROM이 개발자들을 자유롭게 하다

CD-ROM의 또 다른 강점은 재생산이 쉽다는 점이다. 마스크 ROM을 매체로 사용할 때 소프트웨어 하우스의 경영진은 3개월 앞의 시장 동향을 예측하고 생산량을 미리 결정해야 했다. 그러나 정확하게 예측한다는 것은 사실 불가능한 일이다. 그들은 늘 이런 어려움 속에서 결정을 내려야 한다. 도쿠나카의 말이다. "소프트웨어 하우스 경영진이 플레이스테이션을 학수고대한 이유는 이런 고민을 해소해줄 수 있는 포맷으로 본 것이다."

마스크 ROM에서는 재생산이 아주 어렵다. 그러나 CD-ROM에서는 문제가 안 된다. 제조업체의 수요에 곧바로 공급할 수 있기 때문에 마스크 ROM처럼 미리 쌓아둘 필요가 없는 것이다. 이것이 CD-ROM의 최대 강점이다. 남코의 수석 이사 나카무라는 소프트웨어 제작자의 관점에서 이렇게 설명한다.

"마스크 ROM으로 소프트웨어를 제작할 때는 출시일 3개월 전에 미리 마스터 카피를 닌텐도에 갖다 줘야 했다. 그러나 CD-ROM은 1개월 전에만 주면 게임을 스케줄대로 팔 수가 있다. 게임의 콘텐츠도 더 나아졌다. 그만큼 마스터 카피를 개선할 시간을 더 확보할 수 있었기 때문이다. 제품을 주문해서 공급받는 데 단 3일이면 충분했다. 불필요한 재고 비용도 사라졌으니 우리가 마다할 이유가 없는 것이다."

소프트웨어 하우스에 이보다 더 좋은 것은 무엇일까? 그것은 3개월 전에 미리 생산량을 결정해야 하는 무거운 부담을 덜어준 것이다. CD-ROM의 장점은 제조업체들이 시장이 필요로 하는 것만큼만 생산하면 된다는 점이다. 생산량을 정확하게 제어할 수 있어서 1백 개가 필요하다면 딱 그 수량만큼 추가 생산이 가능하다. 재생산이 어려운 마스크 ROM과는 달리 미리 비축해둘 필요가 없었다.

소니는 이것이 게임 제조업체의 경영진과 마찬가지로 소매상들이 느끼는 중압감을 극적으로 덜어주는 결정적인 요소라고 믿었다. 소매상들은 그들이 필요한 만큼 SCEI에 주문만 하면 됐다. SCEI의 유통 센터도 주문한 타이틀이 창고에 있으면 다음날로, 창고에 없으면 6일 안에 배달할 수 있도록 시스템을 갖추었다. "우리는 판매 동향에 곧바로 대응할 수 있고 소매상들이 재고를 떠안을 필요가 없는 시스템을 세우려고 노력했다." 사토의 설명이다. "마스크 ROM 시절에는 많은 소매상들이 어떻게 될지 몰라 항상 상품을 대량으로 확보해둬야 했다. 우리는 단 한 개를 주문하더라도 다음날 배달할 수 있는 시스템을 갖춤으로써 소매상은 얼마나 많은 수량이 필요한지 그들 자신이 판단할 수 있는 환경을 만들어주었다. 그 때문에 업계의 많은 주목을 받았다. 이제까지와는 전혀 다른 아이디어이기 때문이다. 사람들은 처음에는 이상하다고 생각했으나 어느 순간부터 우리를 진지하게 쳐다보기 시작했다."

레코드 산업의 모델을 게임 산업에 적용하다

과거에도 다른 회사들이 CD-ROM을 채택하기는 했지만 아무도 소니와 같은 방법으로는 생각하지 않았다. 재생산을 가능하게 하고 수요에 생산을 맞출 수 있기 때문에 매체로 사용하자는 아이디어는 소니가 유일하다. "레코드 산업의 노하우를 그대로 가져온 것이다." 사토의 말이다. "우리는 레코드 산업의 비즈니스 모델을 컴퓨터 게임 시장에 이식한 것이다." 음악 산업은 다양한 아이템들과 소량 생산으로 특징지어진다. 그리고 어떻게 빨리 수요에 대응할 수 있는가, 그 노하우를 쌓아왔다. "본능적으로 이 모델이 우리에게 맞는다는 것을 알았다." 사토가 덧붙이는 말이다.

탁월한 직감을 가진 사람은 생각 없이도 바로 적절한 행동을 취할 수 있다. 성공 가능성이 있는 제품을 찾았을 때 용수철처럼 곧장 행동으로 옮길 수 있는 것도 이런 능력 때문이다. 오가 사장이 이런 사람이다. "나는 콤팩트 카세트와 CD의 표준화를 추진하는 일을 했다. 두 매체 모두 상업적으로 성공시켰다. 우리는 성공으로 가는 데 필요한 비즈니스의 요소들을 올바르게 결합하는 방법론을 갖고 있다. CD에서 우리가 성공할 수 있었던 것은 소니가 하드웨어와 소프트웨어를 모두 생산하고 있었기 때문이다. 플레이스테이션이 성공한 이유 중의 하나는 내가 레코드 산업까지 관장하고 있었다는 점도 무시할 수 없다. 나는 소니 뮤직의 CEO로 마루야마를 뽑은 사람이다. 시즈오카 공장에서 CD-ROM 생산을 하도록 결정한 것도 나였으며 7~8차례나 음악 CD 생산을 중단하고 플레이스테이션 디스크에 우선권을 주라고 결정한 사람도 본인이다. 대신 음악 CD 생산은 다른 곳에 부탁했다. 어떤 공장도 표준 CD를 만들 수 있었지만 우리는 다른 회사에 시키면 플레이스테이션 디스크를 만들어달라고 요청할 수 없었다."

음악 CD와 마스크 ROM의 비즈니스 모델은 아주 정반대이다. 플레이스테이션이 채택한 음악 CD의 비즈니스 모델은 다음과 같은 특징을 갖고 있다.

- 사용자는 다양한 타이틀 중에서 자신이 원하는 것을 고른다.
- 타이틀이 히트하면 추가 공급은 바로 이뤄질 수 있다. 재생산이 가능하다.

반면에 닌텐도 슈퍼 패미컴의 비즈니스 모델은 다음과 같이 말할 수 있을 것이다.

- 오직 제한된 수의 고품질 소프트웨어만 공급한다.
- 매체 특성상 재생산이 어렵다.

컴퓨터 게임 산업이 레코드 산업에서 배워야 할 것은 그 합리성이었다. 시마모토 마사시의 말을 빌리면 "실제로 가능한 일도 아니지만 완벽한 수요 전망을 할 필요가 없다. 언제나 재생산이 가능하기 때문에 타이틀이 히트하면 바로 더 만들 수 있다. 소프트웨어는 과거의 경험이 크게 도움이 안 되는 비즈니스이다."

소니 뮤직에서 온 시마모토는 판매 분야에서 경력을 쌓았다. 그는 히트 앨범을 냈던 아티스트가 다른 앨범에서는 실패하는 경우를 여러 번 보았다. "내가 관리하던 아티스트 중의 하나인 오타기 에이치가 '장기 휴가'라는 타이틀로 150만 장을 팔았다. 그의 다음 앨범은 적어도 80만 장 내지는 지난번의 절반 정도는 나갈 것으로 예상했다. 우리는 1백만 장이나 찍었지만 겨우 7만 장을 파는 데 그쳤다. 게임 산업도 마찬가지이다. 소수의 잘 팔리는 타이틀을 제외하곤 미리 수요를 예측하는 것은 불가능하다."

이 주장을 극대화하면 전혀 수요를 예측할 필요가 없다는 것이다. 왜냐하면 CD-ROM은 재생산이 쉽기 때문이다. 비록 초기에 적은 양을 출시했다고 해도 이 타이틀이 잘 팔릴 것이라는 것이 분명해진 다음에 재생산 결정을 내려도 늦지 않다. 필요한 것은 수요가 증가함에 따라 빨리 대처할 수 있는 시스템이다. "우리가 소니 뮤직에서 쌓은 가장 큰 노하우는 CD 재생산 시설의 효과적인 사용이다." 시마모토의 말이다. 플레이스테이션은 레코드 회사를 혼합한 포맷이다. 거기서 많은 아이디어를 이식해왔으며 바로 CD 재생산은 전형적인 '레코드 회사의 문화'인 것이다.

소니의 경쟁자들, 세가나 특히 NEC가 CD를 이용할 때 이와 같은 아이디어를 생각해내지 못했다고 단정적으로 말하는 것은 논란의 소지가 있을 수도 있다. 그들은 소니 뮤직과 같은 자원이 없었기 때문이다. 소니 뮤직의 경력자들이 참여해 만든 소니의 게임 유통 플랜에는 그곳의 문화가 짙게 배어 있다. 일이 그런 방향으로 가는 것은 불가피했을 것이다. 오히려 다른 접근 방식이 부자연스러운 것이다.

소니는 수요에 더 빨리 대처할 수 있는 방법을 고안했다. 과거에는 금요일에 플레이스테이션 소프트웨어의 새로운 타이틀을 출시했다. 음반 산업의 관행을 본뜬 것이다. 그러나 1997년 7월부터는 목요일에 출시하기 시작했다. 새 타이틀을 금요일에 출시하면 소매상엔 목요일까지 배달이 되고 다음 날 아침부터 판매가 시작된다. 일본 전역의 약 3분의 1에 해당하는 1천 5백 개 소매상들은 판매 데이터를 토대로 토요일에 재주문을 내게 된다. 소니 뮤직의 시즈오카 공장이 월요일부터 재생산에 들어가 수요일에 끝나면 목요일에 배달이 된다. 그러나 이런 경우 재주문은 금요일의 판매 데이터밖에 반영이 안 된다. 이것은 전망이 부정확할 수도 있다는 것을 의미한다.

재주문 생산량을 좀더 정확하게 추정하기 위해 소니는 목요일에 새 타이틀을 팔기 시작했다. 그렇게 되면 재주문은 2일간의 데이터를 반영할 수 있다. 출시하는 날부터 불타나게 팔리는 제품은 그날 재주문을 내면 다음 화요일까지는 생산을 끝낼 수 있다.

재생산 관리의 열쇠는 초기 생산 물량을 정확하게 판정하는 것이다. 시마모토는 자신이 자랑스럽게 여기는 이에 대한 일화를 가지고 있다. 1997년 3월부터 판매를 시작한 캡콤의 '바이오 해저드(Bio Hazard)'는 소니가 처음 소매상으로부터 예약 주문을 받은 것이 12만 장이었다. 그러나 시마모토는 20만 장은 나갈 것으로 확신했다. "내가 예측한 레코드 판매전망은 거의 들어맞은 적이 없었다. 그러나 '바이오 해저드'에 대해선 확신이 있었다. 나는 게임을 하지 않는다. 이런 점에서 진짜 아마추어이다. 그러나 우리 아이들은 골수 게이머이다. 학생 모니터 요원들은 한결같이 이렇게 말했다. '이 게임은 진짜 잘 나갈 것입니다.' 나는 히트할 것을 확신했다."

그는 공장에 예약 주문받은 물량보다 8만 장이 더 많은 20만 장을 요청했다. '바이오 해저드'는 3월 22일 금요일 시장에 깔리기 시작했다. 예상했던 것보다 더 빨리 팔리고 있다는 보고가 전국의 모니터 상점에서 올라왔다. 다음 이틀 동안은 더 많이 나갔다. 재생산에 들어갔다. 매주 10만 장 또는 15만 장 규모로 재생산이 몇 주 동안 계속됐다. 결국 그 타이틀은 120만 장이라는 대히트를 기록했다. 시마모토는 마루야마에게 시즈오카 공장에 '바이오 해저드'를 최우선으로 생산하라는 지시를 내려 달라고 요청하기도 했다. 공장이 아무리 바쁠지라도 게임이 음악 CD보다 우선권이 있었다. 시마모토의 말이다. "우리는 아주 빨리 일할 수 있었다. 우리 계획이 있었기 때문이다. CD 비즈니스를 시작한 이후 CD는 우리 생활의 모든 것이 돼버렸다."

일이 항상 생각대로 된 것은 아니었다. 남코 하라구치 이사의 말이다. "SCEI가 이렇게 예상한 적이 있다. '이 타이틀은 50만 장은 나갈 것이다.' 그러나 우리는 동의할 수 없었다. 우리의 자체 데이터는 잘해야 30만 장이라고 말하고 있었다. 그래서 초기 생산 물량을 낮게 잡았다. 또 다른 경우에는 소니가 우리의 판매 전망에 동의하지 않고 더 낮은 생산 물량을 제시하기도 했다."

▌ 직접 팔아라!

세가의 게임기 새턴이 혁신적인 매체 CD-ROM을 채택했는데도 실패한 것은 도매 조직 쇼신카이에 너무 의존한 결과라는 것은 게임업계에서 상식으로 통한다. 동일한 주장의 연장선상에서 플레이스테이션이 성공한 이유는 매체로서 CD-ROM의 장점을 살리기 위해 소니가 유통 구조를 혁명적으로 바꿨기 때문이라고 할 수 있다.

사토는 이렇게 설명한다. "쇼신카이 총판 시스템은 게임 소프트웨어를 담는 매체인 마스크 ROM에 맞게 닌텐도가 만든 조직이다. 그러나 우리는 CD-ROM이다. 대규모 재고를 떠안을 필요가 없다. 언제든지 공급이 가능하다. CD-ROM의 장점을 반영할 수 있는 마케팅 시스템을 세워야 한다고 생각했다."

소니에서 전설처럼 회자되는 말이 있다. "플레이스테이션에 관련된 두 명의 천재가 있다. 한 사람은 엔지니어 구타라기이고 또 한 사람은 마케팅 전문가 사토이다." 오가 사장은 사토에 대해 이렇게 말한다. "사토는 처음 CBS 소니 레코드에서 일했다. 내가 사토로 하여금 플레이스테이션 마케팅 책임을 맡게 한 사람 중의 한 사람이다. 그는 정말 잘했다. 시간이 지날수록 게임 산업에선 듣도 보도 못한 아이디어들을 창출해내고 그것을 실행에 옮겼다. CBS 소니에서도 기존의 레코드 산업 모델과는 전혀 다른 접근 방식으로 사람들을 놀라게 하곤 했다."

사토가 CD-ROM의 이점을 극대화하기 위해 도매상을 거치지 않는 '직접 판매' 시스템을 들고 나온 것은 아주 당연한 것이다. 사토는 이렇게 말한다. "소프트웨어 비즈니스에서 판매원은 사용자와 만나는 접점이다. 가게에서 판매원이 소프트웨어 트렌드에 어떻게 대응하는지는 아주 중요하다. 판매원이 어떤 타이틀에 대해 물어오는 고객에 대해 얼마나 정확히 그 제품의 판매 포인트(selling point)를 전할 수 있는지는 너무 중요하다. 간단히 이야기해서 고객이 '모든 사람이 이야기하고 있는 그 소프트웨어가 언제 나옵니까?' 하고 물어왔을 때 판매원은 정확하게 대답할 수 있어야 한다. 이런 이유 때문에 우리가 소매상에게 직접 파는 것은 필수적이다."

사토는 소매 상점이 소프트웨어 비즈니스의 전쟁터라는 것을 아주 잘 알고 있었다. 판매원이 뚜렷한 목적 없이 가게에 들어온 손님에게 정확하게 대답하고 있는지, 손님과 소프트웨어 사이에 기억에 남을 만한 만남을 그 판매원이 이끌어낼 수 있는지 소니가 어떻게 확인할 수 있을 것인가? 사토는 직접 판매 방식이 그 대답이라고 믿었다.

사토는 자신의 이력에 대해 이렇게 밝힌다. "CBS 소니에서 나는 여러 부서를 거쳤다. 회사는 직원들을 자주 이동시켰다. 내가 한곳에 오래 있었던 기간은 판촉부의 4년이다. 마지막으로 나는 요코하마의 판매 부서를 책임지고 있었다. 그런데 내가 담당하던 일이 통폐합되면서 갑자기 할 일이 없어졌다. 내가 게임을 즐기는 데 많은 시간을 쓸 수 있게 된 이유이다. 아마 나에게 플레이스테이션 프로젝트가 주어지게 된 것도 이 때문이 아닐까?"

비디오 소프트웨어 비즈니스를 하는 동안 그는 소매상들을 조사할 기회가 많았다. "소매상에 대해 연구하면서 나는 많은 것을 알게 됐다. 포르노 잡지 가게가 성인 비디오 가게로 전환한 후 비디오 대여를 시작하다가 패미컴도 팔게 되고 결국은 게임 가게가 된다. 이런 식으로 출발하는 게임 가게가 많았다. 게임은 법적으로 재판매가 보장된 제품 범주에 들어 있지 않다. 그래서 가게들이 인기 타이틀을 확보하는 게 어려웠다. 비즈니스의 성공은 잘 팔릴 것 같은 제품을 얼마나 확보하느냐에 달려 있었다."

신상품이 팔리는 것을 지켜본 사토의 경험도 그가 전략을 수립하는 데 도움이 된다. "이상적인 것은 제조업체들이 도매상을 거치지 않고 자신의 제품을 직접 팔아야 한다. 또 다른 새 벤처 사업을 위해 마케팅 전략을 세워야 한다면 나는 다시 직접 판매를 들고 나오겠다. 그 이유는 속도이다. 직접 판매 방식은 정보 흐름과 공급 측면에서 도매상을 거치는 것보다 훨씬 빠르다. 시장 최전선에서 무슨 일이 일어나고 있는지, 어떤 타이틀이 얼마나 많이 팔리고 있는지, 오직 직접 판매만이 변화하는 상황에 재빨리 대응할 수 있으며 시의적절한 재생산 결정을 내릴 수 있는 것이다."

▌ 진정한 혁명 : 재판매를 위한 구매 모델

사토는 더 나아가 CD-ROM의 특장점을 배우는 데 전념한다. 재생산이 가능한 매체의 힘을 극대화하기 위해 어떤 일이 더 필요할까? SCEI는 이미 하드웨어와 소프트웨어를 도매상을 거치지 않고 소매상에게 직접 팔기로 결정을 내렸다. 그러나 사토는 무언가가 빠져 있다고 느끼고 있었다. 그는 게임 시장에서 난공불락으로 여겨지는 거대 권력과 경쟁할 수 있는 결정적인 무기가 필요했던 것이다.

1993년 봄의 어느 날, 사토는 이 이슈들에 대해 곰곰이 생각을 하다가 어떤 생각이 시야에 잡히기 시작했다. SCEI의 직원들은 CD-ROM의 이점을 너무나 잘 알고 있다. 사토는 자신의 회사가 시장 동향에 따라 CD 수요를 판단할 수 있는 능력을 갖고 있다고 확신했다. 그러나 그는 그럴 경우 다른 문제는 없는지에 대해 따져봤다. 우리가 알고 있듯이 SCEI는 품질 좋은 소프트웨어를 내부에서 생산할 수 있는 자원을 갖고 있지 않다. 그래서 플레이스테이션 플랫폼을 출범하면서 서드 파티 소프트웨어 제조업체에 의존해야 했다.

이 단계에서 사토는 악몽 같은 상황을 상상해보았다. 소프트웨어 제작자들은 그들이 만든 타이틀에 확신을 갖고 있다. 되도록 많이 팔고 싶어하는 것도 이해가 되는 일이다. 소프트웨어 하우스가 소매상에 직접 판다면 한꺼번에 많이 사도록 압력을 가할 수도 있다. 소매상은 처치 곤란한 재고를 떠안게 된다. 반면에 마케팅 능력이 없는 규모가 작은 소프트웨어 회사는 기존 도매상을 통해 공급하는 방법을 선호하게 될 것이다. 그러면 또다시 시장에 소프트웨어들이 홍수처럼 쏟아져 나오는 옛 관행이 되풀이될 것이다. 수요보다 더 많은 물량이 깔리면 팔리지 않게 되고 가격은 파괴될 것이다. 이런 일을 막으려면 어떤 유통 모델이 필요한 것일까?

사토는 상황을 좀더 면밀하게 검토했다. 문제는 마스크 ROM 중심의 비즈니스 포맷에 갇혀 있는 게임 산업에 있었다. 시장은 마스크 ROM 같은 까다로운 매체를 다루는 전문가들로 가득 차 있었다. 마스크 ROM 은 제조하는 데 7~8개월이 걸리기 때문에 재생산은 비현실적이었다. 이런 이유 때문에 업계는 항상 처음부터 대량 생산해서 비축해두고 처치하지 못한 물건은 중고시장으로 넘기는 패턴을 계속하고 있었다. 안 팔리는 것은 인기 타이틀에 끼워 팔고 잘 팔리는 것은 좀더 좋은 가격을 받으려고 사재기하는 일이 다반사였다. 시장을 둘러보면서 사토는 마스크 ROM이 드리운 그림자가 생각보다 깊고 넓다는 것을 알았다.

황폐해진 이 세계에 소니가 세가에 찌들지 않은 CD-ROM을 내놓는다면 무슨 일이 일어날 것인가? 회사가 CD-ROM의 재생산 장점을 살리기도 전에 플레이스테이션 타이틀은 마스크 ROM 제품과 같은 취급을 당할 가능성이 아주 높았다. 그리고 시장은 여전히 혼란스러울 것이다. 마스크 ROM 비즈니스(재생산이 어려워 히트 가능성이 있는 타이틀을 대량으로 비축해두는 관행)에 익숙한 소프트웨어업계 사람들이 CD-ROM의 장점을 제대로 이해할지도 의문이다. 비록 그 매체가 탁월한 기능이 있다고 해도 기존 방식대로 유통이 계속된다면 업계의 상황은 달라지지 않을 것이다.

구습은 쉽게 사라지지 않는다. 업계가 새 시스템의 이점을 이해한다고 해도 실제 행동은 관습과 감정에 좌우될 것이다. 걱정이 된 소프트웨어 하우스들은 소니에 가능하면 하던 대로 많이 생산하자고 주장했다.

사토는 절망했다. 상황이 바뀌지 않는다면 플레이스테이션 프로젝트는 더 나아갈 곳이 없다고 느낀 것이다. 사토의 회고이다. "그러면 유통은 다른 곳에 맡기지 말고 우리가 직접 하자는 쪽으로 가닥이 잡혀갔다. 마스크 ROM 비즈니스 모델에 익숙한 사람들이 CD-ROM의 장점을 알기까지 오래 걸릴 것이다. 이 기간 동안 우리가 모든 마케팅을 관장하자, 재생산 시스템이 원활하게 돌아가게 하는 것도 우리의 의무라는 생각이 들었다."

사토는 이내 '재판매를 위한 구매(purchase for resale)'라는 완전히 다른 새로운 유통 방법을 고안했다. 소프트웨어 하우스들에 이렇게 설명했다. "당신들은 판매를 우리에게 맡긴다. 대신 우리는 시장 수요에 가장 빠르게 대처할 수 있는 시스템을 구축한다." SCEI, 플랫폼 개발자가 소프트웨어 하우스에서 제품을 사서 그것을 소매상에 파는 도매상 역할을 하겠다는 것이다. 이 방식의 핵심은 생산(초기 생산과 재생산)과 재고 사이의 물량 조절을 소프트웨어 하우스가 아니고 SCEI가 책임진다는 것이다. 사토는 이렇게 설명한다. "매체로서 CD-ROM의 파워는 빠른 재생산이 가능하다는 점에 있다. 판매 전략도 이 점을 강조해야 한다. 재판매를 위한 구매 시스템이 시장 동향에 가장 빠르게 대처할 수 있게 해준다는 점이다. CD-ROM을 사용하면서 가능해진 재생산은 어떤 다른 회사에서도 안 하는, 전적으로 다른 새 비즈니스 포맷이다. 우리는 이 포맷이 업계에서 폭넓게 받아들여질 수 있도록 그 방법을 고안해야 했다. 왜냐하면 우리가 그것을 하는 유일한 회사이기 때문이다."

소니의 목표는 베스트 셀러 타이틀이 생산과 재고 사이에 균형을 유지할 수 있도록 재주문을 빨리 처리하는 것이다. 소프트웨어 하우스와 SCEI는 각자 역할이 있다. 하우스는 판매 촉진에 책임을 지고 SCEI는 배포와 판매를 책임진다. 그리고 초기 생산과 재생산 물량은 SCEI가 소프트웨어 하우스의 자문을 구한 후 결정한다. 사토는 이렇게 설명한다. "이것은 중고 소프트웨어가 주인 행세를 하는 이상한 기존 유통 시스템에 대한 근본적인 의문에 대한 결과물이다.”

'재판매를 위한 구매'는 또 CD-ROM의 장점을 부각시키는 하나의 본보기로 이용할 수도 있다. 전통적인 관행에 젖어 있는 소프트웨어 하우스들로 하여금 CD-ROM 재생산 비즈니스가 어떻게 움직이는지를 이해시킬 수 있기 때문이다. 아무것도 하지 않으면 소프트웨어 제작자들은 옛 방법으로 돌아가버릴 것이기 때문에 SCEI가 주도권을 잡고 새로운 방법을 추진한 것이다. SCEI는 그 시스템을 한시적으로 운영하기로 했다.

회사 내에서도 왜 플랫폼 개발자가 이렇게까지 해야 하는지 의문을 나타내는 사람이 있었지만 사토는 이렇게 주장했다. 재생산 비즈니스를 관리하기 위해서 하드웨어 판매에 대한 정확한 시장 정보는 반드시 필요하다. 왜냐하면 소프트웨어는 하드웨어보다 더 많이 팔리지는 않을 것이다. 하드웨어가 30만 개 깔려 있는데 소프트웨어 타이틀을 50만 개 생산한다면 20만 개는 과잉 공급이 될 것이다. 하드웨어 메이커는 소프트웨어의 동향을 예의 주시해야 하고 마찬가지로 소프트웨어 하우스는 하드웨어 판매 물량을 모니터해야 한다. 하드웨어 메이커가 되기 위해선, 물론 SCEI는 얼마나 생산했으며 앞으로 얼마나 생산할 것인지를 꿰고 있어야 할 것이다. 게다가 사토의 유통 시스템 아래서는 모든 플레이스테이션용 소프트웨어는 소니 뮤직의 시즈오카 공장에서 생산된다. SCEI가 소프트웨어 생산의 전모를 쥐고 있게 되는 것이다.

▌소규모 소프트웨어 하우스들도 참여시키다

사토는 '재판매를 위한 구매' 시스템을 정착시키기 위해 많은 목표를 가지고 있었다. 사실 이 시스템은 플레이스테이션을 출범시키는 과정에서 제기된 가장 중요한 이슈이다. 플레이스테이션 플랫폼에 소프트웨어 하우스들의 참여를 늘리는 위력적인 무기가 될 것으로 생각했다. 사토는 기술적으로는 뛰어나지만 판매망을 갖출 능력이 없는 소규모 소프트웨어 하우스들을 유혹하는 데는 이보다 더 좋은 시스템이 없다고 생각했다. 이 회사들은 기존 도매 조직에 의존하지만 덩치가 큰 소프트웨어 하우스에 비해 언제나 찬밥 신세를 면치 못했다.

사토는 이렇게 말한다. "판매까지 신경 쓸 여력이 없는 소규모 소프트웨어 하우스들도 우리를 위해 재미있는 게임을 만들도록 하고 싶었다. 어떻게 그렇게 할 수 있을까? 아무리 어려운 일이 있어도 그들을 위해 쇼신카이 네트워크 대신 판매를 해주기로 결심했다. 우리를 위해 소프트웨어를 만들어준다면 그것으로 충분한 보답이 되지 않겠는가?"

창작자들을 위해 라이브러리를 만들어준 것과 동일선상의 생각이다. 라이브러리로 인해 창작자들은 복잡한 기본적인 개발 작업의 부담을 덜고 새로운 아이디어 창출에 힘을 더 기울일 수 있었던 것이다.

사토가 이런 아이디어를 제시하자 격론이 벌어졌다. SCEI가 정말 도매상으로 성공할 수 있는가? 판매 가격을 고려할 때 이익을 낼 수는 있는 건가? 소규모 팀으로 그런 대규모 비즈니스를 처리할 수 있는가?

사토에게 가장 중요한 것은 하드웨어와 소프트웨어 판매 동향을 실시간으로 추적할 수 있는 시스템을 개발하는 것이었다. 수요에 맞춰 공급하기 위해선 정확한 판매 데이터가 꼭 필요하다. 이 시점에서 SCEI 내에 레코드 산업의 경험이 있는 사람들이 큰 역할을 한다. 마루야마의 말이다. "레코드 산업에 있던 사람들은 시장 동향, 재고, 생산의 관계를 관리하는 데 많은 경험을 갖고 있다. 우리는 판매율을 보고 재생산 물량을 결정할 수 있었다."

사토는 과잉 공급이 되지 않도록 각별히 신경을 썼다. "플레이스테이션 콘솔과 소프트웨어가 가게에 산처럼 쌓여 있으면 사람들이 보기에 '팔리지 않는구나'라고 생각할 수도 있다. 그래서 우리는 정확하게 팔리는 수량을 파악하고 있어야 한다." 매주 토요일과 일요일 하드웨어와 소프트웨어 판매량을 조사했다. 샘플링 테크닉으로 무장한 조사 팀이 현장을 돌며 판매 동향을 파악한다. 이 조사를 통해 얻은 정보를 바탕으로 SCEI는 공급 부족이 되지 않도록 정확한 생산을 할 수 있게 됐다.

▌ "그것은 잘 안 될 것이다!"

불행하게도 소프트웨어 하우스들은 그들이 독자적으로 해오던 유통을 SCEI가 대신 맡는 시스템에 대해 선뜻 받아들이려고 하지 않았다. 반대 의사는 여러 형태로 나타났다. 어떤 하우스는 계속 도매상을 통해 팔기를 원했다. 어떤 하우스는 자신들의 판매 대표가 직접 소매상에 파는 방식으로 영향력을 갖기를 원했다. 어떤 하우스는 자신들이 왜 자신들의 타이틀을 팔아서는 안 되는지 그 이유를 설명해달라고 완강하게 요구했다.

그러나 사토는 흔들리지 않았다. "일부의 반대가 있지만 그래도 우리는 이 길을 가야 한다." SCEI 시스템과 병행해 도매상을 통한 배포도 같이 이뤄진다면 그게 비록 소규모라고 해도 두 시스템의 충돌이 일어날 것이다. 그 결과 '재판매를 위한 구매' 시스템이 실패하고 소프트웨어 하우스들이 직접 유통을 하도록 하면 그들 중 대다수는 소매상을 일일이 찾아가 물건을 팔 여력이 없을 것이다. 이것은 다시 그들이 도매상에 의존하게 된다는 것을 의미한다. CD-ROM 같은 매체가 정보 소통이 느린 도매상을 통해 팔리는 결과가 될 것이다. 반면에 CD-ROM의 재생산 장점을 인식한 소프트웨어 하우스들은 이익을 극대화하려고 할 것이다. 이렇게 되면 두 개의 경쟁적인 유통 시스템이 양립하게 될 것이다.

소매상 또한 많은 문제에 부닥치게 된다. 동일한 플레이스테이션 소프트웨어를 서로 다른 두 곳에서 공급받게 됨으로써 판매 관리가 복잡하게 꼬이게 될 것이다. 그 결과 재생산 결정이 늦어지거나 부정확한 데이터를 근거로 결정을 내려야 한다. 사토는 그런 복잡한 상황이 빚어지는 것은 막아야 한다고 결심했다.

도쿠나카의 말이다. "모르는 것이 약이라는 말이 있다. 우리는 게임 업계에 실적이 없었다. 어떤 유대 관계나 은혜를 입은 사람도 없었다. 도매상이 어떻게 생각하는지 그걸 걱정한다면 아무것도 할 수 없을 것이다. CBS 소니를 출범시켰던 경험은 나에게 이런 상황에서는 정면으로 뚫고 나가야 한다는 것을 가르쳐줬다. 혁신이 없는 새 비즈니스는 존재할 근거가 없는 것이다."

소니가 새 매체 CD-ROM에 맞추어 새로운 비즈니스 환경을 개척했다면 이와는 대조적으로 세가는 CD-ROM을 사용하면서도 도매상을 통한 기존의 유통 구조를 선택했다. CD-ROM의 재생산 장점을 헤아리지 못한 결과이다. 나중에 SCEI의 유통 혁신 방식이 알려졌지만 그래도 세가는 시스템을 바꿀 수 없었다. 첫째 이유는 도매상 커뮤니티와의 관계 때문이다. 오랫동안 비즈니스를 같이 해온 도매상과의 유대를 끊을 수 없었던 것이다. 세가는 유통의 문제점과 CD-ROM의 장점을 알고 있었지만 도매상과의 관계를 끊을 정도로 무정하지가 못했다. 소니와 세가의 차이는 첫째로 포기할 것을 갖고 있느냐, 없느냐의 차이였던 것이다.

소프트웨어 하우스의 많은 경영진들은 단지 전례가 없다는 이유로

SCEI의 유통 시스템에 반기를 들었다. 다양한 인센티브가 주어진다고 해도 재판매를 위한 구매 모델이 자기들에게 과연 이익이 될지 알 수가 없었다. 기존의 유통 방법을 따른다면 SCEI가 벌써 받아들여졌겠지만 지금까지의 비즈니스 관행에 젖어 있는 업계로선 새 마케팅 방법을 들고 나온 신참 회사가 너무 이상한 것이다. "우리가 추진하는 유통 방식에 나도 놀랐지만……." 시마모토의 고백이다. "소프트웨어 제작자들은 계속해서 나에게 이렇게 말했다. '그것은 잘 안 될 것이다.'"

소니 뮤직에서 레코드 가게를 상대로 판매를 담당하던 시마모토가 SCEI에 합류한 것은 설립 직후인 1991년 1월이다. 소니 뮤직의 오자와 사장이 어느 날 그를 불러 컴퓨터 게임을 하느냐고 물었다.

"안 합니다." 시마모토가 대답했다.

"그럼 한번 해보게. SCEI에 가서 판매를 맡아줬으면 하네."

그의 새 일이 소매상을 방문하는 일이라고 상상했던 시마모토는 '재판매를 위한 구매'를 위해 소프트웨어 제작자들과 접촉하는 일도 해야 한다는 것을 알고는 놀랐다. 그의 회고이다. "이 방법은 소니 뮤직에서 가져온 것이 아니다. 사토 씨의 아이디어이다. 우리가 하려는 게 어떤 일인지 알고는 놀랐다. 재판매를 위한 구매와 유사한 방법인 위탁 판매는 레코드 산업에서는 관행이다. 그러나 소니 뮤직은 위탁 방식을 거부했다. 다른 사람의 제품을 팔면서 누가 진지한 노력을 하겠느냐는 게 소니 뮤직의 주장이었다."

시마모토가 재판매를 위한 구매 방식을 선전하러 많은 소프트웨어 회사들을 방문했지만 사인을 하겠다고 동의한 회사는 소수에 불과했다. 그들을 설득하기 위해 뻔질나게 전화를 했다. 일이 잘 안 풀리면 때때로 그는 곰곰이 생각을 해보곤 했다. 그는 게임을 좋아하지도 않았다. 자신들이 직접 팔고 싶어하는 회사들에는 재판매를 위한 구매 시스템이 씨알도 안 먹힐 일이었지만 그래도 그는 버텼다. 기존의 도매상 유통 시스템이 계속돼서는 안 된다는 것을 확신하고 있었기 때문이다.

특히 선두 소프트웨어업체들의 반대가 더 심했다. 놀랄 일은 아니었다. 자신들이 직접 파는 자유를 박탈당하는데 선뜻 응할 리가 있겠는가. 초기 생산 물량도 SCEI와 상의해서 결정해야 한다. 그들의 마케팅 스태프는 자신들의 일이 날아가 버릴까봐 두려움을 느꼈던 것이다.

소프트웨어 하우스들은 또 소매 시장에 대한 SCEI의 플랜에도 냉소적이었다. 쇼신카이는 2만 5천 개의 아울렛(게임 가게와 레코드 가게)에 소프트웨어를 배포했다. 소프트웨어 제작자의 입장에서 비록 의문이 없는 것은 아니지만 자신들의 제품이 폭넓게 배포되는 것이다. 반면에 시마모토가 전하는 말을 들어보면 SCEI는 공급 대상을 5천 개로 제한한다는 것이다. "그게 전부란 말인가? 예전보다 훨씬 적다."라는 게 일반적인 반응이었다. 시마모토의 말은 이렇다. "일본에는 7천~8천 개의 레코드 가게가 있다. 나는 소프트웨어 비즈니스 규모로 볼 때 5천 개가 적정 규모라고 확신했다."

레코드 가게 한 곳의 한 달 총매상을 10만 달러 이상으로 가정하면 7천~8천 개의 가게로 이뤄진 음반 시장의 규모는 10억 달러가 될 것이다. 쇼신카이가 밝힌 아울렛 2만 5천 개라는 수치가 정확하다면 가게마다 매상은 SCEI가 공급하는 5천 곳의 가게보다 낮을 것이다. "그러나 우리는 제로 상태에서 출발하는 것이기 때문에 사실 5천 개도 너무 많았다. 내가 개인적으로 추산한 가게의 수는 1천 개 정도였다. 그렇지만 내가 솔직하게 그것을 소프트웨어 업체들에게 말하면 화를 낼 게 뻔했다." 시마모토의 고백이다.

그런데도 소프트웨어 하우스들을 설득하는 노력을 계속했다. 그의 견해에 동정적인 반응을 보이는 사람이 없는 것은 아니었다. "당신이 재판매를 위한 구매 시스템을 이용한다면 지금보다도 판매 예측이 훨씬 쉬워질 것이다."라는 설득력 있는 권유에 긍정적인 답변을 듣기 시작했다. 소니의 브랜드 파워도 한몫 했다. 도매상은 신용이 중요하다. 한 소프트웨어 제작자의 말처럼 "쇼신카이보다 소니가 더 신용이 있다는 것은 두 말할 필요가 없는 것이다."

▌고나미의 반대

소프트웨어 하우스 고나미는 여전히 재판매를 위한 구매 시스템에 반기를 들고 있었다. 그 회사는 오랫동안 해온 직접 판매 전통을 갖고 있어서 자신들의 제품을 자신들이 파는 것은 너무나도 당연한 일이었다. 고나미의 관리이사 기타가미의 말이다. "우리는 소니 포맷이 차세대 게임기의 엔진이 될 것이라는 것을 확신했다. 소니 브랜드에 대한 신뢰도 있었다. 그래서 소니 포맷에 참여하기로 결정한 것이다. 당시 우리는 슈퍼 패미컴과 메가드라이브용 소프트웨어를 만들고 있었다. 그러나 두 제품에 대한 시장은 포화 상태로 성장 잠재력도 바닥이 나 있었다. 차세대 플랫폼을 모색해야 할 시점이었다. 세가는 늘 비밀스럽게 일을 추진해서 서드 파티 개발자들은 감을 잡기가 어려웠다. 이러한 시점에 소니가 등장한 것이다. 우리의 유일한 희망이었다."

이야기가 순조롭게 진행되면서 고나미는 플레이스테이션 플랫폼에 참여하는 것을 거의 확정짓기 직전에 있었다. 그러나 재판매를 위한 구매 시스템이 돌출되면서 그 회사는 멈칫한다. 교착 상태가 계속됐다. 고나미는 일본 전역을 커버하는 판매 네트워크로도 유명했다. 업계 사람들은 고나미의 방식을 '모세관 판매'라고 부르고 있었는데 당시 고나미는 전국에 1백 개의 판매 영업소와 13개의 판매 회사를 보유, SCEI보다도 더 탄탄한 네트워크를 갖추고 있었다.

게다가 고나미는 가정용 게임을 위한 판매 조직을 빠른 속도로 확장하고 있던 중이었다. 그것이 가능한 것은 많은 수의 직원을 이미 아케이드 게임기 판매와 수리 서비스에 배치해놓고 있어서 이들을 가정용 게임 판매에도 활용할 수가 있었기 때문이다. 기타가미는 이렇게 설명한다. "우리는 제조업체이다. 우리가 우리의 판매 네트워크를 갖는 것은 당연하다. 그것은 제조업체의 의무이다. 사용자의 요구를 알고 제품을 개발해야 한다는 점에서 직판 네트워크는 필수적이다. 메이커들은 유통을 다른 사람에게 맡겨서는 안 된다. 더욱 마스크 ROM 카트리지에서는 생각할 수 없었던 재생산이 가능한 CD-ROM을 다루면서 우리는 직접 팔아야 한다고 생각했다."

SCEI의 마케팅 정책과 고나미의 견해가 충돌했다. 기타가미는 이렇게 말한다. "우리가 우리의 소프트웨어를 팔 수 없다는 말을 들었을 때 기분은 좋지 않았다. 그러나 SCEI가 재판매를 위해 우리한테서 물건을 구입하는 것이다. 어떻게 보면 그것은 쇼신카이와의 관계를 끊고 우리가 유통을 맡을 수 있는 절호의 기회이기도 했다. 그러나 SCEI는 대신 통제권을 가져가려고 했다."

시마모토는 고나미를 설득하기 위해 갖은 노력을 다했다. 그러나 그 회사는 쉽게 누그러지지 않았다. 시마모토는 수없이 그 회사 문턱을 들락날락한다. 결국 고나미는 그의 끈기에 굴복했다. 마지못해 SCEI의 조건에 동의하면서 조건을 달았다. 일정 기간 동안만 그 시스템을 받아들이겠다는 것이다. 기타가미의 말이다. "우리는 1년 반 동안 SCEI의 재판매를 위한 구매 시스템에 협조하고 그 이상은 못한다는 뜻을 전했다."

두 회사는 다음과 같은 조건에 합의한다. 플레이스테이션이 출시된 후 18개월 동안 SCEI는 자신들의 네트워크를 통해 고나미 제품을 판다. 그 기간 동안 고나미는 자신들의 직판 네트워크를 정비하고 18개월 후에는 SCEI에서 판매권을 다시 가져온다. 합의한 대로 1994년 12월에서 1996년까지 고나미 제품은 SCEI 네트워크를 통해 판매된다. 기타가미는 진전되고 있는 상황이 항상 마음에 들었던 것은 아니다. 그는 고나미 제품이 어떻게 취급되고 있는지에 대해 아예 눈을 감아버렸지만 때때로 화가 나서 SCEI로 쳐들어가곤 했다.

"게임 소프트웨어 출시 물량에 대해 SCEI가 최종 결정을 한다. 사실은 그 수량이 많든 적든 중요한 문제는 아니다. 왜냐하면 CD-ROM은 재생산이 쉽기 때문에 곧바로 공급량을 늘릴 수 있다. 그러나 문제는 타이틀이 잘 팔리는데도 소매상에 물건이 없어 팔지 못하는 일이 자주 일어났다는 점이다. 우리가 SCEI 스태프에게 그 제품이 떨어지지 않는지 소매상을 자주 확인하라고 주의를 주는데도 이런 일이 발생했다. 우리는 그 제품이 잘 팔릴 것으로 예상하고 있었기 때문이다. 나는 화가 나서 도대체 그들이 하는 일이 무엇인지 알고 싶다고 쏘아붙이곤 했다. 3일 안에 생산할 수 있다고 쉽게 말하는데 그 3일 동안이 성공과 실패를 가를 수도 있다. 나는 소프트웨어 하우스의 경영진으로서 우리에게 소매상은 하늘이라고 SCEI에 엄중 항의했다."

18개월이 지나자 고나미는 합의한 대로 그때부터 우리가 팔겠다고 SCEI에 통보했다. 기타가미의 말이다. "그러나 그들은 그 권한을 곧바로 돌려주려고 하지 않았다. 마루야마와 시마모토 씨는 계속 미안하다는 말만 했고 마냥 끌려고 했다. 나는 화가 났다. 그래서 우리는 계약서에 명시한 대로 강행하기로 결정했다. 나는 그들에게 우리는 SCEI가 요청한 방법대로 판매를 하려고 그 동안 꾸준히 준비해왔고 이제 시스템을 가동만 하면 된다고 밝혔다."

결국 SCEI는 마지못해 판매권을 돌려줬다고 기타가미가 말한다. 고나미의 관점에서 보면 SCEI와 합의한 대로 하는 것일 뿐이다. 그러나 시마모토는 기타가미의 이야기를 반박한다. "우리는 지체 없이 타이틀을 돌려줬다. 연기하려고 했다는 것은 사실이 아니다."

어쨌든 SCEI는 재판매를 위한 구매를 CD-ROM의 재생산 장점이 업계에 뿌리내리고 유통이 정상화되는 과정의 중간 수단으로 보았다. 사토는 이렇게 말한다. "어떤 회사가 훌륭한 유통 체계를 가지고 있다면 우리가 재판매를 위해 그들한테서 제품을 살 필요가 없는 것이다. 우리 시스템을 강요할 의도가 없었다."

사실 SCEI는 자신들의 태도를 완화하기 시작했다. 1997년 6월, 새로 출시되는 타이틀의 초기 생산 물량을 소프트웨어 하우스와 상의해 결정하던 것을 완전히 그들에게 넘겨주었다. 몇몇 하우스의 요청에 따른 것이다.

그러나 직접 판매에 대한 소프트웨어 하우스들의 견해는 엇갈렸다. 고나미의 기타가미가 남코에 호소한 적이 있다. "대형 소프트웨어 회사들은 직접 팔아야 한다. 특히 남코는 많은 판매 영업소를 갖고 있어서 소니에 의존하지 않아도 되지 않는가. 우리 함께 직접 판매로 바꾸도록 하자." 그러나 남코의 하라구치 이사는 확고했다. "우리는 직접 팔지 않겠다." 그는 이렇게 자세히 설명을 했다. "물건을 팔기 위해 고압적인 방법을 쓰는 세일즈맨은 성공할 수 없다. 당신이 어떤 수단을 동원하더라도 훌륭하지 못한 제품은 팔리지 않을 것이다. 가게에다 팔리지도 않을 물건을 강요하면 맞불을 맞게 될 것이다. 브랜드 이미지에 큰 상처를 입는다. 우리는 SCEI의 재판매를 위한 구매 시스템이 공평하다고 생각한다."

하라구치는 SCEI의 시스템에 대해 긍정적이었다. 왜냐하면 그 시스템이 가장 최신의 시장 동향을 추적할 수 있게 해준다고 확신했기 때문이다. "남코가 유통 권한을 전부 소니에 양도한 것은 아니다. 우리는 전국의 1천 개 아울렛과 긴밀한 관계를 유지하고 있는 15명의 전문 요원을 보유하고 있다. 또 자체 판촉 행사를 열기도 한다. 우리는 자체 정보망을 통해 우리 소프트웨어가 얼마나 많은 주문을 받았는지를 파악하고 있다. 이런 데이터로 무장하고 난 뒤에 소니의 스태프들과 이야기하는 것이다."

남코가 15명으로 전국 네트워크를 커버할 수 있는 것은 소량 품목을 생산하기 때문이다. 대략 1개월에 한 개 정도를 내놓기 때문에 자체 판매 영업소는 갖고 있지 않다. "우리는 SCEI의 시스템이 최고라고 생각한다. 각 제조업체가 자신의 방식대로 파는 것보다 단일 회사가 판매를 책임지는 게 좀더 효율적이다." 남코와는 대조적으로 고나미는 많은 타이틀을 생산한다. 이런 많은 물량 때문에 이 회사로선 직접 판매가 불가피한 선택이었던 것이다.

▌ "리베이트는 없다!"

SCEI는 계속해서 업계에 센세이션을 불러일으켰다. 시마모토의 말이다. "우리가 공격적으로 개척하지 못한 유통 채널은 레코드 가게였다. 사실 아무도 거기에 포커스를 맞춰야 한다고 제안하지 않았다. 왜냐하면 소니 뮤직이 이미 그들을 다루는 노하우를 갖고 있었는데 주력 상품인 음반과 그 밖의 2차 상품을 다루는 데 있어서 그곳은 다른 세계로 보는 게 나았다. 이런 이유로 레코드 가게는 주요 판매 루트가 되지 못했다."

시마모토는 레코드 가게에 비디오 소프트웨어를 팔려고 시도한 적이 있었기 때문에 그 사정을 잘 알고 있었다. 그 시도는 유감스럽게도 실패했다. 음반 가게의 주력은 음악 CD이다. 비디오 소프트웨어는 하드웨어에 딸려 오는 주변 상품으로 여기는 가전 제품 가게처럼 대부분의 음반 가게는 비디오에 관심이 없었다.

그러면 SCEI는 어디를 타깃으로 정한 것인가? 게임 스토어이다. 3만 내지 4만 명의 인구를 가진 지역마다 한 곳을 정해 거기에 포커스를 맞추었다. "판매 실적이 가장 좋은 가게부터 접촉했다. 그들에게 우리 제품을 팔아달라고 부탁했다."

대규모 할인 스토어는 문제를 표시했다. SCEI가 1994년 7월부터 소매상과 계약을 체결하기 시작했으나 대형 스토어에선 관심을 나타내는 곳이 적었다. 대부분의 경우 양측은 계약 조건에 합의할 수 없었다. 그들은 많은 물량을 파는 대신 유리한 계약을 원했다. 열이면 열 모두 리베이트를 요구했던 것이다. 시마모토는 모르는 척하면서 이렇게 대답하곤 했다. "그게 무슨 말입니까? 리베이트를 말하는 것입니까? 좀 자세히 설명해줄 수 있습니까? 당신도 알다시피 우리는 이 사업에 경험이 없어서……."

물론 이것은 다 계산된 것이었다. SCEI는 모든 소매상에게 동일한 대우를 해주기를 원했다. 기존 유통 체계의 혼란이 리베이트에서 비롯됐다는 것은 모두가 인정하는 사실이다. 반면 레코드업계에선 큰 가게든 작은 가게든 모두 동등한 대접을 받는다. 레코드처럼 창조적인 일은 어떤 다른 것으로 대체할 수 있는 것이 아니다. 그것은 오직 하나뿐인 제품인 것이다. 그러므로 이런 유형의 제품을 파는 가게에 서로 다른 조건을 준다는 것은 말이 안 되는 것이다. SCEI는 지방의 조그만 가게든 대규모 할인 스토어든 동등한 조건을 주고 싶었다. 그러나 소매상들이 처음에는 SCEI의 혁신적인 정책의 이점을 이해하지 못하면서 시간만 흘러갔다. 마침내 SCEI는 플레이스테이션 출범 2주 전인 11월 20일, 일본의 가장 큰 할인 스토어인 요도바시 카메라와 합의에 이른다.

플레이스테이션 출범이 임박하면서 미디어의 뜨거운 조명을 받기 시작했다. 상인들은 대박의 기쁨을 줄 제품을 찾아내는 감각을 갖고 있는 사람들이다. 분별 있는 비즈니스맨이라면 그 구매 조건을 듣고 플레이스테이션은 놓쳐서는 안 될 기회라는 것을 금방 알 수 있을 것이다. "우리는 소매상에 제공하는 할인율을 결정할 때 레코드와 가전 제품을 참고로 했다. 레코드는 정가의 30퍼센트, 비디오 소프트웨어는 25퍼센트의 할인율을 적용하고 있었다. 그래서 게임 소프트웨어는 소매상에 제공하는 할인율을 25퍼센트로 정했다. 비주얼 제품이었기 때문이다. 하드웨어의 할인율을 결정할 때는 가전 제품의 도매가격을 참고로 했다. 가전 제품에는 복잡한 리베이트 시스템이 있었으나 그것은 무시하기로 했다. 도매상의 할인율은 소매가의 25퍼센트 내지 30퍼센트였는데 우리는 그 중 낮은 수치를 택해 도매상에 25퍼센트의 할인율을 제공하기로 결정했다."

그러나 지금까지 게임업계에서 하드웨어 할인율은 소매가의 10퍼센트 내지 15퍼센트가 관례였다. 이렇게 상당히 낮은 할인율은 회사들이 돈을 버는 것은 하드웨어가 아니고 소프트웨어라는 것을 보여주는 것이다. 시마모토는 이것을 모르고 있었다. "신참이어서 할인율이 그렇게 낮으리라고는 생각하지 못했다." 그의 고백이다.

이것은 권장 소매가격이 399달러라면 지금까지 소매상의 마진은 10퍼센트, 39.9달러라는 것을 의미한다. 그러나 플레이스테이션에서는 소매상은 25퍼센트의 마진, 1백 달러를 남길 수 있는 것이다. 소매상에 그런 호조건이 제공된 경우는 전례가 없었다.

게다가 신문과 방송이 뜨거운 관심을 나타내면서 플레이스테이션이 첫날부터 불티나게 팔릴 것이라는 게 분명해졌다. 요도바시 카메라와 다른 할인 스토어로선 이런 조건이라면 조그만 차이에 연연하지 말고 빨리 합류하는 게 더 낫다는 계산이 나온 것이다. 사실 플레이스테이션은 백달러짜리 지폐를 거기에 붙이고 소매상에 보내는 거나 마찬가지였다. 실제로 아키하바라의 한 할인 스토어 사장은 SCEI에 전화로 이렇게 말하기까지 했다. "대단히 감사합니다. 우리가 큰 이익을 남겼습니다."

소매가격이 내릴 때마다 할인율은 항상 소매상에게 유리하게끔 조정됐다. 시마모토는 양처럼 이렇게 말한다. "우리는 진짜 순진했다. 우리가 배워야 할 것이 너무 많았다."

아마추어다운 접근이 오히려 큰 장점이 되어 오늘의 플레이스테이션을 일구어냈다는 것 또한 진실이다. 지금까지도 SCEI는 한꺼번에 많이 산다고 더 깎아주지 않는다는 원칙을 고수하고 있다.

█ 8㎜ 비디오에서 빌려온 광고 캠페인

플레이스테이션 프로젝트는 혁신과 혁신의 연속이었다. SCEI의 광고 전략도 예외가 아니다. 그 회사가 그 제품에서 흥미를 유발하는 방법도 사용자와 생산자 커뮤니케이션의 진정한 혁명이라고 할 수 있다. 사토 아키라는 이렇게 강조한다. "비디오 게임은 비즈니스 측면에서 거의 영화와 같다. 출범일에 앞서 주의를 끌어내고 출범일에 당신의 초기 타깃을 공략하는 것이 핵심이다. 사용자에게 어떻게 어필할 것인가에 모든 것이 달려 있다는 점에서 그것은 확실히 광고 비즈니스이다."

게임 비즈니스를 광고 비즈니스로 접근한 것은 정말 신선한 발상이다. 게임 비즈니스를 이런 식으로 본 것은 플레이스테이션 출범이 첫 케이스로 기록될 것이다. SCEI는 플레이스테이션 성공의 핵심은 광고 컨셉트를 효과적으로 구현하는 데 달려 있다고 보았다. 그 좋은 예가 그들이 플레이스테이션을 출시하는 날인 1994년 12월 3일에 맞춰 전개한 캠페인이다.

소니는 왜 그날을 골랐을까? 1994년 12월 3일, 그날은 토요일이었다. 게임 포맷이 토요일에 출시되는 것은 처음이다. 지금까지는 금요일로 잡는 게 관행이었다. 그러나 SCEI는 단지 전통을 깨려는 뜻에서 그날을 선택한 것이 아니다. 광고 전략을 책임진 사에키 마사쓰카의 말이다. "12월은 아주 바쁜 때이다. 그래서 첫 주에 판매를 시작하는 것이 가장 적당하다고 보았다."

플레이스테이션이 나온다는 정보는 이미 골수 게임 사용자들은 다 알고 있었으나 두 가지가 궁금했다. 가격과 출시 날짜이다. 그래서 출시 날짜에 어떤 깊은 인상을 창출할 것인지가 광고 캠페인의 포커스였다. SCEI의 캠페인을 맡고 있는 광고 회사 하쿠호도가 이렇게 제안했다. "출시 날짜를 1-2-3(12월 3일)에 맞출 수 있으면 근사한 광고 카피를 쓸 수 있을 것이다." 마루야마도 훌륭한 아이디어라고 생각했다. 출시 날짜는 그렇게 정해졌다.

SCEI의 초기 공략 대상은 골수 게이머 그룹이었다. 사에키에 따르면 "골수 게이머들이 플레이스테이션을 산다면 곧바로 70만~80만 명이 사용하는 플랫폼이 될 것이다. 그러나 사실 우리는 1백만 명이 넘는 일반 사용자에게 더 신경을 쓰고 있었다. 이것이 성공의 지표라고 생각했다. 그러나 일반 사용자들은 골수 게이머의 영향을 크게 받았다." 먼저 골수 사용자들을 공략 대상으로 삼은 것은 이런 이유 때문이다.

광고에서 알려주는 정보는 정확해야 한다. 예를 들면 사에키는 인터뷰를 할 때마다 의도적으로 세가의 미디어를 상기시켰다. "당시 3-DO는 실패라는 것이 분명해졌고 그리고 가정용 게임기 시장이 쇠퇴하고 있다는 루머가 돌고 있었다. 나는 기자들의 주의를 끌기 위해 흥미 있는 이야기를 터뜨리면서 언제나 경쟁자로서 세가의 이름을 언급했다." 언론은 경쟁자들이 결전을 벌이는 이야기라면 사족을 못 쓴다. 그 전략은 '소니 대 세가'의 전쟁 이야기에서 가능하면 더 많은 부분을 소니에 할애하도록 하기 위한 것이다. 한편 세가의 새턴은 플레이스테이션 출시일로부터 3주 후인 12월 22일 금요일에 판매를 시작한다고 발표한다. SCEI는 플레이스테이션 데뷔를 알리는 광고 캠페인을 시작했다.

광고 카피는 다음과 같이 시작된다. "1, 2, 3, 12월 3일을 기대하십시오. 플레이스테이션이 게임의 세계를 바꿉니다." 12월 3일(12/3)의 순서를 강조했다. 그것은 사람들의 호기심을 불러일으키기 위해 핵심을 숨기는 전통적인 광고 테크닉인 티저(teaser)를 구사한 것이다. 사에키는 이미 소니에서 오디오 액세서리 생산과 관련해서 유사한 테크닉을 구사한 적이 있다. 그때까지 그는 잘 알려지지 않은 제품들밖에 다룰 수가 없었다. 자신의 일에 대해 새롭게 자각하고 있을 때 내부 모집 공고가 나온다. 1985년 1월 8일, 첫 8mm 비디오인 CCD V8이 출시되는 날에 광고 부서로 옮긴다.

오늘날까지도 소니에서 회자되는 사에키의 히트작 중 하나는 1989년 CCD TR55의 판매 촉진 캠페인이다. 패스포트 크기의 비디오 카메라로는 최초인 CCD TR55는 경쟁자 빅터의 VHS C 포맷에 뒤처진 소니의 8mm 비디오 포맷의 위치를 역전시키는 임무를 띠고 있었다. 사에키는 1989년 3월 TR55를 처음 보자마자 호기심을 자극하는 광고 전략을 쓰기로 결정했다. "이 제품엔 티저 광고가 유일한 방법이라는 생각이 들었다. 잘 팔릴 거라는 예감이 있었기 때문이다." 사에키의 말이다. 언론에 출시 날짜를 발표한 5월 31일부터 출시일인 6월 31일 사이에 집중적으로 TV 광고가 전파를 탔다. 그 광고에서는 아사노 아쓰코가 공항에서 하얀 천에 싸인 물건을 들고 이렇게 외친다. "새로운 핸디캠이 곧 나옵니다. 그 이름은……." 그 순간 제트 여객기가 그녀 뒤를 지나가면서 그녀의 목소리는 엔진 소음에 묻혀버린다.

'호기심 전략'은 TV 광고만이 아니었다. 예를 들면 보통 출시일 3일 전에는 소매상에 배달되는 것이 관례이지만 이 비디오 카메라는 당일 아침까지도 도착하지 않았다. 그래도 소매상들은 불평하지 않고 이 전략에 협조를 했다.

6월 31일 출시일 아침, 무슨 일이 일어났을까? 사에키의 회고이다. "그날 아침 나는 아키하바라로 향했다. 비디오 카메라를 사기 위해 길게 늘어선 채 기다리는 사람들을 보고 나는 정말 놀랐다. 그것도 정가가 2천 달러가 넘는 제품을 사려고 저렇게 줄을 서다니…… 나는 감명을 받았다."

TR55 성공 이후 사에키는 플레이스테이션 프로젝트에 참여한다. 1993년 11월 1일 당시 소니에서 광고를 책임지고 있던 이데이 노부유키가 그를 불러 곧 변화가 있을 것이라는 것을 통보했다.

"사에키, 곧 전출이 있을 거야."

"그게 무슨 말입니까? 어디로 가는 겁니까?"

"기획 부서의 국내 판매 부문."

"꽤 따분할 것 같은데요……."

"그러면 이쪽은 어때?" 이데이가 제안했다. 사에키에게 플레이스테이션 비즈니스를 준비하는 그룹에 대해 이야기해준다. 사토 아키라와 인터뷰를 하면서 사에키는 자신의 주특기는 광고라고 말한다. "그래? 광고? 당신이 하고 싶은 일이 그거야?" 마치 광고는 그렇게 중요한 일이 아니라는 듯이 내뱉는 그의 어조에 사에키는 화가 났다.

플레이스테이션 출범을 알리는 광고 전략은 TR55를 모델로 한다. 사에키의 말이다. "TR55의 경험이 없었다면 나는 플레이스테이션 데뷔 전략을 요리할 수 없었을 것이다." 사에키가 참고한 TR55의 전략은 광고에 수십억 엔을 쏟아 부어야 하는 것이다. 실제로 소니는 8㎜ 비디오 캠페인을 하면서 6개월에 50억 엔(약 5천만 달러)이나 썼다. 전국 TV 스폿 광고에 4백만에서 5백만 달러, 전국지에 광고 캠페인을 싣는 데 7백만에서 8백만 달러가 들어갔다. 이런 규모의 돈을 쓰는 것은 늘 있는 일이 아니다. 그리고 광고 예산을 효과적으로 매체별로 배정하는 것은 경험 없는 사람이 하기에는 벅찬 일이다. 사에키는 호기심 전략은 언제가 적당한지, 그 시점에 대한 감을 이미 터득하고 있었다. 해당 상품이 티저 광고 캠페인에 맞는 조건을 충족하는지를 판단해야 하는 것이다.

무엇보다 먼저 제품 범주가 폭넓게 알려져 있어야 하며 소비자가 흥미를 갖는 것이어야 한다. 제아무리 혁신적인 제품이라고 해도 제품 범주가 새로운 것이라면 티저 광고는 소비자의 흥미를 유발할 수가 없다. TR55가 나올 당시 TR55는 뉴스에도 자주 나왔다. VHS C 포맷과 8㎜ 포맷이

벌이는 차세대 비디오 전쟁이 대중의 관심을 불러일으켰기 때문이다.

두 번째 조건은 그 제품이 좋아야 한다는 것이다. 광고란 사람들의 관심을 유발하는 것이기 때문에 그 제품은 그 기대치를 충족시켜줘야 한다. 대중을 실망시키면 바로 신용 상실로 이어진다.

세 번째는 회사가 제품 배달을 보장해야 한다. 광고가 효과를 봐서 사람들이 그 제품을 사려고 가게로 몰려가는 사태가 일어나더라도 회사는 그 물량을 충분히 공급할 수 있어야 한다.

"TR55가 나올 때 우리는 노심초사했다. 너무 많이 만들어서 공급 초과가 일어나지 않을까, 그 점을 염려한 것이다. 과거 오디오비주얼 제품의 경험에 비추어 2천 달러가 넘는 제품이 그렇게 많이 팔릴 것 같지 않았던 것이다." 그러나 TR55는 판매를 시작한 지 단 일주일 만에 매진이 됐다.

플레이스테이션은 세인의 주목을 받고 있다는 점에서 첫 번째 조건을 충족시켰다. 차세대 게임기를 둘러싼 전쟁은 언론의 뜨거운 관심을 받고 있었다. 그리고 사람들의 입에도 꾸준히 오르내리고 있었다. SCEI는 5월 10일 플레이스테이션 포맷을 미디어에 발표했다. 디자인 프로토타입도 공개했다. 마쓰시타의 3-DO도 주목을 받았다. 사에키는 이렇게 말한다. "사람들이 아주 잘 알고 있는 분야라는 조건을 플레이스테이션은 완벽하게 충족시켰다."

두 번째 요소는 플레이스테이션 자체에 있었다. 사에키는 하드웨어에 관해서는 구타라기를 신뢰했다. 그래서 이 부분은 염려하지 않았으나 그가 걱정하는 부분은 소프트웨어였다. 출시일에 맞춰 좋은 소프트웨어가 나올 수 있을까? 그러나 회사 전체의 관심도 이곳에 쏠려 있기 때문에 광고의 관점에서 사에키는 소프트웨어도 잘될 것이라는 것을 가정하고

이 토대 위에 광고 계획을 짜야 한다.

세 번째는 공급에 대한 것이다. 1994년 7월까지도 출시일에 물량을 얼마나 깔아야 할지가 결정되지 않았다. 사에키는 참고 자료로 닌텐도의 케이스를 갖고 있었지만 플레이스테이션의 흡인력이 어느 정도 강한지 그림을 그릴 수가 없었다. 비록 3-DO도 가정용 게임기이지만 제품과 관련된 상황이 아주 달라서 유용한 가이드로 쓸 수 없었다. 사에키는 이런 점에서 TR55가 더 나은 참조가 될 수 있다고 결정했다.

"우리는 토론을 거쳐 어쨌든 합의점에 도달했다. 첫 한 달 동안 30만 개를 팔 수 있다면 선전한 것이다. 그것은 시판 첫날 10만 개를 소화한다는 것을 의미한다. 그러나 자신은 없었다." 사에키의 말이다. 이제부터 그 팀은 시판 첫날 10만 개, 첫 달 30만 개를 준비하는 것에 모든 힘을 모아야 한다. SCEI의 누구나 이 수량을 머릿속에 담고 살았다.

▌ 오직 플레이스테이션만이 포맷 광고에 적합하다

'1-2-3' 캠페인은 성공적이었다. 첫날 10만 개를 팔았다. 사에키의 말이다. "골수 게이머들이 그날 가게 앞에 길게 줄을 서리라고는 전날까지도 예상하지 못했다. 그날 그 들뜬 분위기는 지금도 잊지 못한다."

닌텐도의 광고는 언제나 자신들의 포맷이 최상의 소프트웨어를 갖고 있다는 점을 강조한다. 게임업계의 전형적인 광고 방식이다. 그러나 SCEI는 닌텐도를 본뜨지 않았다. 플레이스테이션 광고는 포맷의 현재 상황에 초점을 맞추었다. 현재 진행 중인 개발 과정, 포맷이 지향하는 방향을 알리는 데 주력했다. 사에키는 이렇게 설명한다. "다른 말로 이야기하면 그 광고는 우리의 경영 정책을 반영했다. 이런 타입의 광고에서 제일 중요한 것은 경영의 결정이 올바른 것이어야 한다는 점이다. 포맷 광고는 이런 조건 아래서만 성공할 수 있는 것이다."

플레이스테이션의 출범은 여러 가지 이유로 성공적이었다. 그 중 하나는 포맷 광고를 이용해 사람들의 주목을 끌었고 플레이스테이션 사용자층을 확장하는 데 필요한 추진력을 얻었다는 점이다. 12월 3일 출범 당일의 광고 카피는 이렇다. "모든 게임이 여기에 있습니다." 이것은 플레이스테이션이 경쟁자 3-DO가 강조하는 멀티미디어 기계와는 달리 게임기라는 점을 분명히 했다. 비록 SCEI가 게임 산업의 신참이지만 플레이스테이션이 미래의 많은 게임들이 구동될 게임기라는 것을 선언한 것이다.

오늘날까지도 두고두고 거론되는 플레이스테이션 포맷 광고는 이것이다. "우리는 1백만 개를 팔 것입니다." 1995년 봄에 나온 광고이다. 사람들은 이 광고를 보고 "이게 무슨 말이야?", "무슨 속셈일까?" 등등 말이 많았다. SCEI가 플레이스테이션을 1백만 개 팔든 못 팔든 일반 사용자에게는 달라질 것이 하나도 없었다. 또 그 광고에는 플레이스테이션의 게임들이 얼마나 재미있는지를 알려주는 정보가 없었다.

심지어 SCEI 내부에서도 왜 판매 목표를 공표해야 하는지, 그 필요성에 대한 의문이 제기됐다.

사실 그 캠페인은 고도의 전략적 목표가 있었다. 골수 게이머들을 겨냥한 것이다. 그들 중 대다수는 많은 플랫폼과 소프트웨어들이 시장에서 사라져가는 것을 목격해온 사람들이다. "우리는 1백만 개를 팔 것입니다."라는 슬로건은 그들에게 플레이스테이션은 같은 운명을 밟지 않을 것이라는 메시지를 전하려는 것이었다. 캠페인을 할 당시 콘솔은 모두 88만 개가 팔려나갔다. SCEI는 플레이스테이션이 그 시장에서 부동의 위치를 차지했음을 각 가정에 알리고 싶었던 것이다.

사에키에게는 이 캠페인을 추진한 또 다른 이유가 있었다. 두 달 전 그는 1994년 10월 18일자 니혼게이자이 신문에 실린 닌텐도 사장 야마우치 히로시의 인터뷰 기사를 읽었다. 그 기사는 다음과 같은 내용을 담고 있었다. "금년 말 세가와 소니가 출시할 32비트 게임기에 닌텐도가 위협을 느끼는지를 묻는 기자의 질문에 야마우치는 이렇게 대답했다. '일본에는 30만 내지 40만 명의 게임 애호가들이 있다. 세가와 소니는 그 수치 정도는 팔 수 있을 것이다. 그러나 마쓰시타의 3-DO는 초기 판매 목표를 달성하지 못했다. 나는 마쓰시타가 실패한 비즈니스를 세가와 소니가 성공시키리라고는 생각 안 한다. 대부분의 사용자들은 32비트 게임기에 3만 엔이나 4만 엔을 쓰지 않을 것이다. 내년 여름쯤이면 32비트 게임기 시장은 소멸할 것이다.'"

화가 난 사에키는 그 신문을 우그러뜨려 바닥에 내동댕이치면서 이렇게 외쳤다. "그에게 보여주고 말 거야! 30만 개, 아니 1백만 개를 팔 거야, 우리가 사라진다는 내년 여름까지!"

야마우치는 의도적으로 약을 올리려고 한 것이 아니다. 그는 늘 닌텐도를 제외한 어떤 회사도 게임 시장에서 성공할 수 없다고 주장해왔다. 신문 인터뷰 중에 그가 밝힌 내용은 평소의 그의 주장인 것이다. 그러나 사에키는 물론이고 SCEI의 모든 직원이 볼 때 이것은 명백한 도전이었다. 그리고 어떻게 보면 야마우치는 그들에게 판매 목표를 제시한 셈이다.

분명한 것은 그 기사가 "우리는 1백만 개를 팔 것입니다."라는 광고 캠페인을 촉발하는 계기가 됐다는 점이다. 많은 골수 게이머들은 하드웨어 판매량을 플랫폼이 존속할 힘이 있는지 여부를 판가름하는 가이드로 여기고 있고 야마우치의 주장 같은 내용에 민감한 반응을 보인다. 이런 관점에서 볼 때 "우리는 1백만 개를 팔 것입니다."라는 캠페인은 아주 중

요한 것이다. SCEI는 1995년 3월에 그 광고를 시작했다. '다음 여름'이
3개월 남아 있었다.

서비스에 적당주의는 없다

1996년 여름 사에키가 주도한 'NO 타협 서비스' 캠페인이 플레이
스테이션 판매를 촉진했다는 사실은 명백한 증거가 뒷받침하고 있다.
SCEI는 하드웨어 가격을 1백 달러 내린 299달러에 팔면서 '플레이스테
이션 베스트 시리즈'라는 슬로건 아래 8개의 인기 타이틀도 절반 가격으
로 내놓고 있었다. 사용자들은 'NO 타협 서비스'라는 그 회사의 약속에
감명을 받았다. SCEI가 사용자의 불만에 즉시 컨트롤러의 코드를 1.2미
터에서 2미터로 늘림으로써 'NO 타협 서비스'가 이런 것이라는 것을
보여준 것이다.

이 슬로건은 신중한 토의를 거쳐 채택이 됐다. 사실 두 번째 슬로건
이었다. 가장 큰 표를 얻은 것은 소프트웨어 회사들의 요구를 반영한 '기
분을 새롭게 하는 플레이스테이션'이다.

우리가 이미 알고 있듯이 일찍부터 SCEI는 새 게임 타이틀을 얼마나
찍어야 하는지를 최종 결정하는 권한을 갖고 있었다. 그러나 몇몇 소프
트웨어 회사들은 자신들이 직접 생산량을 결정할 수 없다는 것에 대한
불만이 점점 더 커져가고 있었다. 1996년 5월 그 권한을 소프트웨어 제
작자들에게 넘기면서 불만은 해소가 된다. 오랫동안 제기돼온 문제가 풀
린 것이다.

'기분을 새롭게 하는' 슬로건에는 몇 가지 우려되는 점이 있었다.
회사의 마케팅 정책과 내부 사정을 너무 많이 노출시킨다는 점이다. 사

에키는 이렇게 말한다. "나도 역시 그렇게 생각했다. 둘 중의 하나를 선택하는 것은 매우 어려운 일이었다." 2주 동안 진통을 한 끝에 회사는 'NO 타협 서비스'로 결정을 내린다.

이것이 탁월한 선택이라는 것은 곧 증명이 된다. TV에 광고가 나간 후 판매율이 치솟았다. 그때까지 콘솔은 모두 5백만 개가 팔렸으나 그 광고 이후 판매율이 경이적인 속도로 올라갔다. 이어 게임 소프트웨어 회사 스퀘어가 자신들의 인기 타이틀 '파이널 판타지'와 함께 플랫폼을 닌텐도의 차세대 게임기인 N64에서 플레이스테이션으로 바꾼다고 발표하면서 다시 한 번 판매 상승에 불을 붙였다.

사에키는 'NO 타협 서비스'가 분위기를 바꿔놓았다고 확신한다. 그는 이렇게 말한다. "사람들은 그 말을 좋아했다. 왜냐하면 이해가 되기 때문이다. 광고가 아무리 재치가 있어도 유익한 이야기를 전해주지 못하면 소용이 없다. 'NO 타협 서비스'는 회사에 큰 공헌을 했다. 그 광고가 나간 후 우리의 진지한 도쿠나카 사장도 저녁에 술을 먹으러 나갈 때마다 관심의 초점이 되곤 했는데 자신이 플레이스테이션 사장이라고 자랑스럽게 밝혔다." 확실히 그 광고는 효과가 있었다.

1997년 4월 광고 캠페인은 게임기로서는 이색적인 것이다. 보통과 다른 슬로건들이 지면을 장식했다. "플레이스테이션은 현명한 아이와 현명한 어른을 위한 것입니다.", "장시간 게임은 피하세요. 스케줄을 짜고 그것을 지키세요.", "저금한 돈으로 소프트웨어를 사세요.", "수박을 너무 많이 먹지 않도록 조심하세요." 이미 게임기 전쟁은 승자가 가려져 있었다. 플레이스테이션이 세 플랫폼 중 가장 앞서 나가고 있다는 것은 논란의 여지가 없었다. 이 슬로건들의 목적은 플레이스테이션이 포맷 전쟁에서 승리했다는 것을 알리기 위한 것이었다. 직설적으로 승리를 선언하는 것은 예의를 중시하는 소니의 문화와는 맞지 않았기 때문이다.

그래서 그 회사는 게임 광고의 틀에서 벗어난 캠페인을 내보낸 것이다. "실은 우리가 확신할 수 없다면 그렇게 말할 수 없을 것이다." 사에키의 주장이다. 아이러니컬하게도 "장시간 게임은 피하세요."는 부모들에게 설득력이 있었다. 부모들은 자녀에게 이렇게 말하곤 했다. "이것봐라! 바로 너를 두고 하는 말이다." 또 골수 게이머들에게도 다시 한 번생각하게 하는 효과가 있었다. '나를 두고 하는 말인가?'

제품이 좋아야만 광고한다

광고의 위력은 1997년 말 캠페인에서 다시 나타난다. 일본의 불경기가 게임 산업에까지 확산되고 있었다. 12월 초반이 지나가는데도 연말 수요는 살아날 줄 몰랐다. 하드웨어 가격을 2백 달러 밑으로까지 내렸으나 꿈쩍하지 않았다. 플레이스테이션 광고가 게임기를 선물로 주자고 제안했다. '상은 플레이스테이션이야', 즉 잘한 아이에게 게임기를선물로 준다는 캠페인이 나가자 플레이스테이션 판매가 다시 매주 수만개씩 뛰어오르기 시작했다.

1998년 봄의 광고 캠페인은 소프트웨어 판매에도 큰 기여를 했다. 소프트웨어는 광고하지 않는다는 게 SCEI의 기본 정책이었지만 때때로하드웨어 판매에 도움이 될 것 같은 타이틀은 선전을 하기도 했다. 봄 캠페인의 서두를 장식한 타이틀은 낚시 게임인 '쓰리도(Tsurido)'이다. 진동자가 내장된 게임 컨트롤러인 듀얼 쇼크 컨트롤러가 1997년 가을부터시판되고 있었는데 '쓰리도'는 그 컨트롤러의 효과를 극대화해줄 이상적인 게임이었다. 사에키는 이렇게 말한다. "하드웨어 광고를 하는 데

'쓰리도'는 안성맞춤이었다. 고기가 낚싯줄을 물었을 때 확 잡아당기는 느낌을 듀얼 쇼크 컨트롤러가 줄 수 있기 때문이다."

그 광고가 3월 말부터 나가면서 '쓰리도' 판매가 큰 폭으로 뛰었다. 2월에 5천 개이던 것이 3월에 1만 5천 개, 4월엔 2만 5천 개로 치솟았다. 비록 그것이 하드웨어 판매에 어느 정도까지 공헌했는지는 확실치 않지만 사에키는 이렇게 말한다. "매주 팔리는 콘솔 6만 개 중 1천 개가 그 광고의 결과라면 그 캠페인은 성공적이라고 말할 수 있다."

사에키는 자신의 광고 전략에 대해 절대적인 확신을 가지고 있었다. SCEI는 플레이스테이션 판매액 70억 달러 중 아주 적은 부분만 광고에 투자했다. 그런데도 광고 캠페인이 거둔 성취는 놀라운 것이라고 사에키는 말한다. "나는 총판매액에 비해 우리 광고와 판촉 비용이 너무 낮은 것에 놀라곤 한다. 광고 부문이 회사 이익에 엄청난 공헌을 해왔다고 확신한다. 지난 3년 동안 우리의 판촉 능력은 크게 신장돼왔다. 우리의 무기는 탁월한 대인 관계, 기획 능력, 전문성, 지식이다. 우리가 마음만 먹으면 못 팔 것이 없다. 그것이 비행기나 선박이라고 할지라도 말이다."

분명한 것은 사에키가 실수에서 많은 것을 배웠다는 점이다. 1995년 가을, 플레이스테이션이 선보인 지 1년 후 SCEI는 게임 소프트웨어를 직접 제작한다. 가장 인기 있는 게임 장르인 롤플레잉 게임(RPG)의 본거지를 구축한다는 정책의 일환으로 '비욘드 더 비욘드(Beyond the Beyond)'를 만든 것이다. 어느 날 사에키가 연말 광고 캠페인을 곰곰이 생각하고 있는데 소프트웨어 제작 팀의 한 멤버가 그에게 말했다. "이 게임은 훌륭하다. 분명히 1백만 개는 나갈 것이다." 그 스태프의 확신이 사에키를 움직였다. 그 자리에서 히트 상품으로 만들기 위한 계획을 짜기 시작했다.

사에키 본인이 광적인 RPG 플레이어가 아니어서 게임을 직접 검토해보는 것까지는 신경 쓰지 않았다. 게다가 그는 SCEI의 마케팅 능력에 대한 믿음이 있었다. 그는 어떤 타이틀이라고 해도 1백만 개를 팔 자신이 있었다.

사에키는 그의 강점이면서 플레이스테이션 데뷔 때 재미를 본 티저 광고를 다시 하기로 했다. 이번에는 친숙하지 않은 심벌을 사용해 복잡미묘한 슬로건을 만들었다. '비요비요〉RPG〉플레이스테이션'. 그 광고는 곧바로 효과가 나타나 40만 개가 팔렸다. 그러나 얼마 안 돼 판매율은 뚝 떨어졌다. 골수 게이머들로부터 부정적인 피드백이 올라왔다. "그 게임은 좋지 않다. 지저분한 게임이다." 그제야 사에키가 직접 해보고는 그 게임이 따분하다는 것을 알았다.

누구의 책임인가? 게임 제작자를 탓하기가 쉽다. 그러나 자신의 창작품에 대해 자신을 갖는 것을 비난할 수 있는가? 사에키는 이렇게 말한다. "그것은 그들의 말을 액면 그대로 받아들인 나의 책임이다. 나는 10년 동안 광고를 해왔다. 오직 좋은 제품만이 광고할 가치가 있다는 법칙을 알고 있었어야 했다." 그러나 플레이스테이션이 출시된 지 1년 만에 그런 교훈을 빨리 배우게 된 것에 대해 고마워한다. 그와 같은 실수는 두 번 다시 하지 않겠다고 맹세를 한다.

사실 닌텐도 사장 야마우치 히로시의 인터뷰 기사가 촉발한 분노심이 사에키 광고 캠페인에 불을 붙인 셈이다. 1997년 6월 사에키는 아사히 신문에서 야마우치 사장이 사내 연설에서 발언한 내용을 읽으면서 게임 전쟁이 분수령에 이르렀다는 것을 느끼게 된다. "소니가 시장을 지배하고 있다. 닌텐도는 그 경쟁에서 뒤처졌다. 아키하바라에 가보면 닌텐도64는 곧 사라질 것이라는 느낌을 받게 된다." 이 발언은 증권 회사의 게임 산업 애널리스트들을 경악시켰다. 야마우치는 플레이스테이션이 아주 큰 차이로 닌텐도64를 제압했다는 것을 인정한 것이다. 그날 참석자 170명은 놀라움을 감출 수 없었다. 믿을 수가 없었던 것이다. 언제나 단호하게 플레이스테이션 사용자는 소수의 게이머뿐이라고 말해오던 닌텐도 사장이 소니가 이겼다는 것을 냉정하게 인정한 것이다.

▌ 사용자층의 확대 : 새로운 매력

플레이스테이션이 인기를 얻게 된 이유 중의 하나는 SCEI가 사용자 층 확대를 위해 끊임없는 노력을 기울였다는 점을 들 수 있다. 이런 노력의 실례를 든다면 2단계로 시행된 플레이스테이션 광고 캠페인이다. 1995년 5월, 콘솔 2백만 대 판매를 달성할 때까지 그 캠페인은 골수 게이머를 겨냥했다. 광고는 사용자에게 플레이스테이션 포맷이 확고하게 구축됐다는 것을 확신시키는 데 초점을 맞추었다. 사용자의 감동을 이끌어내기 위해 SCEI는 그들의 마음에 들 수 있는 방법을 계속 고안해냈다.

2백만 대라는 기념비를 이룩하자 광고 타깃을 일반 사용자층으로 확대한다. 그 전환은 바로 광고 내용에 반영이 됐다. 게임기의 판매를 직접적으로 촉진하는 내용은 적게 하면서 TV 시리즈의 장면처럼 많은 이미지들을 보여줬다. 한 광고는 나이 든 사람들이 TV 앞에 앉아 골프 게임을 하는 것을 보여준다. 그리고 이렇게 주장한다. "골프는 누구나 즐길 수 있는 것이야." 경마 게임 '더비 스탤리언(Derby Stallion)'을 위한 또 다른 광고는 혼자 중얼거리는 등교길의 여고생을 등장시킨다. 게임의 이름은 광고의 말미에 아주 잠깐 나타난다.

1997년 말의 캠페인 '상은 플레이스테이션이야', 1998년 봄의 '인생을 즐깁시다' 캠페인은 일반 대중을 겨냥한 것이다. 당시 일본 국내의 콘솔 판매량은 1천만 대를 넘어서고 있었다. 보통 한 대만을 보유하는 경향이 있는 사용자는 모두 플레이스테이션을 갖고 있는 셈이다. 새로운 타깃은 색다름을 자랑하고 기능을 강조하는 광고에 저항하는 사용자 그룹이다. 사에키의 설명이다. "골수 게이머를 겨냥한 광고에서 플레이스테이션을 일상 생활의 한 부분으로 만드는 광고로 이동한 것이다. 이미 1천만 대를 팔았기 때문에 시장 분할은 불가능하다. 어느 특수층을 겨냥하는 것이 어려워졌다. 우리는 접근 방식을 바꿀 필요가 있었다. 사용자 그룹의 공통 분모를 찾아야 했다. 그것은 바로 일상의 삶이다. 우리는 일상 생활에 포커스를 맞췄다. 예를 들면 남자 친구나 여자 친구가 없는 젊은이들은 손이 한가하다. 그러면 그들은 어떻게 시간을 보내나? 바로 플레이스테이션과 함께하는 것이다!" 이것이 좀 억지처럼 보이지만 아주 성공한 '플레이스테이션은 필수품입니다'라는 캠페인의 배경에 깔려 있는 생각이다. 그렇게 많이 팔려나갔으면서도 오늘날까지 꾸준히 나가는 것은 이런 전략 때문이다.

SCEI는 마찬가지로 소프트웨어에서도 사용자층을 확대하려는 노력을 계속했다. 플레이스테이션 소프트웨어의 가격은 슈퍼 패미컴의 절반인 58달러에 맞춰져 있었다. 도쿠나카는 이렇게 말한다. "우리는 사용자층을 확대하고 싶었다. 그러기 위해 차세대 플레이스테이션 사용자들이 과거의 인기 타이틀을 부담 없이 즐길 수 있도록 하는 것이 필요했다. 우리는 이미 몇몇 히트 타이틀 덕분에 소프트웨어 제작 비용을 회수했다. 이것은 기존 타이틀을 아주 싼 가격으로 다시 내놓을 수 있다는 것을 의미한다. 게임기를 사려고 생각 중인 사람을 사로잡기 위한 가장 좋은 방법은 플레이스테이션 '대히트작' 라이브러리를 부담 없는 가격으로 제공하는 것이다. 우리는 사용자들이 그것을 좋아하리라고 확신했다." 이렇게 해서 '대히트작'들이 하나에 28달러씩 나오게 된 것이다.

투자금을 회수한 타이틀을 재판, 3판에선 할인해서 파는 것은 레코드 산업의 관행을 본받은 것이다. 그러나 SCEI는 소프트웨어 제작자나 소매상이 그러고도 여전히 이익을 낼 수 있는지, 많은 시뮬레이션을 돌려본다.

1998년 4월 1일부터 바뀐 로열티 구조가 이런 노력의 실례이다. 그때까지 소프트웨어 타이틀의 카피당 OEM 가격은 9달러로, 소매가를 정할 때 여기에 소프트웨어 제작비, 광고비, 이익을 더하면 변할 수 없는 가격 58달러가 나온다. 그러나 SCEI는 앞으로 사용자층을 확대하기 위해 탄력적인 가격을 원했다. "그래서 우리는 로열티를 소매가격에 연동시키기로 했다. 그러면 제작자들이 다양한 가격을 책정할 수 있고 소프트웨어 여러 개를 패키지로 묶어 팔기도 쉬워진다." 도쿠나카의 말이다.

새로운 로열티 구조는 다음과 같은 공식을 토대로 한 것이다. 소매가격의 15퍼센트 더하기 제조 비용. 타이틀의 표준 가격이 58달러이면, 로열티는 58달러의 15퍼센트 더하기 CD-ROM 제조 비용(CD 케이스 포함), 전과 마찬가지로 9달러가 된다. 그러나 38달러이면 로열티는 2달러 아래가 되고 소프트웨어 제작자는 그들의 마진을 유지할 수가 있다. SCEI는 또 패키지의 첫 CD에는 로열티 없이 디스크 제조 비용만 청구하는 방법도 고안했다.

이 로열티 시스템은 제작자들이 패키지 상품을 발행하기 쉽게 만들어주었다. SCEI는 같은 조건을 데모 CD에도 적용했다. 앨범의 첫 CD 외에는 어느 것에도 로열티를 물리지 않았다. 이러한 조정이 가능한 것은 소프트웨어 매체로서 CD-ROM의 장점 때문이다. 마스크 ROM 카트

162

리지에선 생각도 할 수 없는 일들이다.

　SCEI는 사용자층을 확대하기 위해선 소프트웨어에서도 전보다 더 많은 다양성을 제공해야 한다는 것을 깨달았다. 골수 게이머뿐만 아니라 게임에 흥미가 없는 사람까지 유혹할 수 있는 것은 정선된 소프트웨어이다. '패러퍼 더 래퍼(Parappa the Rapper)'가 SCEI가 바라던 소프트웨어였다.

　게임 개발을 위해 외부 창작자들을 고용했다. 제작 책임자는 소니 레코드의 뮤지션인 마쓰우라 마사야, 비주얼 디자인은 아티스트 로드니 그린블랫이 맡았다. 이 게임의 주인공 패러퍼는 랩을 배워 여자 친구 서니 퍼니의 마음을 사로잡으려고 한다. 플레이어는 컨트롤러 버튼을 사용해 자신의 랩 리듬을 만드는데 잘하면 선생님이 칭찬을 하고 못하면 화를 낸다.

　'패러퍼 더 래퍼'는 '리듬 액션'이라는 완전히 새로운 게임 장르를 개척했다. 음악이 중심 역할을 한다. 전통적인 롤플레잉 게임과는 전적으로 달랐고 단순한 액션 게임의 범주를 벗어난 것이었다. 그것의 2D 스타일의 이미지도 다른 플레이스테이션 게임의 3D 이미지와 차별이 됐다.

　'패러퍼 더 래퍼'는 1996년 12월 판매를 시작해 그달 말에 30만 카피를, 1월 말에 50만 카피를 팔았다. 다양한 계층에서 그 게임을 샀다. 그 중 40퍼센트가 여성이라는 것은 보통 10퍼센트인 다른 게임과 비교해볼 때 특이한 점이다. SCEI는 성공적으로 사용자층을 확대할 수 있었던 것이다.

게임기 만들기:
지능 알고리즘

가장 강력한 게임기를 만든다

1994년은 멀티미디어가 각광을 받고 있었다. 통신 매체가 살아남을 수 있는 유일한 방법은 멀티미디어뿐이라고 입을 모아 말하고 있었다. 차세대 게임기는 늘 이 논의의 중심에 있었다. 왜냐하면 이들 기계가 멀티미디어로 가는 관문으로 알려지고 있었기 때문이다. 아이들의 장난감이 아니라 어른도 즐길 수 있는 엔터테인먼트의 도구로 여겨지고 있었다.

어떤 제조 회사는 공공연히 자신들의 제품을 '멀티미디어 기계'로 선전했다. 예를 들면 마쓰시타 전기는 3-DO를 게임기로 시장에 내보낸 것이지만 공공연히 멀티미디어 기계라고 소개했다. 마찬가지로 NEC도 PC/FX의 장기 마케팅 전략으로 멀티미디어 PC라는 점을 강조했다.

그러나 플레이스테이션은 달랐다. 처음부터 소니는 플레이스테이션이 멀티미디어가 아니라는 점을 분명히 한다. 소니는 모든 것을 잘한다고 하지 않았다. 대신 한 가지는 확실히 잘한다고 했다. 당시 소니 부사장이었던 도쿠나카 데루히사는 이렇게 힘주어 말한다.

"이것은 멀티미디어 플레이어가 아니다. 이것은 게임기이다. 멀티미디어의 한 부분으로서 게임을 실행하는 것이 아니고 오직 게임만 하는 기계이다."

이 말이 플레이스테이션의 핵심이다. 이러한 접근 방식은 3-DO와 비교해보면 쉽게 이해할 수 있다. 마쓰시타 자료에 따르면 "당신은 3-DO로 게임에서 취미, 스포츠, 교육, 출판, 영화까지 광범위한 소프트웨어를 즐길 수 있다."고 밝히고 있다. 그러나 마쓰시타는 시장에서 3-DO를 포괄적인 멀티미디어 기계로 선전하면서도 실제로는 게임 소프트웨어에 치중했다. 이런 마케팅상의 혼선이 3-DO의 판매를 저조하게 했는지도 모른다. 그 회사는 첫해에 1백만 개를 계획했으나 국내 판매가 20

만 개에 그쳐 결국 시장에서 철수하고 말았다.

이와는 반대로 플레이스테이션이 오직 게임기임을 강조하면서 소비자와 업계의 신뢰를 얻으려고 한 것은 전략적이다. 결국 이런 타입의 기계를 사용하는 사람은 게임을 사랑하는 사람이고 그들에게 그들이 원하는 게임을 제공하는 기계는 팔린다는 전략인 것이다.

또 다른 관점에서 보면 게임기는 고성능의 컴퓨터이다. 엄청난 정보처리 능력 때문에 멀티미디어 기계로도 팔 수 있다는 유혹을 떨쳐버리기가 쉽지 않다. 그러나 소니는 그렇게 하지 않았다. "당신이 하고 있는 것을 어떻게 규정하느냐는 중요한 문제이다." 도쿠나카는 말한다. "우리가 회사 이름을 소니 컴퓨터 엔터테인먼트라고 한 것은 오직 이 분야에서 성장을 기대했기 때문이다. 게임이 우리 비즈니스의 중심이다. 그래서 우리는 '멀티미디어'라는 단어 사용을 거부했다. 그것이 주는 모호한 느낌이 싫었던 것이다."

플레이스테이션의 창안자들은 PS만의 특수 영역을 그 한계까지 밀고 감으로써 최대한의 위력을 발휘할 수 있었다. 이것이 플레이스테이션 성공의 가장 중요한 요소 가운데 하나라는 것은 의심할 여지가 없다. 이것을 가능케 한 비밀은 무엇인가?

시스템G가 구현한 아름다운 구조

플레이스테이션의 출발점은 소니 정보처리연구소에서 개발한 시스템G이다. 1984년 구타라기가 처음 보고 입을 다물 수 없었던 바로 그 3D 컴퓨터 그래픽 기술이다. 플레이스테이션은 게임기에 구현된 시스템G이다. 플레이스테이션의 파워는 시스템G의 파워이다.

시스템G의 파워는 어디서 나오는가? "당시 시스템G는 실시간 텍스처 매핑이 가능한 유일한 기술이었다." 시스템G를 개발한 SCEI R&D 부서의 오바 아키오의 말이다. "다른 회사의 시스템들도 계산하는 데 시간만 주어진다면 할 수는 있었다. 그러나 실시간으로 할 수 있는 시스템은 아무데도 없었다."

그러면 어떻게 해서 소니에 그런 기술이 있을 수 있었을까? "우리가 할 수 있었던 것은 우리에게 뚜렷한 목표가 있었기 때문이다." 오바의 회고이다. "플레이스테이션 프로젝트를 출범시키기 위해 구타라기는 소니의 연구소들을 뒤져 10명 이상의 디지털 엔지니어들을 끌어왔다." 오바도 그들 중 한 사람이었다. "시스템G는 방송 장비의 특수 효과를 위해 개발된 기술이다. 오직 한 가지 목적을 위한 전용 장치여서 다른 요구 사항은 고려할 필요가 없었다. 그래서 성능을 최대한으로 끌어올리는 게 가능했다."고 오바는 말한다.

시스템G의 속도가 지닌 비밀은 10개의 전용 프로세서에 의한 병렬 처리(parallel processing)에 있다. 그때까지 병렬 처리는 이론으로만 가능한 것이고 실제로 구현된 사례는 없었다. 특히 그래픽 응용 프로그램에서 병렬 처리는 더 어려웠다. 그러나 오바는 범용 프로세서 대신 속도를 향상한 전용 프로세서를 사용, 실시간 컴퓨터 그래픽을 구현해낸 것이다. 처음부터 시스템G의 목표는 TV 스크린의 이미지를 합성, 변형하는 것으로 정해져 있었다. 구타라기에 따르면 "우리는 어떠한 불필요한 자원도 사용하지 않고 우리의 임무를 단순화했다. 그것은 그것의 목적에 완벽하게 들어맞는 아름다운 알고리즘이었다."

그러나 그 팀이 시스템G와 같은 기술을 구현할 수 있었던 것에 대해서는 또 다른 이야기가 있다. "왜냐하면 우리는 아마추어이기 때문이다." 오바와 함께 시스템G를 개발한 오카모토 아키라의 주장이다. "나는 전자 엔지니어이고 오바는 생명공학을 전공했다. 소프트웨어 쪽은 진짜 아마추어들이었다. 우리는 당시 컴퓨팅의 수준에 구속받지 않고 자유롭게 시스템G를 디자인할 수 있었다. 다른 사람들이 불가능하다고 해도 개의치 않았다. 4개의 4비트 연산 프로세서와 계수기, 'and'와 'or'의 논리장치로 곱셈을 처리할 수 있는 컴퓨터도 만들었다. 우리는 모든 것을 우리 스스로 해결했다." 기존 시스템을 이용하는 대신 그 팀은 처음부터 하나씩 하나씩 자신들이 만들어나간 것이다.

플레이스테이션은 시스템G의 기본 3D 컴퓨터 그래픽 기술뿐 아니라 또한 시스템G의 진화된 기술까지 담고 있다. 구타라기는 플레이스테이션을 디자인하고 얼개(기본 소프트웨어 구조)를 짜는 과정에서 시스템G의 기술을 짜넣었다. "시스템G에서 플레이스테이션으로 구체화되어가는 과정은 단순하고 아름다운 구조에 대한 열망이 이뤄지는 과정이다." 구타라기는 이렇게 설명한다. "특히 그것은 여타 장치(gimmick)를 사용하지 않고 단순하고 지적이어야 한다."

단순하다는 것은 응용의 여지가 많다는 것을 의미한다. 이 점이 시스템G가 갖고 있는 고유의 아름다움이다. "예를 들면 구조 설계는 미래의 반도체 집적도(integration)를 염두에 둬야 한다." 구타라기의 설명이다. "디자인 당시의 집적도를 토대로 설계하는 것은 소용없는 일이다. 지금은 우리가 LSI 칩을 다양한 공급자에게서 구입하고 있지만 앞으로 어느 때가 오면 이 모든 칩이 하나의 칩으로 통합될 것이다. 그날이 와도 이 모든 것을 수용할 수 있는 열린 구조를 만들어야 한다." 요점을 이야기하면 대량 생산이 가능하고 비용 대비 성능을 보장할 수 있는 구조가 돼야 한다는 점이다.

두 번째, 구타라기 팀은 특수 장치들을 쓸 수 없다는 것을 알았다. 보편성의 원리를 구현한 건강한 기술이 돼야 한다. "다른 말로 하자면……." 구타라기의 말이다. "우리는 독창적이고 특수한 기술은 사용하지 않았다. 임시 변통의 기술로 문제를 푸는 것은 가능하다. 그러나 그것은 미래의 기술적 진보를 받아들일 수 없는 닫힌 구조이다." 다시 문제의 핵심은 그 구조가 미래의 기술적 진전에 대처할 수 있는가로 돌아온다.

게임 창작자가 더 나은 표현을 갈망하는 것은 당연하다. 풍부하고 정교한 게임이 가능한 기계를 만드는 것은 하드웨어 제작자의 임무이다. 그 구조는 게임 창작자의 요구를 충족시킬 수 있어야 한다. 훌륭한 구조란 깊이가 있으며 다루면 다룰수록 더 나은 결과를 산출한다. "더욱이 그 구조는 우연히 만들어질 수 있는 것이 아니고 정교하게 고안된 것이어야한다." 구타라기의 말이다. "구조를 만들어가는 과정이 건강한 원리에 기초해야 한다고 말하는 이유가 여기에 있다."

구타라기는 자신이 직접 그 구조를 디자인해야 한다고 결심하고 시스템G의 개발자인 오바와 오카의 도움을 받는다. 구타라기는 자신의 프로젝트가 시작되면 이를 도와줄 수 있는 엘리트 연구원들을 수소문하기 위해 소니의 여러 연구기관을 훑고 다녔다. 그렇게 해서 시스템G의 후속 프로젝트인 기본 컴퓨터 그래픽 연구를 하고 있던 오바와 오카도 데려온 것이다.

구타라기는 우선 플레이스테이션 하드웨어 디자인은 실시간 처리 능력과 반응에 주안점을 두었다. 컨트롤러로 지시했을 때 화면이 곧바로 반응하지 않는다면 게임을 할 수 없는 것이다. 이것이 가능하려면 한 이미지가 화면에 나타나 있는 동안 그 다음 이미지를 합성하기 위해 많은 계산이 수행돼야 한다. 컨트롤러의 입력 정보에 따라 폴리곤 피크 좌표를 결정하기 위한 행렬(matrix) 계산, 이미지와 음성의 확장, 렌더링(폴리곤마다 원하는 색을 입히는 일), 텍스처 매핑과 같은 이 모든 과정이 TV의 한 장면을 구성하는 데 걸리는 시간인 60분의 1초 안에 이뤄져야 한다.

▌ 스피드를 올려라!

플레이스테이션 전에는 3D 그래픽의 아케이드 게임은 파이프라인 구조를 사용했다. 그것은 CPU와 DSP를 일렬로 놓고 정보를 컨베이어 벨트 시스템처럼 이동시키는 것이다. 그래픽 프로세싱은 이렇게 이뤄진다. 첫째로 좌표 계산을 하고, 그 결과를 광원(light source)을 계산하는 데 넘겨주고, 마지막으로 이들 데이터를 렌더링 계산에 사용한다. 당시 최첨단이라고 하던 10만 달러가 넘는 실리콘그래픽스사의 워크스테이션도 이와 같은 구조를 가지고 있었다.

매년 여름 미국에서 열리는 SIGGRAPH는 전세계 연구원, 아티스트, 장비업체들이 참석하는 엔터테인먼트 중심의 컴퓨터 그래픽 국제 회의이다. 구타라기는 기술 혁신의 최신 정보를 탐색하기 위해 여러 번 그 회의에 참석했다. "무언가 잘못돼가고 있다는 것을 느꼈다." 구타라기의 말이다. "예를 들면, 어떤 무대에서 가상 현실은 아주 인기가 있었다. 아주 비싼 그래픽 슈퍼 컴퓨터에 연결된 장치를 머리에 쓰면 3D 컴퓨터 그래픽에 의해 실시간으로 생성되는 가상 세계가 눈앞에 펼쳐진다. 그것은 아주 익사이팅하다. 머리를 오른쪽으로 돌리면 오른쪽의 이미지가 보이고 위를 쳐다보면 천장이 보이는 것이다. 그러나 좀 이상한 것은 내가 마치 취한 사람 같은 느낌이 든다는 점이다. 나는 결국 내가 머리를 움직이면 이미지가 곧바로 반응하지 않는다는 것을 알았다. 시중에 나와 있는 모든 아케이드 게임도 마찬가지였다. 왜냐하면 같은 기술을 사용했기 때문이다."

예를 들면 열 줄의 프로세서로 이뤄진 파이프라인을 통해 정보를 처리하는 아케이드 게임인 '버추어 파이터'가 그러했다. 각 프로세서는 20MIPS인 DSP로 모두 200MIPS의 빠른 처리 능력이 있었으나 움직임은 여전히 이상했다. 사용자의 지시에 곧바로 반응하지 않았다. '리지 레이서'의 아케이드 버전도 마찬가지였다. 운전대를 돌리는 것과 화면의 움직임 사이에 미세한 시간 차이가 있었다. 이러한 지연의 원인은 파이프라인 프로세싱 때문이다. 줄과 줄을 바꿀 때 시간이 필요하다. 열 줄의 파이프라인 프로세싱에서, 한 줄을 바꿀 때 걸리는 시간이 16밀리세컨드(1천분의 1초)라면 열 줄을 모두 바꾸려면 160밀리세컨드가 걸린다. 다시 말하면 움직이라는 명령을 입력했을 때 실제로 화면은 160밀리세컨드 후에 움직임이 시작되는 것이다. 정보가 파이프라인을 바꾸면서 처리되는 구조에서는 시간 지연이 불가피한 것이다.

구타라기는 시스템G의 경험을 토대로 병렬 처리 구조를 채택하기로 결심했다. 그가 CPU로 사용하기로 정한 Mips테크놀로지가 개발한 32비트 RISC/CPU인 R3000의 처리 능력은 30MIPS이나 플레이스테이션에 필요한 것은 800MIPS였다. 그는 처리 시간을 줄이기 위해선 병렬 처리를 사용할 수밖에 없었다. 그래서 시스템G의 연장선상에서 전용 프로세서들을 R3000 주위에 배열하는 방법을 채택했다. 대체로 이런 종류의 복잡하고 빠른 계산이 필요할 때는 범용 프로세서를 이용하고 전용 프로세서와 메모리는 이미지와 배경 생성을 처리한다.

세가 새턴의 구조는 본래 3D 컴퓨터 그래픽용으로 계획된 것이 아니다. 새턴의 디자인은 2D 아케이드 게임기의 구조에 토대를 두고 있었다. 그러나 디자인을 하고 있는 도중에 플레이스테이션이 3D 컴퓨터 그래픽을 구현한다는 소문이 들려왔다. 세가는 방향을 틀 수밖에 없었다. 갑자기 새턴 개발 팀에 3D 좌표 계산과 광원 계산을 하는 임무가 주어졌다. 세가가 이미 사용하기로 결정한 CPU는 계산 능력이 부족했다. 그래서 이것들을 병렬로 연결하기로 결정했다. 그러나 구타라기에 따르면 이것은 아름다운 구조가 아니다. 그는 이렇게 말한다. "몇몇 개를 더하는 식으로 확장된 구조는 당장은 써먹을 수 있을지 몰라도 시간이 지나면 쓸모없게 된다. 왜냐하면 제대로 구축된 것이 아니기 때문이다. 세가의 구조는 앞으로 LSI들을 결합하는 것을 더 어렵게 만든다. 첫째로 두 개의 CPU를 효과적으로 운용하기 위한 프로그래밍 기술은 아직도 연구 단계에 있고 제한된 기간 내에 수행해야 하는 게임 제작도 지장을 받을 게 분명하다." 더 '아름다운' 구조란 단순하면서 초스피드의 버스(bus:데이터를 전달하기 위해서 사용되는 선로)로 연결된 보조 처리 장치들이 단일 범용 프로세서 주위에 가지런히 배치되어 있는 것이다.

플레이스테이션은 시스템G에서 계산 작업의 단순화 같은 다른 기술도 이어받았다. 행렬 계산은 처리하기가 단순하고 쉽다. 그래서 모든 작업들은 먼저 계산이 시작되기 전에 행렬 계산으로 전환된다. 이런 다양한 수정 작업을 통해 플레이스테이션은 초당 150만 개의 폴리곤을 처리할 수 있는 능력을 갖게 된 것이다. 이것은 몇 년 전만 해도, 심지어 그래픽 전용 워크스테이션에서도 상상조차 할 수 없었던 일이다.

그러면 어떻게 이런 '아름다운' 알고리즘이 개발됐고 어떻게 실제 게임에 반영이 된 것일까? "우리는 플레이스테이션의 능력이 우리가 상상했던 것 이상이라는 것을 최근에야 알았다. 하드웨어를 솜씨 있게 사용한다면 지금의 상태에서도 엄청난 결과를 도출해낼 수 있다는 새로운 발견을 했다." 게임 창작자이면서 SCEI 제작 부서에서 일했던 야마우치 가즈노리의 말이다.

야마우치는 베스트 셀러 소프트웨어인 경주 게임 '그란 투리스모(Gran Turismo)'의 개발자이다. 그 게임은 1997년 12월에 판매가 시작되자마자 곧바로 차트의 정상을 차지하더니 전세계에 460만 카피가 팔려나갔다. 컴퓨터 그래픽 일러스트레이터인 기무라 료지는 1998년 4월 25일자 니혼게이자이 신문에 '그란 투리스모'에 대해 이렇게 썼다. "경주 게임은 인기가 있다. 그들 중 대다수는 빈약하게 만들어졌다. 그러나 '그란 투리스모'는 세세한 부분까지 정교하게 잘 만들어져 있다.…… 그 게임은 어렵다. 그러나 노력하면 할수록 진전을 볼 수 있다. 운전자의 주행을 재생해주는 기능도 재미있다. 반짝반짝 광이 나는 차체와 같은 빛의 사실감 넘치는 효과는 앞으로 경주 게임들이 앞다퉈 모방할 것 같다. 심플한 그래픽으로 처리한 메뉴 디자인도 재치가 있다. 새로운 미학적인 요소를 가미한 게임이다."

야마우치가 말한 '하드웨어를 솜씨 있게 사용하는 것'의 의미는 '그란 투리스모'의 차체에 반사된 반짝거리는 빛과 같은 특수 효과를 구현해내는 것을 말한다. 컴퓨터 게임이 이렇게 실감날 수 있는가, 이것을 처음 본 사람들은 모두 놀랐다. 단순 반사는 전에도 있었지만 주의의 풍경까지 차체에 반사시키는 '그란 투리스모'의 방법을 어떤 게임도 따라갈 수 없었다. 그러면 이 효과는 어떻게 해서 성취된 것일까? "환경 매핑(environmental mapping)이라는 기술이다." 야마우치의 말이다. "내가 처음 이 기술을 사용하기로 고려했을 때 지금의 여건으로는 어렵다고 생각했다. 차세대 플랫폼이 나올 때까지 기다려야 하지 않을까. 그러나 플레이스테이션에서 시도해보니 잘 돌아갔다."

새로운 플랫폼이 나오면 그것의 하드웨어 능력이 곧바로 모두 발휘되는 것은 아니다. 소프트웨어 창작자들이 거기에 익숙해질 때까지 시간이 걸리기 때문이다. 새로운 플랫폼에 대한 경험이 축적되면서 창작자들은 데이터를 잘 분배하는 방법을 이해하기 시작한다.

SCEI 개발 팀이 만든 퍼포먼스 애널라이저는 창작자들에게 자신들의 프로그램이 플레이스테이션의 자원을 어느 정도 운용하고 있는지를 차트와 표로 보여주는 유용한 도구이다. 플랫폼으로서 플레이스테이션의 능력을 어느 정도 활용하고 있는지, 여분의 능력은 어느 정도인지를 한눈에 파악할 수 있게 해준다. "아마 '그란 투리스모'는 모든 게임 소프트웨어 중에서 가장 높은 자원 사용률을 보여줄 것이다. 그러나 아직도 25퍼센트가 남아 있었다." 야마우치의 말이다.

플레이스테이션의 이런 여분의 능력은 바로 구타라기가 의도한 것으로, 창작자들이 하드웨어의 잠재력을 마음껏 발휘할 수 있게 하는 구조를 만든다. 고나미의 관리이사 기타가미는 이렇게 말한다. "하드웨어 성공의 결정적인 조건은 오직 그 하드웨어에서만 즐길 수 있는 재미있는 특징을 갖고 있는 소프트웨어의 존재이다. 매체로서 플레이스테이션에 관한 핵심 포인트는 2D에서 3D로 진화했다는 것이다. 그 포맷이 성공할 수 있었던 이유는 새로운 방법을 사용한 새로운 소프트웨어들이 나왔기 때문이다."

▥ '실리콘 위에 시스템을 구축하라'

게임기의 디자인은 그 구조가 지능적이라고 해도 거기서 끝나지 않는다. 그 알고리즘이 실제 회로 구성으로 구현되고 가능하면 가장 싸게 만들 수 있는 방법이 고려돼야 한다. 플레이스테이션 이전의 게임기들은 예외 없이 기존의 기술을 기판 형태로 하드웨어에 구현했다. 모든 게임기의 디자인은 범용 마이크로컴퓨터와 LSI 칩들의 결합으로 구성돼 있었다. 그러나 구타라기의 생각은 달랐다. "우리가 원하는 기능을 얻기 위해 주문형 반도체를 쓰기로 결심했다. 기존의 LSI 칩과 부품들을 가지고는 신속한 해답을 구할 수 없었기 때문이다. 있는 것으로 어떻게 해보겠다는 생각을 접고 우리가 필요한 것은 스스로 찾아보자는 각오로 실리콘 위에 우리가 원하는 기능을 구축한 주문형 반도체를 사용한다는 정책을 세운 것이다." 하나의 칩 위에 시스템을 구축한다는 개념은 지금은 상식이지만 1990년대 초만 해도 정말 혁신적인 생각이었다.

이 계획의 핵심은 개발 타이밍에 있었다. 반도체 기술 혁신과 대량 생산 방법의 개선이 어떤 속도로 진행될 것인가, 그 시간표를 파악하는 것이 필수적이었다. "가장 최상의 전략은……." 구타라기의 말이다. "반도체 제조 인프라가 자리잡기 전에 우리가 한발 앞서 그 인프라를 이용하는 것이다. 최첨단 시설이 생산한 칩으로 빨리 제품을 만들어내는 것이다. 그러나 출시 타이밍이 잘못되면 손해가 막심하다. 너무 빨리 시장에 내놓으면 충분한 물량을 생산할 수 없고 비용도 상승할 것이다. 창고가 바닥나도 빨리 채울 수 없다. 반면에 출시 타이밍이 너무 늦는다면 누구나 그 아이디어를 이용할 수 있기 때문에 승리를 장담할 수 없다."

구타라기는 신중하게 계산한 뒤에 플레이스테이션은 1994년 하반기에는 판매가 시작돼야 한다고 생각한다. 사실 그는 1984년 가을에 시스템 G를 처음 보았을 때부터 타임 테이블 계산을 시작했다. 어쩔 수 없어 닌텐도와 힘을 합쳤지만 그때에도 소니는 독자적인 길을 가야 한다고 생각하고 있었다. 타임 테이블에 대해 절대적인 확신이 있었기 때문이다.

　SCEI의 다른 사람들은 플레이스테이션의 출시일, 1994년 12월 3일의 중요성을 깊이 인식하지 못하고 있었다. 그러나 구타라기는 이렇게 말한다. "인프라가 갖춰지기 전에 우리가 제품 개발을 완료한다면 바로 이때가 최적의 타이밍이다. 1994년 12월 3일, 모두의 바이오리듬은 그날의 거사를 위해 맞춰져 있었다."

　구타라기는 낡은 산업 포맷이 물러나는 그 시점에 플레이스테이션을 출시한다는 것, 그 중요성을 인식하고 있었다. 그는 이렇게 말한다. "경제는 리듬을 갖고 있다. 특수한 주파수를 가진 사이클에 따라 움직인다. 그 전환점이 언제인지 알아내는 것이 중요하다." 8비트 패밀리 컴퓨터(패미컴)는 1983년에 나타났다. 16비트 슈퍼 패미컴은 1990년에 판매를 시작했다. 두 날짜 사이에는 7년이라는 간격이 있다. 이런 패턴을 따르면 슈퍼 패미컴을 이을 차세대는 1997년에 나타나야 한다. 그러나 기술과 다른 다양한 요소들의 비약적인 발전으로 그것은 1994년 또는 1995년에 나타날 것으로 기대됐다. 이러한 타임 테이블은 게임 산업에서 폭넓게 받아들여지고 있었다.

　구타라기의 출시 날짜 결정은 반도체 기술의 진화에 토대를 둔 것이다. 그러나 그의 예측에는 두 가지 변수가 있었다. 먼저 시스템G에 기초한 3D 컴퓨터 그래픽을 제어할 수 있는 LSI 칩을 확보해야 하는 것이다. 그러기 위해선 그 칩이 대량 생산될 수 있는 준비가 되어 있어야 한다. "1백만 개 단위로는 충분하지 않다. 열 배 이상, 적어도 1천만 개 단위로 생산돼야 한다. 나는 플레이스테이션이라면 그 정도는 팔 수 있을 것으로 확신했다." 구타라기의 말이다.

그런 대규모 프로젝트는 어떻게 유지하며 대량 생산은 언제 해야 하는가? 이런 의문에 대한 대답은 게임기 시장에 성공적으로 진입하는 열쇠가 될 수 있다. 1985년 개발 당시 시스템G는 2만 개의 IC와 LSI 칩이 사용됐다. 소수의 LSI 칩만으로 시스템G를 가정용 게임기에 구현하려면 얼마나 많은 시간이 지나야 할 것인가?

▌ 시뮬레이션의 비밀

구타라기가 참고로 한 원리 중의 하나는 무어의 법칙이다. 1965년 인텔의 공동창업자 고든 E. 무어는 컴퓨터 CPU의 처리 능력이 18개월마다 두 배씩 증가한다는 것을 경험에서 도출해냈다. 꾸준히 계속되고 있는 반도체 소형화 기술의 진화가 이 법칙의 밑바탕에 깔려 있는 것이다.

대량 생산되는 반도체의 선 굵기(line width)가 3년마다 30퍼센트씩 줄어들 수 있는 가능성이 있었다. 칩의 면적을 반으로 줄일 수 있다는 말이다. 반면에 면적을 고정시키면 트랜지스터의 수를 두 배나 더 늘릴 수 있는데 트랜지스터 자체의 성능이 대략 3년마다 두 배나 좋아지기 때문이다. 이것은 같은 구조를 사용하면 처리 능력이 두 배가 된다는 것을 의미한다. 이러한 계산에 근거해 무어의 법칙은 18개월마다 프로세서의 성능이 두 배가 되고 3년이면 네 배가 된다고 전망한다.

무어의 법칙은 퍼스널 컴퓨터의 마이크로프로세서와 같은 호환성이 필요한 반도체에 적용된다. 그러나 구조 진화에 더 큰 자유가 주어지는 3D 컴퓨터 그래픽 영역에서는 처리 능력이 3년마다 열 배의 비율로 개선되고 있다. 구타라기는 단일 실리콘 칩 위에 더 많은 트랜지스터를 집적할 수 있다는 전제 아래 구조 자체를 세우면 더 많은 진전을 성취할 수 있다고 보았다.

　모든 것을 고려해볼 때 구타라기는 자신이 마음속에 그린 시스템의 성능이 3년 안에 여덟 배나 개선될 가능성이 있는 것으로 보았다. 게다가 그는 국제 반도체 학술 단체인 ISSCC에 정기적으로 참석함으로써 반도체 소형화 기술의 진보가 가속화되고 있다는 것을 알았다. 그것은 3년 안에 열 배의 개선도 가능하다는 것을 의미했다.

　그러면 시스템G를 구현하기 위해 사용된 2만 개의 트랜지스터를 하나의 칩 위에 올려놓기 위해선 열 배의 개선이 몇 차례 이뤄져야 하는가? 네 차례이다. 왜냐하면 10,000=10^4이기 때문이다. 한 차례 개선이 이뤄지는 데 3년이 걸리기 때문에 트랜지스터 1만 개를 하나의 칩 위에 올려놓기 위해선 3×4=12년이 걸린다. 그때가 되면 칩 두 개로 시스템G 구현이 가능하게 된다.

　1985년에 대량 생산이 가능한 LSI 칩의 선 굵기는 1.4~2.0미크론(μ)이었다. 반도체의 선 굵기가 1985년 2.0μ에서 출발해서 3년마다 원래의 굵기보다 70퍼센트씩 줄어들면 1988년에는 1.4μ이 되고 1991년에는 1.0μ, 1994년에는 0.7μ, 그리고 1997년에는 0.5μ이 된다. 결국 1985년으로부터 12년 후인 1997년에 시스템G는 두 개의 칩 위에 구현할 수 있게 되는 것이다. "우리의 계산대로라면 우리의 타깃 연도는 1997년이 되지만 기술 진보의 엄청난 속도를 고려할 때 앞으로 소요될 기간은 12년보다 2년이 더 앞당겨질 것으로 보았다." 구타라기의 설명이다.

　1985년부터 10년 후라면, 가장 빠르게 잡아서 1994년이 된다. 바로 이렇게 구타라기는 자신의 타임 테이블에 따라 추론해 플레이스테이션의 출시일을 정한 것이다. "0.5μ 공정의 LSI 칩은 이미 1980년대 말 연구소에서는 개발이 끝났다. 1991년에는 1만 단위의 생산이 이뤄질 수 있을 것이나 게임기의 대량 생산을 맞추기에는 아직도 부족하다. 1백만 단위의 생산은 1994년이나 1995년에 가능할 것이다."

플레이스테이션에 필요한 처리 능력은 800MIPS이다. 이것은 1백만 개의 게이트(gate)가 있어야 한다는 것을 의미한다. 당시 소니의 반도체 부서가 처리할 수 있는 능력은 10만 게이트였다. 그러면 어떤 반도체 회사가 0.5μ 공정, 1백만 게이트의 LSI 칩을 디자인할 수 있으며 또 곧바로 대량 생산에 들어갈 수 있을 것인가? 전세계에서 정보를 수집해온 구타라기는 그의 선발 후보자 명단에서 미국 제조 회사 LSI로직을 낙점한다. LSI로직은 오늘날은 그 이름이 잘 알려져 있지만 1980년대 중반만 해도 별 관심을 끌지 못하던 회사이다. 더욱이 경영도 불안정했다. 그런데도 구타라기는 LSI로직이 자기가 원하는 것을 해줄 수 있는 회사라고 확신했다.

LSI로직은 처음에는 이 일을 탐탁지 않아 했다. 그 회사의 주요 고객은 하나에 10만 달러가 넘는 워크스테이션을 생산하는 실리콘그래픽스(SGI) 같은 제조 회사들이었다. 그러므로 LSI 칩 자체도 비싼 아이템이다. 모델 변경도 자주 이뤄졌다.

그러나 게임기용 LSI 칩은 전적으로 달랐다. 모델 변경을 예로 들어보면 워크스테이션용 LSI 칩은 3개월마다 변경이 이뤄지다가 1년에 한 번 모델이 완전히 바뀐다. 반면에 게임기는 같은 LSI 모델을 7~8년 동안 사용한다. 또 게임기는 고단위의 생산이 필요하다. LSI로직의 입장에서는 10만 단위도 대량 주문이다. 1백만 단위는 생각조차 할 수 없었다. "그들은 우리가 요구하는 것은 자신들의 능력 밖이라고 생각했다." 구타라기의 회고이다.

그러나 구타라기는 집요했다. 실리콘 위에 시스템을 올려놓는 LSI로직의 능력은 탁월했기 때문이다. 결국 그 회사는 소니가 개발비를 댄다는 조건으로 그 제안을 받아들인다. 이것이 LSI로직 성공 스토리의 시작이라는 것이 곧 입증된다. 오늘날 그 회사 비즈니스의 대부분은 플레이스테이션용 LSI 칩이 차지하고 있는 것이다.

구타라기가 싸워야 할 또 다른 문제는 메모리였다. 그는 이렇게 말한다. "게임기의 특수성을 결정하는 또 다른 주요소는 메모리의 성능과 용량이다. 이것은 반도체 메모리의 생산 용량과 직결될 것이다. 수요가 치솟을 때 전세계 반도체 메모리 생산량의 어느 정도가 게임기에 배정될 수 있는가는 가장 중요한 이슈이다. 거기까지 생각이 미치지 않는 사람은 이 사업에 들어올 수 없다. 메모리 공급을 감안하지 않고 게임기 하드웨어를 하겠다면 곧 곤경에 빠지게 될 것이다."

게임기 판매는 반도체 메모리의 공급 여부에 따라 결정된다고 말하는 것도 과장이 아니다. 대량 생산이 가능한 메모리 타입을 정하는 것이 바로 그 제품의 특수성을 결정할 것이다. 구타라기는 소니 제품으로는 유례가 없는 단일 품목으로 수천만 개 판매를 목표로 하고 있었다. 그는 메모리의 가격이 얼마나 떨어질 것인지, 자신이 점찍은 반도체 회사의 생산 용량, 투자 상태, 기술적인 능력을 꼼꼼히 분석했다. "아무리 성능이 우수하다고 해도 알맞지 않은 메모리를 사용하지 않는 것이 중요하다." 구타라기의 말이다. "예를 들면 차세대의 메모리 타입이 1MB에서 2MB로 간다면 그것은 사용하기가 매우 어렵다. 4MB를 만들기 위해선 네 개의 1MB 칩에서 두 개의 2MB 칩으로 전환해야 한다. 그러나 하나의 4MB칩을 쓰는 것보다 데이터 전송 속도가 느리고 기대했던 성능을 낼 수 없을 것이다."

앞으로 어떤 메모리 타입이 주류가 될 것인지, 이것을 알아내는 것이 무엇보다 중요했다. 게임기는 대량으로 팔린다. 그러나 메모리 공급이 부족하거나 특수해서 찾기가 힘들다면 게임기 제조 회사의 생산은 타격을 받는다. 이 시점에서 잘못된 전망은 파국을 부를 것이다. 구타라기는 그 해답을 구하기 위해 직접 공급자를 찾아간다. "나는 한국의 삼성전자가 세계 제1의 반도체 회사가 될 것이라고 생각했다. 기술의 우수성, 자본, 공격적인 경영, 성공의 3박자를 모두 갖추고 있었다." 구타라기의 말이다. "나는 당시 반도체 기술 부문을 책임지고 있던 삼성전자의 부사장 진대제 박사를 만나 세계 반도체 산업의 추세와 기술적 동향을 세밀한 부분까지 물어보았다. 거기서 얻은 정보에서 나는 멀지 않은 미래에 EDO(Enhanced Data Out) DRAM이 PC용의 표준이 될 것이라고 확신하게 되었다." EDO에는 세 가지의 중요한 장점이 있다. 성능 개선이 용이하다. 만들기가 쉽다. 제조 비용이 계속 떨어지고 있다는 점이다.

구타라기의 숙제는 완성됐다. EDO가 곧 어떤 다른 것보다 더 많이 사용될 메모리 타입이 된다. 말할 것도 없이 그것이 플레이스테이션에 사용될 메모리인 것이다.

▌ 부품 수를 줄여라

구타라기의 예측은 거의 1백 퍼센트 정확하다는 것이 입증된다. 겉모습은 바뀌지 않았지만 플레이스테이션에 사용된 하드웨어 부품의 수는 후속 모델에서 계속 줄어들었다. 1994년 12월에 출시된 첫 플레이스테이션(SCPH 1000)에는 750개의 부품이 들어갔다. 1997년 11월에 판매된 다섯 번째 모델(SCPH 7000)에는 450개밖에 안 들어갔다. 결국 게임기에 사용된 부품의 수가 거의 절반으로 준 것이다.

어느 날 홍보 부서의 사에키 마사쓰카는 오직 한 가지 하드웨어 아이템에 왜 그렇게 많은 엔지니어들이 매달려 있는지 의아하게 생각했다. 그 해답은 플레이스테이션의 옛 모델과 새 모델을 분해해서 그 내용물을 비교하는 과정에서 찾을 수 있었다. 플레이스테이션은 혁신이 가능한 구조를 갖고 있어서 부품 수를 줄일 수 있었다. 이것은 성공적인 제품의 확실한 지표인 생산 물량 증가와 함께 비용이 떨어지는 것을 의미한다.

일반적으로 부품 수는 비용 절감을 위해 줄인다. 그러나 구타라기의 생각은 달랐다. "비용을 절감한다기보다는 생산성을 향상시키는 것이다." 플레이스테이션이 처음 나왔을 때 생산 물량은 매달 30만 개로 소니로서는 그렇게 큰 수치가 아니었다. 기존 공장 시설을 가동하는 것만으로 충분했다. 소액의 추가 투자만 했을 뿐이다. 그러나 월 생산량이 70만 개로 솟구치면서 부품 조립 시설이 감당을 못하게 된다. 이 시설의 핵심 기계는 '칩 플레이서(chip placer)'라는 아주 비싼 아이템이다. 소니가 추가 시설을 한다고 결정해도 그 장비를 만드는 데만 7~8개월이 걸린다. 플레이스테이션 판매가 불이 붙기 시작하면 소니는 그 수요를 감당할 수 없을 것이다. 특히 해외 시장을 개척하게 되면 큰일이 아닐 수 없다.

구타라기는 이 문제를 풀기 위해 장기적인 시스템 측면의 부품 감축을 지시했다. 그 계획은 현재 SCEI의 관리이사인 다지리 아키라에 의해서 주도된다. 다지리는 1백 개의 다른 부품이 필요하다면, 그것이 비싸지 않다고 해도 그것을 생산할 수 있는 각각의 시설들을 갖고 있어야 한다는 것을 알았다. "이들 1백 개의 부품을 하나에 집적할 수 있다면 생산 시설을 크게 줄일 수 있을 뿐 아니라 공정도 단순화돼 결정적으로 생산 속도가 빨라질 것이다."

다지리는 인쇄회로기판(PCB)에 주목한다. 여기서 또 플레이스테이션 구조의 단순미가 중요한 역할을 한다. 일반적으로 PCB에서 기술 진보를 이야기할 때 훨씬 더 많은 부품과 IC들을 올려놓을 수 있는 다층 기판을 만드는 것을 의미한다. 그러나 다지리의 아이디어는 그 반대이다. 단순화. 그는 양면의 네 겹 기판으로 시작했다. 그러고 나서 양쪽에 부품들을 배치한 양면의 두 겹 기판을 사용했다. 그리고 이것을 한쪽 면만 부품이 있는 기판으로 바꾸니 생산성이 극적으로 개선됐다. 다음은 기판 사이즈를 원래 크기의 3분의 2인 12×19센티미터로 줄였다.

어느 게임기 플랫폼에서도 그것이 살아 있는 한 하드웨어는 계속 만들어질 것이다. 그래서 하드웨어를 설계할 때 융통성과 비용 감소의 가능성을 그 구조 속에 구체화하는 것이 필수적이다. 구타라기는 플레이스테이션을 디자인할 때 이에 대한 통찰력을 갖고 있었다.

▋ 생산 현장으로 간 디자이너

대량 생산의 효율성은 마찬가지로 디자인의 관점에서도 추구된다. 플레이스테이션 디자인의 전 과정을 책임지고 있던 소니 디자인센터의 아트 디렉터 고토 데이쓰케가 그러했다. 그의 접근 방식에서 특히 두드러지는 점은 '대량 생산이 가능한 디자인'을 강조하는 것이다.

오늘날의 탁월한 산업디자이너들은 형태와 원재료뿐만 아니라 생산성도 고려한다. 고토가 전형적인 예이다. "왜냐하면 대량 생산은 선수 조건이다. 나는 되도록 눈을 감고도 만들 수 있는 형태와 구성을 가진 심플한 디자인을 하려고 했다." 고토의 설명이다. 구성을 단순화함으로써 생산 라인에서 몇 분 안에 조립할 수 있는 제품을 목표로 했다.

고토는 이따금 생산 현장으로 가서 엔지니어들과 그의 디자인에 관해 의견을 나누었다. 자신의 디자인이 기술적으로 가능하지 않다는 말을 들어도 그는 그것을 포기하지 않았다. 오히려 그는 자신의 디자인 개념을 구현하기 위해 필요한 것이 무엇인지를 알기 위해 엔지니어들과 같이 일하곤 했다.

1994년 가을, 플레이스테이션의 첫 출고가 임박해 소니의 기사라쓰 공장은 미친 듯이 게임기를 찍어내고 있었다. 그러나 문제가 생겼다. 컨트롤러 생산이 충분치 못해 이내 공급 부족 사태가 빚어질 것이라는 게 명백해졌다. 처음에 잡은 생산 계획부터 잘못돼 있었던 것이다. 본체는 매달 30만 개 규모로 생산되고 있었는데 컨트롤러도 같은 수로 만들도록 잡아놓았다. 결국 소니는 계획한 생산량보다 컨트롤러가 두 배 더 필요하다는 것을 뒤늦게 깨닫는다. 두 사람이 하는 게임을 생각하지 못한 것이다. 고토는 경악했다. 컨트롤러가 충분치 못했다. 만들 시간도 없었다. 공급 부족 사태는 시간 문제였다.

공급 부족이 왜 디자이너의 문제냐고 반문하는 사람도 있을지 모른다. 그러나 고토는 달랐다. 그는 생산 현장으로 달려가 문제가 무엇인지, 그것을 알 때까지 그곳에서 살았다. 마침내 컨트롤러의 압축 성형 과정이 개당 1분이 걸린다는 것을 알아내고 이것을 50초로 줄이면 수요를 맞출 수 있을 것 같았다. 그러나 공정을 50초로 줄이면 표면이 반짝이는 좋지 않은 결과가 나타났다. 이것을 방지하기 위해 금속 주형의 압력과 온도의 미세 조정이 필요했다. 고토는 개인적으로 금속 주형 엔지니어에게 도움을 요청했다. "내가 본부의 책상에만 앉아서 원하는 것을 전화로 이야기하면 그들은 이해하지 못한다. 어떤 것은 필수적이지만 디자인을 해칠 수 있다면 직접 공장으로 가서 문제를 해결해야 한다. 이렇게 하지 않고는 좋은 제품이 나올 수 없다."

또 다른 문제는 컨트롤러에 인쇄된 검은색 글자가 제대로 앉혀지지 않아 읽기가 힘들다는 점이었다. 이것을 해소할 수 있는 가장 간단한 방법은 재인쇄하는 것이다. 그러나 제조 시간이 두 배나 더 걸린다. 고토는 전체 공정 시간을 늘리지 않고 그 문제를 해결할 수 있는 방법이 없는지, 다른 디자이너에게 물어봤다. 그렇게 해서 그들이 찾아낸 방법은 단어가 인쇄된 곳에 금을 그으면 잉크가 좀더 깊숙이 스며들 수 있다는 것이었다.

고토는 그 글자가 얼마나 검게 도드라지는지, 그 결과를 알 때까지 공장에 머물렀다. 그는 자신의 기호대로 공정이 이뤄지는지 마지막까지 점검했다. 이런 미세한 부분까지 주의를 기울인 그의 헌신이 위대한 플레이스테이션 디자인을 빚어낸 것이다. 더구나 그의 관여가 생산성 하락을 가져오지 않았다. 고토는 이렇게 말한다. "TV같이 정립돼 있는 분야는 디자이너가 그렇게 관여할 필요가 없다. 시스템이 잘 자리잡혀 있기 때문이다. 그러나 플레이스테이션은 처음이다. 디자이너로서 나는 그 정도까지 수행하는 것이 당연하다."

▌오가와 구타라기의 격돌

구타라기는 언제나 생산을 쉽게 하는 것에 최우선권을 두어왔다. 이러한 '편애'가 생산성과 편리성 사이의 충돌이라고 할 수 있는 '안전 커버 사건'을 불러온다.

오가는 구타라기에게 디스크의 안전 커버를 만들라고 지시했다. 그는 광디스크는 사고를 방지하기 위해 노출된 데이터 면을 보호하는 장치가 있어야 한다고 믿고 있었다. 아이들이 아이스크림 묻은 손으로 만지는 것 같은 문제를 막기 위해선 안전 커버가 가장 좋은 방법이라고 생각했다. 오가의 지시로 CD-ROM 데이터 디스크맨과 MD에 안전 장치를 하기로 한다.

"지문이 묻으면 재생을 어렵게 만든다. 아이들이 아이스크림이나 사탕을 먹고 난 뒤 그 손으로 데이터 면을 만진다면 기계가 신호를 읽을 수 없다. 고객 서비스 핫라인은 불필요한 전화로 붐비게 될 것이다. 그래서 디스크 보호 장치를 제안한 것이다."

그러나 구타라기는 사장의 의견에 강경하게 맞섰다. "그렇게 할 수 없습니다. 제작비가 늘어나고 그대로 가격에 반영될 것입니다. 더 안 좋은 것은 생산하기가 힘들고 사용하기도 불편하다는 점입니다. 나는 절대 반대입니다. 사장님의 지시라고 해도 그렇게 할 수 없습니다." 한치도 물러설 수 없다는 태세였다. 소니는 플레이스테이션 매체의 가격을 슈퍼 패미컴 매체의 절반 가격으로 만들고 싶었다. 그것은 CD-ROM이 생산비가 적게 들고 대량 생산이 용이하다는 것을 과시하는 것이기도 하다. 그러나 안전 장치를 하게 되면 CD의 생산 단가와 제조 시간을 증가시킬 뿐 아니라 시장 수요에 신속히 대응할 수도 어렵게 만든다. 더욱이 CD 사용을 어렵게 하고 공간도 더 잡아먹었다. 구타라기 팀은 안전 장치를 만드는 것은 이점보다 해로운 점이 더 많다고 주장했다.

오가와 구타라기의 관계는 완고한 아버지와 장난꾸러기 아들 같다. 두 사람은 정면으로 충돌했다. 언성을 높이면서 다투기도 했다. 그러나 결국 오가가 졌다. "좋아, 안전 장치에 대해선 잊어버리지. 대신 플레이스테이션의 CD는 다른 CD-ROM 플랫폼이나 음악 CD와는 다르게 만들어야 해. 은색으로 하면 모든 것이 다 똑같아 보일 거야."

"알겠습니다." 이렇게 대답한 구타라기 팀은 플레이스테이션용 CD
는 검은색으로 차별화하는 아이디어를 진행시켰다. 일반 CD는 반짝이
는 은색이다. 그러나 플레이스테이션 디스크는 어느 쪽에서 보든 한결
같은 검은색이 되게 한 데는 이와 같은 사연이 있었다.

오가는 이렇게 말한다. "닌텐도는 그들의 마스크 ROM을 일종의 안
전 장치라고 할 수 있는 카트리지에 담았다. 이 점에서 플레이스테이션
CD는 대조가 됐다. 나는 구타라기와 다퉜지만 안전 장치가 재생산을 지
체시킬 수 있기 때문에 구타라기의 생각이 옳다는 것을 인정했다. 또 디
스크를 못 읽는 것에 대한 불평은 내가 생각했던 것보다 적었다. CD는
나온 지 10년이 지났기 때문에 부모들이 아이들에게 CD를 다루는 법을
가르쳐줄 것으로 보았다."

▌ 세가를 가격 전쟁으로 끌어들이다

출시 후 플레이스테이션은 가격을 내리기 위해 디자인을 계속 바꿔
나갔다. 우리가 이미 알고 있는 것처럼 부품 수를 크게 줄였으며 이에 따
른 비용 절감과 공정 단축으로 총생산비의 극적인 감소가 가능했다.

그 회사는 첫 모델에서는 큰 손실을 보았다. 소매가격이 399달러였
지만 생산 단가가 높았기 때문이다. 후속 모델에서는 그때의 3분의 1의
비용으로 만들 수 있었다. 그러나 전략적인 차원에서 판매 수입을 모두
이익으로 잡지 않고 소매가격을 낮추는 데 사용했다.

첫 모델(SCPH 1000, 1994년 12월 출시)의 소매가격은 399달러이
다. 두 번째 모델(SCPH 3000, 1995년 7월 출시)은 299달러, 세 번째 모

델(SCPH 3500, 1996년 3월 출시)은 249달러, 네 번째 모델(SCPH 5000, 1996년 6월 출시)은 199달러, 다섯 번째 모델(SCPH 7000, 1997년 11월 출시)은 180달러이다. 말할 것도 없이 잇단 가격 할인은 게임 애호가들에서 일반 대중까지 사용자층 확대로 이어진다.

플레이스테이션 가격을 대폭 깎은 것은 또 다른 전략적 목표가 있었다. 세가를 가격 전쟁으로 끌어들이기 위한 것이다. 사실 소니는 세가가 그 도전에 쉽게 응할 수 있도록 완급 조절을 해가면서 가격을 내렸던 것이다. 구타라기는 세가가 고가의 새턴 가격을 내리려면 어려움을 겪을 것으로 예상했다. 왜냐하면 게임기 새턴은 다른 회사에서 공급받은 부품들의 집합처이기 때문이다.

새턴이 판매되자마자 고토는 곧바로 하나를 구입해 속을 뜯어보고는 그 구조가 너무 복잡해 놀랐다. PCB 위에는 케이블이 뒤덮여 있었다. 고토로서는 생각도 할 수 없는 구조였다. 그의 디자인 철학은 단순성과 만들기 쉬워야 한다는 것이었다. 분명한 것은 새턴은 플레이스테이션보다 만들기가 어렵다는 점이다. 소니가 플레이스테이션 가격을 내린다면 세가도 경쟁력을 유지하기 위해 따라올 수밖에 없을 것이다. 그렇게 되면 새턴의 높은 생산비는 곧 대규모 손실로 이어질 것이다.

예상한 대로 세가는 소니의 도전을 받아들였다. 소니가 1995년 6월 플레이스테이션 가격을 1백 달러 내리자 세가는 하드웨어와 소프트웨어를 묶어서 두 개를 정가대로 샀을 때보다 1백 달러 이상 할인된 가격으로 팔기 시작했다. 이어 하드웨어 가격을 449달러에서 349달러로 내렸다.

1995년 말에는 세가의 반격에 소니가 무릎을 꿇었다. 연말 성수기인데도 플레이스테이션은 베스트 셀러 게임을 많이 갖고 있지 못했다. 소니는 새턴이 플레이스테이션보다 월등하다는 것을 인정한다. "우리는 준비가 돼 있지 않았다." 고토의 고백이다.

그러나 소니는 다시 싸움을 걸었다. 결국 세가는 가격 전쟁에서 물러날 수밖에 없게 된다. 1998년 2월, 세가는 정책을 바꿨다. 더 이상 새턴의 가격을 내리는 물량 공세는 하지 않겠다고 결정한다. 그것은 플레이스테이션과의 전투에서 패했음을 인정하는 것이나 다름없었다. 1998년 3월로 마감된 회계 연도에 세가는 미국 자회사의 누적된 손실을 결손 처분하면서 총 43억 달러의 손실을 기록했다. 1988년 기업 공개 이후 첫 적자를 기록한 것이다.

세가는 1998년 5월 21일자 주요 조간 신문에 전면 광고를 실었다. 그 광고는 무자비하게 살해된 갑옷 입은 사무라이의 시체들로 가득한 일본 15~16세기 전국 시대의 전투를 패러디했다. 누더기가 된 깃발에는 세가의 로고가 새겨져 있었다. 그 광고는 이렇게 묻는다. '세가는 영원히 패배한 것인가?' 그 다음 날 신문에는 일어서려고 애쓰는 탈진한 전사들의 모습을 담은 전면 광고가 나왔다. 세가는 졌지만 완전히 사라진 것은 아니다. 세가의 경영진은 언젠가는 다시 싸우기 위해 일어서겠다는 각오를 보여준 것이다.

▌슈퍼 디자이너 고토

콘솔 디자인도 승리의 게임기를 만들기 위한 대장정을 걸어왔다. 엔지니어 구타라기, 마케팅의 사토 외에 플레이스테이션 프로젝트를 이끈 제3의 사나이는 디자이너 고토이다. 세부에 대한 집중력, 타협을 모르는 불굴의 정신을 지닌 사나이 고토, 다른 두 사람처럼 그도 온갖 장애를 극복하고 그의 목표를 성취한다. 컴퓨터 게임의 세계에 새 질서를 창조하는 데 한몫을 하는 것이다. "플레이스테이션을 성공으로 이끈 주요소 중의 하나는……." 오가의 말이다. "본체와 컨트롤러의 디자인이다. 우리는 다양한 디자인 시안을 갖고 있었다. 그 중 내가 선택한 것은 이전의 다른 게임기의 이미지와는 완전히 다른 것이었다."

플레이스테이션은 이제까지 전자 제품 시장에서 단일 모델로는 가장 많이 팔린 제품이다. 다른 게임 플랫폼은 모델을 바꾸지 않고 전세계적으로 7천만 개가 팔린 적이 없다. (오디오비주얼 제품 시장에서는 1백만 개가 팔리면 대성공으로 생각한다. 그것이 신제품이라면 그 제조업체는 새 장르의 탄생을 선언할 것이다. 더욱이 소니는 3년 반 만에 4천만 개를 팔았다. 정말로 괄목할 만한 성취인 것이다.) 플레이스테이션이 인기를 끈 이유 중의 하나가 세련되고 시간을 타지 않는 디자인 때문이라는 것은 의심할 여지가 없다. "디자인이 플레이스테이션의 성공 가도에 크게 공헌했다고 나는 확신한다." 오가 사장의 말이다. "우리는 게임 비즈니스에 대한 실적이 없었다. 제로 상태에서 출범해야 했다. 소프트웨어 회사들이 플레이스테이션용 타이틀을 만들어줄 것이냐, 이것이 가장 중요한 이슈였다. 나는 넘어야 할 첫 번째 장애물은 게임 창작자들이 우리 하드웨어 디자인을 좋아하게 만드는 것이라고 생각했다. 따지고 보면 게임 창작자들이 그 기계의 첫 번째 사용자인 셈이다. 우리 것처럼 생긴 플랫폼이 자신들이 원하던 것이라고 생각하면 그것으로 된 것이다."

고토에게 디자인은 콘텐츠를 바로 나타낸 것, 그 이상도 그 이하도 아니다. 플레이스테이션은 PCB와 CD-ROM 장치만 있는 단순한 구조이다. 고토는 먼저 어떻게 그 콘텐츠를 표현할 것인가를 생각했다. 사람들은 최신 유행의 원형이나 정사각형 디자인에는 금방 싫증을 낸다. 한번 유행이 지나가면 그 제품도 끝나는 것이다. 그것이 오래 살아남으려면 디자인은 필연적으로 내부에서 도출된 형태가 되지 않으면 안 된다. 그는 비누 포장을 생각했다. 비누 포장은 비누 자체의 형태와 똑같다. 더 단순할 수는 없을까? 시스템G의 밑바탕에는 '단순한 것이 아름답다.'는 생각이 깔려 있었던 것이다.

고토는 본래 TV 세트 디자이너이다. 그는 세련된 디자인과 탁월한 성능으로 잘 알려져 있는 소니 프로필 프로(Sony Profile PRO)를 디자인한 사람이다. 후에 고토는 이른바 소니의 기적이라고 일컫는 VAIO PC의 디자인을 맡는다. 마그네슘을 사용하고 차별화된 색깔과 모양이 아주 다른 급진적인 컴퓨터이다. 고토의 작품이 바로 현재의 '소니 디자인'이라고 말하는 것은 과장이 아닐 것이다.

"TV의 모양은 정해져 있으며 장치도 모두 같은 것을 사용한다. 이러한 제약 아래 다른 제품과 다른 혁신적인 디자인을 창안하기 위해 고심했다. 어떻게 그 차이를 강조할까? 그러나 게임기는 기존 제품들과는 완전히 다르다. 왜냐하면 플레이스테이션은 오직 하나밖에 없다. 게임기 시장에서 다른 플랫폼과 경쟁은 하지만 다른 플레이스테이션은 없는 것이다."

영원히 단 하나뿐인 제품, 고토는 바로 이런 '생명력'을 가진 디자인을 추구했다. 생애를 통틀어 작은 변화만 필요한 디자인은 어떤 것일까? 고토는 그 답을 찾아 기나긴 길을 걷는다. "보통 회사들은 제품에 아주 작은 변화만 생겨도 모양을 바꾸곤 한다. 그러나 내 견해는 처음부터 디자인에 문제가 있기 때문이라고 생각한다. 그와 같은 일이 일어나는 것을 원치 않는다. 제품에 변화를 줘야 할 때는 내부가 달라졌을 때이다. 내부를 바꾸지 않았다면 외부를 바꿀 필요가 없다." 고토의 주장이다.

플레이스테이션 디자인 임무를 맡은 고토는 하얀 종이에 스케치해

나가기 시작했다. 먼저 기존 게임기에 대한 의견이나 선입견을 자신의 머릿속에서 완전히 지워버렸다. 그것은 어떤 모양을 해야 하나? 그는 방황한다. 디스크 트레이나 스위치 모양은 어떻게 할까? 수십 장의 스케치를 한다. 그의 디자인이 반영하고 싶은 주제는 CD-ROM 포맷이다. 그는 CD-ROM 아이디어에서 게임기의 주요 형태를 도출해내기로 결심한다. 그래서 그는 사각형과 원을 결합했다. 그는 둥근 디스크 뚜껑을 가진 직선의 사각형 몸체로 디자인한다.

게임기는 때때로 손에 들고 다니기도 한다. 인간의 손에 가장 잘 맞는 형태는 곡선이다. 그래서 고토는 본체의 위쪽 모서리는 직각으로 만들고 바닥 쪽 모서리는 둥글게 만들었다. 이것은 본체를 양손으로 쉽게 나를 수 있게 하며 손에 들었을 때 편안한 느낌을 주었다.

특히 사용자 공간은 고토가 양보할 수 없는 부분이다. 그는 파워 스위치를 크고 둥글게 만들어 쉽게 찾을 수 있도록 했다. 또 날카로운 모서리를 없앴기 때문에 다칠 염려도 없다. 그리고 어떤 방향에서도 스위치를 켜고 끄기 쉽게 되어 있다. 이렇게 세심하게 배려한 것은 아이들이 사용하기 때문이다. 고토는 특히 뚜껑을 두껍게 하면서 견고하게 만드는데 신경을 썼다.

고토는 플레이스테이션의 본체만이 아니라 주변기기도 디자인했다. 거기에는 가령 메모리 카드나 아날로그 컨트롤러를 포함해 나중에 구성 요소가 될 것들이 포함돼 있다. 플레이스테이션 디자인의 특색이라고 한다면 고토 혼자 모두 했다는 점이다. "다른 소니 제품의 카테고리는 그들 자신의 역사를 가지고 있다. 디자인 과정이 정립되어 있는 것이다. 그러나 플레이스테이션에서는 따라야 할 본보기가 없었다. 같은 장르에 있는 제품과 달라야 한다는 개념만 있었다." 고토의 말이다. "그래서 나는 게임기 제품 카테고리에 들어가는 모든 제품과 주변기기를 나 자신이 처리하기로 결심했다. 또 기존 장르에선 할 수 없었지만 이번에는 내가 정말 만족할 수 있을 때까지 해보겠다고 결심했다. 왜냐하면 이것은 우리가 처음으로 씨름하는 장르이기 때문이다."

구타라기는 고토의 본체 디자인을 보자마자 승인했다. 그는 그 디자인이 플레이스테이션 개념의 진수를 제대로 표현하고 있다고 평가했다. "궁극적으로 내 마음속에 나타난 첫 모티프가 마지막까지 남아 있었다." 고토의 말이다. "순수한 개념에 어떻게 모양을 줄 수 있을까? 디자이너에게 가장 중요한 질문이다."

▌"이렇게 힘들었던 제품은 없었다"

프로젝트는 다시 장애물에 걸린다. 고토가 고심해서 만든 컨트롤러를 구타라기에게 보여주자 그는 즉시 퇴짜를 놓았다. "이게 뭐야? 독창적이긴 하지만 쓰기 쉬워 보이지 않는다." 기존 컨트롤러들은 대부분 패미컴 컨트롤러를 본뜬 모양들을 하고 있었다. 평평하고 양손으로 드는 것이다. 그리고 버튼은 엄지손가락으로 누르게 되어 있다. 고토의 컨트롤러는 기존의 것과 닮은 점이 하나도 없었다. 기존의 디자인이 2차원이라면 고토의 것은 3차원이었다.

고토는 먼저 그 컨트롤러를 오가 사장에게 가져갔다. 그는 늘 정형화된 타입을 비판해오던 사람이다. 고토의 컨트롤러는 지금까지 보던 것과는 달랐다. 오가는 곧바로 승인을 했다. "좋아. 소니다워." 그러나 이런 식으로 반응한 사람은 오가뿐이었다. 모두가 머리를 저었다. 너무 혁신적이었기 때문이다. 격렬하게 반대한 사람 중의 하나가 구타라기이다.

플레이스테이션은 게임기 시장에서 지금까지 볼 수 없었던 혁신적인 기술과 데이터 처리 방법을 구현한 소니의 첫 제품이지만 사용자 공간은 아이들에게 익숙한 버튼으로 작동하는 기존 게임기의 유형을 따르자는 것이 구타라기 팀의 생각이었다.

그러나 고토는 모두가 바꿔야 한다는 압력에도 굴복하지 않는다. 그 프로토타입을 만드는 데 1년 이상 걸린 것이다. 그는 신세대 게임에는 새로운 컨트롤러를 써야 한다는 확신이 있었다. 고토의 회고이다. "지금까지 20여 동안을 소니에서 일했지만 그렇게 힘들었던 제품은 없었던 것 같다. 그 컨트롤러는 콘솔보다 디자인하기가 더 어려웠다."

고토는 아크릴 거품 덩어리로 조각을 해서는 그것을 계속해서 손에 꽉 쥐어보고 어떤 느낌이 나는지를 시험했다. 이러한 과정을 끊임없이 반복했다. 고토의 컨트롤러는 이렇게 만들어진 것이다. 기존의 평평한 컨트롤러는 게임을 하는 동안 꽉 잡고 있어야 한다. 손바닥이 손잡이와 닿지 않기 때문이다. 이것이 스트레스를 부르기도 했다. 더욱이 사람들마다 손의 크기가 달라서 손과 버튼 사이의 간격이 들쭉날쭉했다.

고토의 생각은 달랐다. 가능하면 컨트롤러는 자연스럽게 잡고 있을 수 있어야 한다. 꽉 붙잡지 않고도 안전하게 들고 있을 수 있는 앞으로 튀어나온 손잡이 같은 3차원 구조를 생각했다. "사실, 사람들은 꽉 잡지 않는다. 손가락을 밑에서 받치기만 하면 되는 것이다. 게다가 컨트롤러 본체와 손 사이에 틈이 있기 때문에 게임에 몰두할 때도 땀이 배지 않는다. 증발해서 날아가버리기 때문이다."

어느 날 고토는 사용자가 항상 같은 방법으로 잡지 않아도 되는 컨트롤러가 장점이 많다는 것을 알게 된다. 아이들을 데리고 컨트롤러를 테스트할 때였다. 매일같이 평평한 슈퍼 패미컴 컨트롤러를 사용하던 아이들이었다. 처음에는 뿔처럼 툭 튀어나온 두 개의 딱딱한 손잡이가 있는 플레이스테이션 컨트롤러를 사용하기가 쉽지 않았다. 그러나 아이들은 곧 거기에 익숙해졌다. 고토가 관찰한 결과 아이들은 한번 사용법을 알게 되자 그것이 여느 컨트롤러와 모양이 다르다는 것은 신경조차 쓰지 않는 것 같았다. 오히려 그 컨트롤러가 사용하기 쉽다는 피드백을 얻었다. 고토는 신이 났다. 아이들은 정직하다. 그들은 좋으면 받아들이고 싫으면 싫다고 말하기 때문이다.

고토는 관찰하면서 아이들이 자신이 상상하지도 못했던 방법으로 컨트롤러를 사용하는 것을 보고 놀란다. 그들은 그것을 올리고 내리고 비스듬히 기울이기도 하면서 자신이 좋아하는 방법대로 했다. 이것은 항상 같은 방법으로 잡고 고정된 자세로 사용하는 평평한 컨트롤러에서는 가능한 게 아니다. 그렇게 다양한 방법으로 사용할 수 있다는 것은 고토에게 그의 디자인이 무한한 잠재력을 갖고 있다는 것을 말해주는 것이다. 디자이너에게 그것은 진정한 계시인 것이다.

▌ "이것은 사장의 명령이다"

그러나 구타라기는 고토의 컨트롤러를 여전히 반대했다. 소프트웨어 회사의 게임 창작자들도 마찬가지였다. 그러나 교착 상태는 오가 사장의 벼락 같은 엄중한 지시에 의해 풀리게 된다. "내가 보는 한 이 손잡이형의 컨트롤러는 사용하기가 매우 쉽다. 어른 아이 할 것 없이 모두 즐길 수 있는 것이다. 논쟁은 이제 그만두고 이 디자인으로 결정한다!" 그는 한 수 더 나아가 이렇게 선언한다. "나는 사장이다. 당신들은 내가 지시하는 대로 따라야 한다. 그렇지 않으면 모두 해고다!"

결국 그 디자인이 받아들여졌다.

고토는 오가의 말을 들으면서 마침내 자신의 노력이 보상을 받았다고 느꼈다. "오가 사장이 내 디자인을 그렇게 높게 평가해주는 말을 듣고 정말 기뻤다." 소니는 디자이너의 견해를 존중하는 문화를 갖고 있다는 것을 고토는 다시 한 번 상기하게 되는 것이다.

오가는 컨트롤러를 이야기할 때면 항상 연상되는 에피소드를 갖고 있다. "구타라기는 안전 장치의 논쟁에서는 이겼다. 그러나 컨트롤러에 관해서는 내 견해가 옳았다. 얼마 후 나는 컴퓨터 게임 잡지에서 플레이스테이션 성공의 비밀은 양손으로 잡는 컨트롤러에 있다는 기사를 읽었다. 나는 신이 나서 구타라기에게 이렇게 말했다. '봐! 내가 옳았지. 여기 그렇게 말하고 있지 않아!' 그러자 구타라기는 담담하게 대답했다. '예, 오가 사장. 내가 틀렸네요. 그러나 그 밖의 다른 것은 모두 내가 옳았습니다.' 바로 이것이 이 사내의 위대한 점이다."

소니의 사랑과 증오

소니에게 SCEI는 게임 시장으로 들어가기 위해 전략적으로 만든 조직이다. 그러면 SCEI에게 소니는 무엇인가? 소니는 왜 소니 뮤직과 50퍼센트씩 주식을 나눠 갖는 방식으로 SCEI 설립을 결정했을까?

오가 사장은 이렇게 말한다. "CEO로서 나는 그들에게 최고의 지원자가 되고 싶었다." 그러나 오가 사장이 밤낮으로 이 사업에만 신경을 쓴다는 것은 불가능했다. "세부적인 경영은 이바에게 일임했다." 소니의 재무 담당 최고책임자(CFO) 겸 부사장인 이바 다모쓰를 말하는 것이다. "이바와 구타라기는 자주 싸웠다. 그러면 구타라기는 나에게 찾아와 호소한다."

하루하루의 경영을 책임지고 있던 이바는 이렇게 말한다. "오가 사장은 플레이스테이션이 벤처 사업의 성공적인 모델이라고 틈이 날 때마다 말했다. 그러나 나는 그렇게 생각하지 않는다. 어쨌든 그것도 소니의 비즈니스이다. 소니의 인력, 자본, 제조 시설이 투입됐다는 점에서 다른 벤처 사업과는 다르다는 것이 내 견해였다."

소니의 자회사인 생명보험사 소니 라이프에 있던 이바가 경영 전략 부서 책임자로 소니에 다시 돌아온 것은 1992년 여름이다. 그의 일 중 하나가 새로운 사업을 추진하는 것이다. 구타라기는 문턱이 닳도록 찾아왔다.

"그는 늘 터무니없어 보이는 비전을 들고 왔다. 나는 플레이스테이션이 계획한 대로 물건이 되리라고 상상해본 적이 없다. 이 사업의 성공과 실패는 오직 뚜껑을 열어봐야 알 수 있다는 것이 솔직한 나의 심정이었다."

그렇지만 구타라기의 말은 다른 사람들이 기꺼이 리스크를 감수하게 할 정도로 설득력이 있었다. 이바의 말은 계속된다.

"구타라기는 매우 자만심이 세고 자기 주장이 강하다. 소니에서 그처럼 자신 있는 사내를 만나기는 쉽지 않을 것이다. 그의 힘은 목표를 설정하는 그의 능력에서 나온다. 엄청나게 야심적인 목표들을 제시한다. 그러나 결코 즉흥적인 것이 아니다. 치열한 연구 끝에 나온 것들이다. 항상 연구를 하고 만날 때마다 한걸음 더 나아가 있었다. 반도체 설계와 공정의 혁신을 정확하게 예측하고 이를 토대로 야심적인 목표를 세웠다. 그가 설득력이 있는 이유이다."

1992년부터 1994년까지 소니에게는 아주 어려운 시기였다. 영업 손실이 나면서 그룹 전체의 사업을 축소한다. 회사 분위기도 뒤숭숭했다. 그러나 이바는 구타라기와 그의 팀은 자유롭게 풀어주었다. 이바는 이렇게 회고한다. "어려울수록 그 어느 때보다 희망적이고 즐거움을 줄 수 있는 것이 필요하다. 내가 그들을 지원한 이유이다."

이바는 합작 벤처를 권고했지만 소니 독자적으로 게임 사업을 시작한다는 아이디어가 부상했다. 이바는 이렇게 말한다. "게임 사업에서 하드웨어와 소프트웨어는 분리할 수 없다. 그 둘을 연결해야 한다는 게 내 생각이었다." 이런 전제 아래 이바는 소니 뮤직과 합작 벤처를 추진한다. 그러나 예기치 않게 마루야마가 그 제안을 거부한다. 에픽 소니 게임 프로덕션의 대표로서 마루야마는 구타라기보다 위에 있었다. 이런 이유 때문에 이바는 마루야마가 합작 벤처 회사를 세우는 것에 동의하리라고 생각했던 것이다.

마루야마가 거절한 것은 소니 뮤직의 상황 때문이었다. 이바에게 이렇게 말했다. "이 사업은 소니 뮤직으로선 너무 위험 부담이 크다. 우리의 역할은 소프트웨어 제작에만 한정하고 가능하면 소니가 주도했으면 좋겠다."

소니와 소니 뮤직의 관계는 일반적으로 생각하는 것처럼 초록은 동색이 아니었다. 소니는 소니 뮤직을 하나의 자회사로 여기지만 소니 뮤직은 소니의 도움 없이 현재의 위치까지 올라왔다는 데 대해 자부심을 갖고 있었다. 그 자회사는 모회사에 대해 무조건 복종해야 한다는 관념이 없었다. 소니 뮤직이 소프트웨어 영역에만 관여하겠다고 말한 것도 이런 배경이 있었다. 무라야마는 플랫폼 관리를 포함해 게임 사업의 큰 덩어리는 모회사가 관리하는 그런 구조를 원했던 것이다.

그러나 이바는 한치도 양보할 생각이 없었다. "레코드와 게임은 비즈니스 구조가 다르다. 레코드에는 사실상의 표준이 있고 열린 포맷이다. 하드웨어와 소프트웨어를 성공적으로 분리해 개발할 수 있다. 그러나 게임 플랫폼은 닫힌 포맷이어서 분리 개발은 자연스럽지 못하다. 우리가 합치려는 이유가 거기에 있다." 또 그는 이렇게 그의 논리를 전개한다. "소니와 소니 뮤직은 각자 회사로 등재돼 있다. 소니 뮤직이 참여한다면 그 비즈니스를 소니 내에서 운영하는 것은 가능하지 않다. 합작 벤처가 유일한 해답이다. 더욱이 구타라기는 소니의 관료주의가 그 비즈니스의 개발을 방해하고 있다고 말하고 있지 않은가."

마루야마는 이바의 논리를 이렇게 반박한다. "마쓰시타는 3-DO의 실패로 입은 상처가 깊지 않았다. 그러나 당시 소니 뮤직은 얕은 상처라도 입으면 안 될 정도로 상황이 안 좋았다. 솔직히 말하면 그 아이디어는 거절하고 싶었다. 제3자가 추진했다면 우리는 분명 거절했을 것이다."

그런데도 이바는 합작 벤처를 강행한다. 마루야마의 코멘트이다. "결과는 그렇게 됐다. 나는 이렇게까지 관여하리라고는 꿈속에서조차 생각 못했다. 알다시피 그 리스크가 너무 컸기 때문이다."

그러나 걱정한 사람은 마루야마만이 아니다. 소니 뮤직 기획부는 게임 사업에 발을 들여놓으면 밑 빠진 독에 물 붓듯이 돈을 쓰게 될 것이며 또 기업 공개를 할 때 공들여 쌓아온 모든 프리미엄을 날려버릴 것이라고 염려했다. 그러나 합작 벤처 추진이 사실로 굳어지자 소니 뮤직은 더 이상 남 보듯이 할 수 없게 됐다. 마루야마는 이렇게 말한다. "그 상황까지 이르게 되자 이젠 우리의 모든 노력을 그 사업에 기울이는 것 외에는 선택의 여지가 없었다." 제한된 범위만 맡고 싶다는 당초의 희망은 물거품이 되고 소니 뮤직은 그 사업의 모든 부문에 관여하게 된다.

오가는 이렇게 말한다. "50 대 50의 자본 구조는 성공의 또 다른 요인이다. 동등한 자본 분할은 하드웨어와 소프트웨어가 똑같이 중요하다는 것을 나타내는 것이다. 의견 차이 때문에 경영이 어렵지 않을까, 혹자는 이렇게 질문할 수도 있을 것이다. 그러나 최종적으로 두 회사를 책임지고 있는 사람은 바로 나이다. 이슈는 쉽게 조정될 수 있다."

▌현금이 모든 것을 말해준다

투자하기 어려운 상황이었지만 그래도 이바는 합작 벤처의 재정적 요구에 절반을 지원하기로 동의하고 제한 없이 요구액을 쓰도록 허용했다. 그러나 자신의 옛 부하인 도쿠나카에게 한마디 하는 것을 잊지 않았다. "대신 당신은 항상 현금 자산을 확보해둬야 한다는 점을 잊지 말아야 한다." 이바에게는 확신이 있었다. "수익성은 견해상의 문제이다. 그것은 이슈가 아니다. 현금이 모든 것을 말해준다."

현대의 재정 회계는 회사의 활동을 점검하는 시스템이다. 이바가 '수익성은 견해상의 문제'라고 말할 때, 그는 수익을 냈다, 못 냈다는 회계 결정으로 정해진다는 견해를 나타낸 것이다. 다시 말하면 수익성 판단은 자의적이고 이익과 손실 보고서로 회사의 상황을 정확하게 알 수 없다는 것이다. "현금이 모든 것을 말해준다."라고 말하는 이유이다. 즉 회사의 상황은 현금 자산 상태를 보면 정확하게 판단할 수 있다는 것이다.

미국에서는 현금 자산이 아주 당연한 일로 관리되고 있으며 주가 평가도 이를 토대로 이뤄진다. 소니는 이를 본받아 이익 손실과 더불어 현금 자산을 모회사, 각 그룹 회사, 연결 재무제표에 포함된 모든 운영 내역을 판단하는 중요한 경영 지표로 채택한 것이다. 이바의 회고이다. "이것은 1992년에서 1994년까지 소니가 어려웠던 시절에 고안된 것이다. 신생 회사의 경우에도 현금 자산이 중요한 업무 지표라는 것은 두말할 필요가 없는 것이다."

사실 경영은 현금 자산이 포지티브(수중에 돈이 있다)인지 네거티브(자금을 빌려와야 한다)인지에 따라 달라진다. 신생 회사는 초기에 손실을 보는 것을 당연한 일로 여긴다. 그러나 성공 가도로 올라서려면 곧 그 손실을 메우고 이익을 내야 한다. 그러면 현금 자산 상태는 네거티브에서 포지티브로 바뀐다.

물론 SCEI도 예외는 아니다. 현금 자산 경영은 부가의 현금을 창출할 수 있는 방법을 찾아내고 그 현금을 효과적으로 사용해 그 회사를 포지티브 상태로 이끄는 것이 전부이다. 이바는 도쿠나카에게 이렇게 말했다. "현금 자산을 개선하는 방법은 재고를 줄이는 것이다. 그것을 빨리 현금으로 전환해야 한다. 그리고 수취 어음을 수금하는 것이다." 이바의 지도에 따라 도쿠나카가 역점을 둔 것은 신용 관리이다. 도쿠나카는 이렇게 설명한다. "대체로 현금 부족은 성장과 함께 자금 수요가 증가하면서 일어난다. 나는 받을 것과 줄 것을 확실히 하기 위해 신용 관리에 신경을 많이 썼다."

특히 부채 수금에 주의를 기울였다. 그때까지 게임 산업의 관행은 도매상을 통해 팔리는 게임 소프트웨어는 덩어리째로 가격이 매겨졌다. 그리고 재고 리스크를 보상해주기 위해 관대한 신용 조건이 유통업자들에게 주어졌다. 그러나 플레이스테이션은 재고 회전율을 극대화하기 위해 디자인된 게임 플랫폼이다. 재공급을 빨리 할 수 있는 CD-ROM의 장점을 이용해 SCEI는 소매상의 리스크를 줄여주고 새로운 거래 조건을 제시할 수 있었다.

이전에는 유통업자의 계정은 그달 말에 마감하고 그달의 판매 대금은 다음 달 말에 수금하는 것이 관행이었다. 그러나 SCEI는 그달 25일에 계정을 마감하고 다음 달 10일에 수금하는 단기 신용 관리 정책을 폈다. 어음 기간을 기존의 관행보다 절반으로 줄였다. 동시에 지불 기간을 수금 기간보다 더 길게 잡음으로써 SCEI는 현금을 축적할 수 있게 됐다. 도쿠나카의 말이다. "부채 수금 때문에 우리의 동기를 의심받았다. 왜냐하면 업계에서 통용되던 지불 기간을 단축해 소매상한테서 불평을 자주 들었다. 그러나 그들의 이해를 구하면서 수금에 총력을 기울였다. 현금 자산이 무엇보다도 중요하다고 생각했기 때문이다."

1993년 7월 20일, 오가 사장도 참석한 사업 계획 리뷰 회의는 그 점을 분명히 한다. 그 회의에서 도쿠나카는 "종자돈으로 최대 9천만 달러까지 쓸 수 있게 해주십시오."라고 말하고 승인을 받는다. 도쿠나카가 현금 자산을 신주단지 모시듯이 하기 시작한 것은 그 회의에서부터이다.

결과는 기적에 가까웠다. 플레이스테이션 비즈니스는 1994년 말에 출범했다. 도쿠나카의 말에 따르면, 월 단위로 "우리는 항상 현금 자산을 포지티브한 상태로 유지할 수 있었다." 종자돈에 관해서는 "우리가 오가 사장과 합의한 9천만 달러 이내에서 운용할 수 있었다." 초기의 손실에도 불구하고 포지티브한 현금 자산을 유지할 수 있었던 것은 이바와 도쿠나가가 의견을 같이했기 때문이다.

1997년 회계 연도 소니의 재정 실적은 SCEI가 큰 걸음을 내디뎠다는 것을 보여준다. 소니 연결 이익의 22퍼센트를 플레이스테이션이 올린 것이다. 이바의 칭찬은 그칠 줄 모른다. "소니 그룹의 어떤 사업 단위도 그런 대규모의 이익을 창출한 적이 없다. 소니에 지대한 공헌을 했다. 유례가 없는 성공이다. 결국 독립된 회사로 분사시킨 것이 성공의 열쇠였다는 것이 입증됐다."

우리가 보았듯이 SCEI는 소니에 의해 신중하게 양육되면서 급속히 성장했다. 그러나 항상 따뜻한 지원만 있었던 것은 아니다.

가격 인하를 둘러싼 소니와의 논쟁

1995년 5월 1일 로스앤젤레스

게임 전문 시사회인 전자오락 엑스포(E3)가 SCEI의 폭탄 발언으로 소동이 일어났다. 플레이스테이션의 미국 버전을 세가 새턴보다 1백 달러가 싼 299달러에 팔고 새롭게 개조한 일본 모델도 1백 달러를 내려 299달러에 출시한다고 발표했기 때문이다.

소동이 일어난 곳은 E3 전시장만이 아니다. 소니 본부에서도 대소란이 일어나고 있었다. '도대체 무슨 생각들을 하고 있는 거야?' 이런 반응이 소니 전체에 들끓고 있었다. SCEI의 가격 인하가 왜 소니를 그런 흥분 상태로 몰고 간 것일까?

1995년 5월 29일, 도쿄의 한 호텔

플레이스테이션 1백만 개 돌파를 축하하기 위한 자리가 마련됐다. 도쿠나카는 연설에서 이런 말을 한다. "이 사업을 확장하기 위해 우리는 저가 모델을 내놓기로 했습니다. 다음 목표는 첫해에 3백만 개를 파는 것입니다."

이 말을 들은 신문 기자들은 활기를 띠기 시작했다. 그들은 E3에서의 발표를 모르고 있었던 것이다. 그 다음 날 신문들은 세가 새턴과 비교해 150달러라는 가격 차이를 주목하고 플레이스테이션 사업이 최고조에 도달했다고 보도했다. "플레이스테이션 판매가 강세이다. 지난해 12월 처음 출시한 후 5월 넷째 주에 총 1백만 개 돌파를 기록했다."(1995년 5월 30일 니혼게이자이 신문)

그러나 속사정은 달랐다. 당시 플레이스테이션은 최고조가 아니었다. 1995년 3월 이전까지는 확실히 잘 나가고 있었다. 소매상은 항상 공급 부족에 속이 탔으며 품귀 사태는 일상적인 것이었다. 그러나 3월이 오자 플레이스테이션 판매가 예고도 없이 멈춰 서버렸다. 60만~70만 개 수준에 도달하자 모멘텀이 갑자기 죽어버린 것이다.

SCEI는 3월에 게임 '철권'을 출시했다. 그러나 판매는 기대한 것처럼 살아나지 않았다. 남코가 개발한 '철권'은 아케이드에서는 아주 인기가 있었다. 가정용으로 내놓아도 베스트 셀러는 문제없다고 누구나 입을 모았다. 그러나 소프트웨어는 좋았지만 SCEI가 기대한 만큼 하드웨어 판매에는 도움을 주지 못했다. 도쿠나카는 그 상황을 이렇게 분석한다. "게임 하드웨어에 399달러를 쓸 수 있는 애호가 그룹은 이미 '철권'에 익숙하다. '철권'이 판매를 부추길 수 없었다. 우리는 심각한 문제에 부닥치게 됐다."

또 다른 이상한 현상이 진행되고 있었다. 플레이스테이션의 실제 판매 가격이 떨어지지 않고 있었다. 출범 후 이때까지 심지어 할인 스토어에서도 정가에 파는 것을 고수하고 있었다. 플레이스테이션의 인기와 품귀 현상이 시장 가격을 399달러 정가대로 형성되도록 한 것이다. 게다가 SCEI가 무심코 소매상에게 제공한 10~15퍼센트의 할인율도 가격을 떨어뜨리는 데 기여하지 못한다.

'가격을 내려라!' 새 아이디어가 튀어나왔다. 이 난국을 타개하기 위해선 가격을 내려야 한다. 1백 달러 정도는 내릴 여지가 있었다. 구타라기는 이렇게 말한다. "사실은 오래 전부터 가격 인하의 타이밍이 오기를 기다리고 있었다. 게임 산업의 비즈니스 구조와 마진 구조는 소니의 오디오비주얼 제품의 것과는 다르다. 오디오비주얼 제품은 하드웨어 판매에서 합당한 이윤을 남겨야 한다. 그러나 게임기에서는 하드웨어와 소프트웨어를 결합한 이윤 구조를 갖고 있다. 하드웨어 가격을 내려야 한다면 콘솔 판매 촉진과 더불어 늘어난 소프트웨어 판매에서 이윤을 내면 된다."

슬럼프에서 벗어나야 한다는 열망이 한 가지 결론으로 치닫게 했다. '가격을 1백 달러 내려라!' 그렇게 해서 SCEI는 E3에서 가격을 399달러에서 299달러로 내린다는 폭탄 발언을 하게 된 것이다. 그들은 동시에 소매상에게 제공하는 가격도 내린다고 발표했다.

그러나 예기치 않았던 곳에서 반대의 목소리가 터져나왔다. 소니의 국내 판매 본부가 제동을 건 것이다. 출시 후 6개월도 안 돼 정가를 내리고 소매상까지 할인해준 것은 오디오비주얼 산업의 비즈니스 관행을 깔아뭉갠 전례 없는 조치라고 비판했다. 몇몇 대형 소매상도 반발했다. "가격을 1백 달러 내리면 앞으로 우리는 소니 제품을 팔지 않겠다." 이런 반응이 나온 것은 지금까지 플레이스테이션의 소매상 마진이 예외적으로 높았기 때문이다. 심지어 오가 사장도 반대했다. "제품 변경 없이 가격을 내리는 것은 불가능하다. 우리 회사 역사에 판매 중인 제품의 가격을 내린 예는 없다. 그것을 이미 산 사용자는 말할 것도 없고 지금 팔고 있는 가게에도 납득시킬 방법이 없다."

소니 본부와의 관계를 더욱더 악화시킨 이유는 사전에 그 조치에 대해 일언반구의 상의도 없었다는 점이다. 그런 중요한 결정을 할 때는 관련된 모든 곳에 미리 알리고 동의를 구하는 것이 관례이다. 그러나 도쿠나카나 구타라기, 심지어 마루야마까지도 여기에 대한 경험이 없었다. 그들은 하루빨리 장애물을 치우고 플레이스테이션을 성장 가도로 복귀시키는 것에 정신이 쏠려 있었다. 아무도 소니 본부에 동의를 구해야 한다는 데까지 생각이 미치지 못했다.

완전히 열받은 소니 판매 본부의 대표는 SCEI까지 쳐들어와서 항의했다. 그러나 도쿠나카의 대응은 "가격 인하는 게임기에서는 아주 당연한 것"이라고 말해서 그를 더 화나게 만들었을 뿐이다. 그 결정으로 SCEI 팀은 도마 위에 올려졌다. "가격을 내리기로 결정했을 때 당신들은 파급 효과를 따져보기 위해 신중하게 시뮬레이션을 돌려본 것이냐? 그 결과를 토대로 적절한 대응책을 마련한 것인가?"

그러나 "우리는 어떤 것도 해보지 않았다."는 대답이 나오자 소니 내부에서 우려의 목소리가 높아졌다. 과연 자격이 있는 사람들에게 이 사업을 맡긴 것인가, 더 나아가 도쿠나카를 그 자리에서 물러나게 해야 한다는 이야기까지 나오게 된다. 폭풍우가 휘몰아쳤다. 도쿠나카의 경질을 요구하는 목소리가 수그러들 줄을 몰랐다.

손해를 보더라도 팔아라

그들이 어떠한 시뮬레이션도 돌려보지 않은 것은 사실이다. 시뮬레이션을 하든 안 하든 상황이 바뀔 것은 아무것도 없었다. 확실한 것은 지금 그 사업이 적자라는 것이고 또 적자가 언제 반전될지는 아무도 모른다는 것이다. 시뮬레이션은 2차적인 문제이다.

1994년 2월(출범 10개월 전)

SCEI의 핵심 멤버는 미우라 반도의 마호로바 리조트 호텔에서 1박2일의 회의를 가졌다. 그곳은 경제 거품 시대에 고급 콘도로 지어졌으나 팔리지 않자 호텔로 전환한 곳이다. 브레인스토밍은 오후 7시에 시작이 됐다. 유통 정책과 마케팅 방법을 결정하는 중요한 회의였다. 결정되지 않은 유일한 이슈는 하드웨어 가격이었다. 젊은 참석자들은 소리 높여 외치고 있었으나 도쿠나카, 마루야마, 구타라기가 참석하지 않아 결론을 못 내고 있었다.

도쿠나카와 마루야마는 밤 10시가 돼서야 도착했다. 토론은 끝나고 파티가 시작됐다. 도쿠나카가 연회장의 문을 열자 25세의 발랄한 판촉부 여직원이 튀어나왔다. 취한 그녀는 두 팔로 그를 껴안으면서 이렇게 속삭였다. "299달러입니다!"

숨막힐 것 같은 포옹 속에 갇혀서 도쿠나카는 자신들이 빠져 있는 혼란을 생각하곤 착잡한 심정이 됐다. 메모리 가격은 그들이 예상한 대로 떨어져주지 않았다. 예전의 추세대로라면 가격이 떨어질 때가 됐다. 그러나 이런 기대를 비웃기나 하듯이 오히려 시장 가격은 오르고 있었다. PC 붐 때문에 메모리 가격이 높은 수준을 유지하고 있는 것이다. 오를 때마다 그들은 비용을 재산정해야 했다. 이런 사실을 직원들에게 알리지 않았기 때문에 도쿠나카는 그녀의 요구에 난처한 표정을 지을 수밖에 없었다. 이런 상황을 모르고 있는 여직원은 저가 판매가 시장 점유율을 신속히 넓힐 수 있다는 건전한 주장을 편 것이다.

"299달러…… 안 돼, 안 돼!" 도쿠나카도 같은 어조로 대꾸했다. 그는 파티가 끝날 때까지 이곳저곳에서 제기하는 가격에 대한 요구들을 감내해야 했다. 솔직한 심정을 털어놓고 싶은 유혹을 다시 억눌러야 했다.

구타라기의 이론은 메모리 가격은 시간이 가면 떨어진다는 것이다. 그러나 그의 전망은 빗나갔다. 가격은 가파르게 오르고 있었다. 정가를 399달러로 정한 것은 메모리 가격이 단시일 내 떨어진다는 것을 전제로 한 것이다. 그러나 상황은 희망대로 되어주지 않았다.

시장 상황이 그런데도 구타라기는 메모리 가격은 분명히 떨어진다면서 여전히 낙관적이었다. "전혀 염려할 것 없다. 산이 높으면 골도 깊은 법이다. 경쟁자들도 역시 메모리를 쓰고 있고 우리와 같은 상황이다. 우리가 진짜 신경을 써야 할 일은 피해를 최소화하는 일이다."

1995년 말까지 메모리는 높은 가격대를 유지한다. 그러나 하드웨어 판매로 적자가 나도 SCEI는 계속 앞으로 나아갔다. 마쓰시타 전기와 산요 전기의 3-DO, NEC 가전의 PC-FX 기술, 세가 새턴의 호환 기종인 빅터의 'V-새턴'과 히타치의 '하이-새턴'은 모두 전기 제품 제조업체들이 게임기 시장으로 들어가기 위해 출시한 것들이다. 그러나 모두 실패했다. 이 기간 동안 오직 SCEI만이 살아남았다. 플레이스테이션은 무엇이 달랐던 것인가?

결정적인 차이는 이들 가전 제품 그룹이 자신들의 비즈니스 모델을 바꾸지 않고 그대로 게임 사업에 들어온 반면, SCEI는 게임 사업의 방법론을 충실히 따랐다는 점이다. 전기 제품 제조업체는 비용을 토대로 가격을 산정하고 하드웨어 판매에서 이익을 내기를 원했다. 반면에 SCEI의 구타라기는 이렇게 설파한다. "비용을 토대로 하드웨어 가격을 산정하면 분명히 실패할 것이다. 우리가 밑지고 파는 것은 초기 단계이기 때문이다. 대량 판매 시기에 비용보다 낮게 팔면 큰 문제가 되겠지만 이 단계에서는 비록 손해가 나더라도 총액은 얼마 안 된다. 중요한 것은 게임 시장에서 비용 기반의 가격 산정은 헛일이라는 점이다."

하드웨어는 무료로 주고 소프트웨어 판매에서 이익을 내는 구조. 구타라기의 모델이 옳았다. 그러나 그 모델을 수긍한다고 해도 바로 눈앞에서 손실이 쌓여가는 것을 보면 동요하게 된다. 그래도 구타라기는 계속해서 메시지를 전도한다. "메모리 가격은 분명히 떨어진다. 장기적인 관점에서 일어나게 되어 있다." 구타라기는 확신했다. "지금 주저하다가는 더 비참한 꼴을 보게 될 것이다. 우리는 우리의 꿈을 추구해왔다. 확신을 갖고 나아가야 한다."

구타라기의 확신이 힘을 얻으면서 가격 인하 제안은 곧바로 승인을 받는다. 문제는 소니 본사였다. 어떻게 해서든 타협을 이끌어내야 한다. 교착 상태에 직면한 구타라기는 한 가지 제안을 한다. "기존 모델의 가격 인하가 받아들여질 수 없다면 모델을 바꾸면 될 것 아닌가? 가격을 내리며 성능도 줄이면 될 것 아닌가?" 이것은 S터미널을 빼는 것으로 결정났다. 그야말로 임시 변통이다. 그러나 소니의 동의를 얻기 위한 유일한 방법이었다. 이와 함께 그들은 모델 변화가 있는 것처럼 행동했다. 그렇게 해서 소니의 용서를 받을 수 있었던 것이다.

가격 인하의 결과는 어떻게 나타났을까? 저가 모델인 'SCPH/3500'이 299달러로 시장에 나오자마자 엄청난 속도로 팔려나가기 시작했다. 이론에 따르면 가격 탄력 효과는 신가격/구가격의 제곱이다. 플레이스테이션 판매는 이 이론을 입증했다.

도쿠나카의 말이다. "가격 인하는 이익을 거두기 위한 방법이라기보다는 우리의 목표를 달성하기 위한 수단 그 이상이다. 처음에 우리는 소니의 지도를 받았지만 결국에는 우리의 열정이 그것을 초월했다."

마루야마의 코멘트이다. "소니에게는 지시가 주요 이슈였을지 모르지만 우리에게는 비즈니스가 죽느냐 사느냐가 문제였다. 우리는 늘 긴장 상태에 있었고 밤낮없이 그것에 대해 생각했다."

소니 아메리카와의
주도권 다툼

REVOLUTIONARIES AT SONY

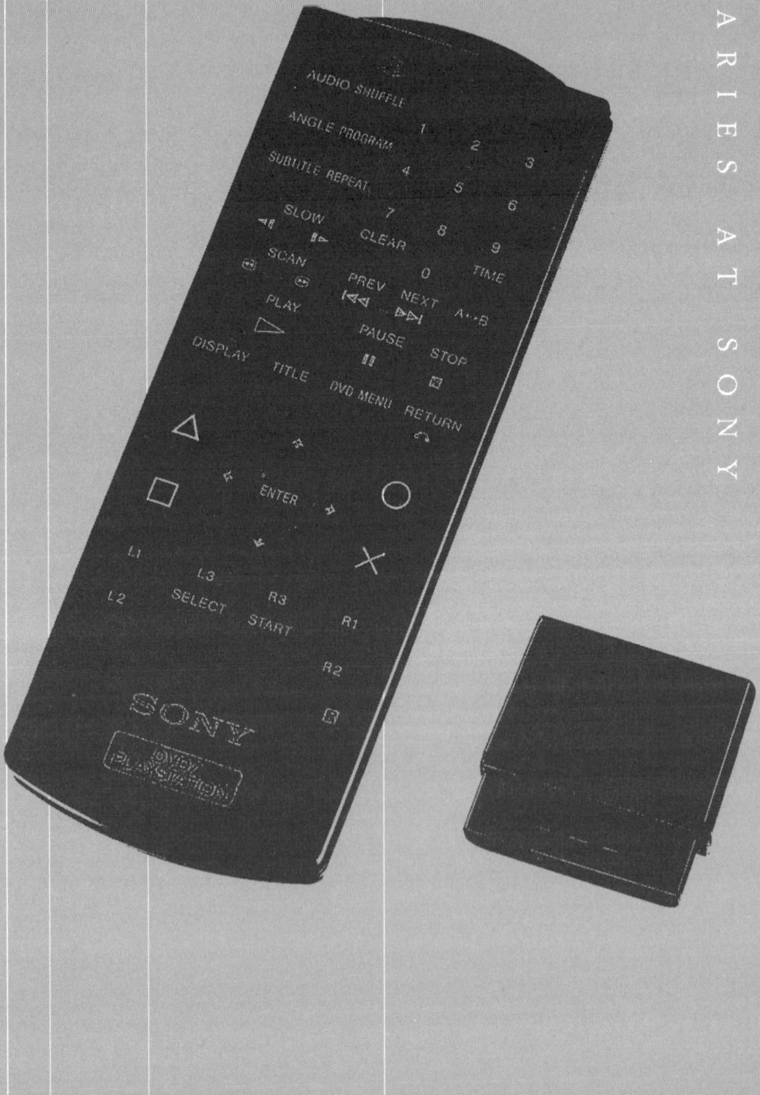

플레이스테이션의 미국 시장 개척사는 SCEI와 소니 아메리카의 사랑과 증오의 관계를 조명한다. 둘은 주도권을 놓고 치열한 다툼을 벌였다. 처음부터 둘 사이는 잘 맞물려 돌아가지 못했다. 문제가 작을 때는 조정할 수 있었으나 차츰 간격이 벌어지면서 결국 둘 사이의 의사 진행이 막혀버렸다. 미국 경영진은 일본에서 결정된 것이면 모두 쌍수를 들어 반대를 했다. 결국 미국 시장에 관련된 모든 문제는 그들이 좌지우지했다. 구타라기가 밝히고 있듯이 "우리의 의도와 그들의 판단은 매번 엇갈렸다."

일이 그 지경까지 이르게 된 이유는 미국 시장에 대한 권한을 일본에서 행사하지 못했기 때문이다. 자회사 소니 아메리카는 산하의 SEPC(뉴욕 소재 소니 전자출판회사)와 함께 비록 적은 양이지만 슈퍼 패미콤과 세가 제네시스용 게임을 생산하고 있었다. 이 자회사가 미국 시장의 플레이스테이션 판매는 물론이고 라이선스 관리와 마케팅 책임까지 맡았다. 문제는 SEPC의 사장이 일본에서 진행되는 일에 번번이 제동을 걸고 나선 것이다.

첫째, 콘솔의 색깔에 시비를 걸었다. 디자이너 고토의 말이다. "우리는 색깔을 결정하는 데 고심하고 있었다. 하얀색이 컴퓨터 색이지만 사무실의 냄새가 났다. 플레이스테이션은 재미있는 컴퓨터이다. 우리는 다른 색깔을 주는 것을 생각했다. 오디오비주얼 장치의 일반적인 색은 검은색이지만 너무 딱딱했다. 우리가 보라색을 가미한 회색으로 결정한 이유이다." 고심해서 색깔을 선택했지만 미국에서 회색 콘솔은 받아들일 수 없다면서 반대를 했다. 회색은 미국 시장에서는 통하지 않는다며 하얀색을 주장했다.

그들은 디자인도 로고도 마음에 안 들어했다. 시장 조사의 결과라면서 사사건건 반대를 했다. "그런 이상한 컨트롤러는 받아들일 수 없다.

미국 사람의 손에 비해 디자인이 너무 작다." 고토가 세계 시장을 겨냥해 고심 끝에 컨트롤러를 디자인했지만 그 아이디어는 미국의 즉각적인 반대에 부딪혔다.

한 술 더 떠서 그들은 미국 내 정가는 자신들이 책정할 것이며 플레이스테이션이라는 이름도 안 된다고 했다. PlayStation의 'Play'는 'Playboy'를 연상시켜 오해를 줄 수 있다는 것이다. 비판은 끝이 없었다. 그러나 플레이스테이션 전략의 가장 중요한 핵심은 글로벌 스탠더드로서 하나의 디자인, 하나의 가격을 추구하는 것이다. 미국만 독자적인 프로그램을 추진하는 것은 있을 수 없는 일이다.

갈등이 비등하고 있었지만 해결책이 나올 수 없었다. 일본의 SCEI와 소니 아메리카의 자회사 SEPC는 직제상 소속이 달랐기 때문이다. 구타라기는 이렇게 말한다. "게다가 상대는 소니 아메리카의 사장이고 나는 일반 사원에 불과했다." 구타라기와 SEPC 사장은 게임 사업에 대해 완전히 다른 생각들을 하고 있었던 것이다. 구타라기는 플레이스테이션 비즈니스 모델에 대한 확신이 있었다. 그러나 미국 쪽에서는 구타라기와 그의 동료들을 수준 이하라고 미리 판단하고 있었다. 미국 사람들은 "당신들은 그런 능력이 없다. 게임 시장에서 소니가 설 자리는 없다. 미국에서 살아남을 수 있는 회사는 세가뿐이야……."라며 조롱했다. SEPC의 사장은 거듭해서 소니는 세가와 협력해야 한다고 오가 사장에게까지 압력을 넣었다. 1993년 5월 20일자 미국 신문들은 세가 플랫폼을 위한 소프트웨어를 제공한다는 SEPC의 발표를 집중 특집으로 다루고 있었다.

SEPC 사장의 견해는 일본 시장은 일본 시장이고 나머지 세계는 다르다는 것이다. 미국 시장은 자신들의 방식대로 해야 한다. 플레이스테이션은 소프트웨어 사업이기 때문에 거기에 책임이 있는 자신들이 관리해야 한다. 자신들의 영역 밖에서 결정이 이루어진다면 그 프로그램은 실패할 것이다. 결국 그의 주장은 구타라기 팀은 하드웨어의 개발과 제조만 하고 마케팅과 그 밖의 일은 자신의 영역이니 신경을 끄라는 것이다. 더욱이 플레이스테이션은 자신이 지시한 대로 만들어야 한다고 주장했다.

양쪽은 특히 소프트웨어 가격 정책에 대해 첨예하게 맞섰다. 일본은 소프트웨어 가격을 낮추기를 원했다. 그러나 미국측은 가격을 올려야 한다고 주장했다. 왜 이런 엇박자가 일어나게 된 것인가? 미국 경영진은 모두 게임 산업의 베테랑들이다. 그래서 기존 모델과 과거의 지식 경험을 토대로 모든 것을 결정했다. 그러나 플레이스테이션은 기존 게임 산업을 뒤집는 혁신적인 개념을 담고 있는 게임기이다. 양쪽의 생각은 뿌리부터 달랐던 것이다.

전통주의자와 혁신주의자의 대결 양상으로 치달았다. 일본에서는 시장 침투를 겨냥해 처음부터 소프트웨어 가격을 58달러에 맞춰놓고 있었다. 구타라기의 말대로 그것은 CD-ROM의 장점을 최대한으로 반영한 것이다. 그러나 SEPC 경영진은 소프트웨어 가격은 하이 레벨에 맞춰야 한다고 입을 모으고 59달러와 69달러 사이로 가격을 정한 것이다. 이것은 마스크 ROM 카트리지와 같은 가격대이다. CD-ROM 매체가 줄 수 있는 가격 차이의 장점을 죽여버리는 것이다. 미국측은 하드웨어 가격에서도 같은 주장을 폈다. 손해를 보면서는 못 판다는 것이다. 상당한 이익을 보장할 수 있도록 가격을 매겨야 한다는 것이다.

도쿠나카는 그 상황을 이렇게 요약한다. "우리는 게임의 규칙을 새로 쓰고 있었다. 그들은 이것을 전혀 모르고 있었다. 우리 전략은 현 상황을 뒤집어엎는 것이다. 그러나 미국인들의 관점에서는 SCEI가 게임 사업의 신출내기이고 더욱이 미국은 그들의 세력권이니 까불지 말라는 태도였다. 심지어 우리가 CD-ROM은 팔 수 있을 만큼만 생산할 수 있다고 설명해도 그들은 '미국에서는 통하지 않는다'는 말만 되풀이할 뿐이었다."

물론 미국 시장은 일본 시장과 여러 가지 면에서 달랐다. 소프트웨어 제조업체들은 소매상에게 직접 판다. 그래서 게임기 플랫폼 개발자들은 일본에서처럼 재판매를 위해 소프트웨어를 구매할 수 없다. 그러나 일본에서 이런 특수한 유통 구조를 가능하게 한 것은 닌텐도의 복잡한 유통 구조 때문이다. 미국에서 CD-ROM 재생산이 하루아침에 가능하지 않다는 것도 사실이다. 구조적으로 다르다는 것은 부정할 수 없는 것이다.

"1995년 봄, 나는 잠을 이룰 수가 없었다. 엔화 강세로 야기된 환율 불안, 미국 경영진과의 불화, 일본 국내의 판매 침체, 이 세 가지 골치 아픈 문제가 나를 불면의 밤에 빠지게 한 것이다." 도쿠나카의 회고이다.

▌ 소니 아메리카로부터 통제권을 되찾다

구타라기는 미국을 대하는 자세가 너무 우유부단하다고 강도 높게 비판하고 나섰다. 도쿠나카가 발끈했다. "당신이 무어라고 말하든 미국 시장에 대한 책임은 소니 아메리카에 있어……." 마찬가지로 마루야마도 투덜거렸다. "나는 일본 외에는 어느 지역도 관심이 없다. 더욱이 문제가 너무 많다. 미국에서의 경영은 다르다. 왜 그들대로 하도록 내버려두지 않는 거지?"

이런 의견들에 구타라기는 이렇게 받아넘겼다. "나약해져서는 안 된다. 시간이 없다. 플레이스테이션은 전세계를 겨냥한 포맷이다. 특히 미국 시장이 가장 중요하다. 우리가 미국 시장에 침투하려면 이 문제부터 풀어야 한다." 그는 월요일마다 점심시간에 열리는 비공식 이사회의에서도 이런 주장을 편다. 마루야마에 따르면 그 회의는 "무질서하고, 누구나 참가할 수 있는 사람들의 진을 빼는 회의이다. 사람들은 다른 사람의 일에 무례하게 간섭한다. 보통 일본 회사의 경영진 회의는 이와는 아주 다르다. 그 회의를 마치고 나면 모든 사람이 진이 빠지는 이유이다."

구타라기는 오가 사장에게 끊임없이 호소를 한다. "미국 시장에 대한 통제권을 일본으로 가져올 수 없다면 그 사업은 성공할 수 없다."

SCEI는 미국 내에 가진 것이 없었기 때문에 미국 시장에 들어가려면 소니의 자원에 의지하는 것 외에는 선택의 여지가 없었다. 그러나 SCEI와 소니 자회사의 미국 경영진 사이의 알력은 SCEI 사업이 지장을 받는 지경까지 진전된 것이다. SCEI는 결단을 내려야 했다. 되도록 빨리 미국 시장에 대한 통제권을 자신들의 우산 속으로 가져와야 한다. 그래야 마케팅과 라이선스 정책을 자신들이 결정할 수 있는 구조로 만들 수 있다. 미국 시장에서 선두로 나서려면 플레이스테이션의 통제권을 소니 아메리카로부터 빼앗아 와야 했다.

마루야마도 생각을 바꿔 이에 동조한다. "지금이 소니 아메리카로부터 통제권을 찾아와야 할 때!"라고 선언한다. 그리고 통제권을 되찾기 위해 자신이 직접 미국으로 가겠다고 말한다. 그는 자본 관계를 바로잡아야 사업이 제대로 돌아갈 것이라고 보았다.

소니 경영진에 큰 변화가 있었다. 이데이 노부유키가 소니의 사장이 됐으며 소니 아메리카의 사장은 물러났다. 1995년 5월 22일, 소니 아메리카의 개편 작업이 시작됐다. 기회는 이때였다.

일주일에 4일은 미국에서 살다

"우리는 미국 시장의 통제권을 찾아와야 한다." 구타라기는 이렇게 말하면서 자신이 직접 미국으로 가겠다고 한다. 그러나 그를 둘러싼 주변 상황이 이를 막았다. "아니야, 당신은 일본에서 할 일이 있어."

결국 마루야마가 가기로 정해졌다. 1996년, 소니 뮤직의 사업은 그렇게 이상적인 상태는 아니었다. 마루야마는 "소니 뮤직에 집중해달라"는 말을 듣곤 했다. 그러나 그는 미국 내 플레이스테이션의 상황도 염려가 된 것이다.

소니 뮤직의 영업 구조에서 해외 비즈니스는 항상 외곽에 있었다. 뉴욕의 소니 뮤직이 글로벌 영업을 책임지고 있어서 일본의 모회사는 국내 시장에만 전념하면 됐다. 이런 이유로 일본의 소니 뮤직은 해외 업무에 대해선 백지 상태에 가까웠다. 마케팅을 포함해서 플레이스테이션 사업의 많은 부분에 대한 책임 소재가 소니 뮤직에서 SCEI로 옮겨가면서 해외 관련 문제도 예외가 아니었다. 그러나 지금은 이런 것을 걱정할 때가 아니었다. 어떤 대가를 치르더라도 미국 사업을 재건해야 했다.

마루야마가 미국에 가더라도 도쿄 소니 뮤직의 자리는 그대로 유지하기로 한다. 그래서 그는 두 가지 일 사이에서 절묘한 곡예를 벌여야 했다. 수요일에 나리타 공항을 출발해서 토요일에 돌아오면 일요일 하루만 쉰다. 3주 동안 이렇게 해보니 마루야마는 더 이상 몸이 감당할 수 없게 됐다. 그는 스케줄을 바꾼다. 목요일에 나리타를 출발해서 그곳 시간으로 같은 날 정오에 샌프란시스코에 도착한다. 그리고 일요일 저녁에 나리타로 돌아오는 것이다. 월요일엔 소니 뮤직, 화요일엔 SCEI의 경영진 회의에 참석하고 수요일과 목요일엔 두 가지 일을 같이 한다. 정말 끔찍한 일상이었다. "그러나 흥미 있는 것은 시차로 인한 피로감을 못 느꼈다는 점이다. 정말 나 자신이 대단하다고 생각했다. 그러나 몸은 탈진했던 모양이다. 오고 가는 것을 그만둔 후 나는 6개월 동안 하루 10시간씩 잠을 잤다."

마루야마는 그의 경쾌한 발놀림처럼 미국의 문제를 신속하게 풀어 나갔다. 소니 아메리카의 사장은 사임했지만 플레이스테이션에 관련됐던 사람들은 아직도 남아 있었다. 그들이 일본측의 요구에 맞춰서 일을 해줄 것인가?

미국 경영진이 일본의 경영 방침을 존중할 것인지, 마루야마는 신중하게 그 가능성을 따져보았다. 그러나 게임 산업의 전통에 깊이 젖어 있는 매니저들에게는 기대할 게 없다는 결론을 내렸다. 1997년 1월, 소니는 샌프란시스코에 SCEI 아메리카를 설립한다. 동시에 모든 매니저를 물갈이하고 새로운 경영 팀을 출범시켰다. 마루야마의 코멘트이다. "우리는 조직에 남아 있는 낡은 장애물들을 깨끗이 치워버렸다. 우리 스스로 사업을 관리할 수 있게 된 것이다."

긴장을 풀 시간이 없었다. 조금만 해이해져도 모든 것을 잃을 수 있다. 이번엔 구타라기가 나설 차례였다. 그는 SCEI 아메리카의 회장으로 취임했다. 마루야마를 녹초로 만든 그런 스케줄을 따르지는 않았지만 그는 1997년 말까지 한 달에 일주일은 샌프란시스코에서 근무했다.

"해외 시장의 성공은 이런 혁신이 있었기 때문에 가능했다." 구타라기는 확신한다. 구타라기가 미국에서 첫 번째로 한 일은 하드웨어를 구입한 고객에게 소프트웨어를 공짜로 주는 소매상들의 관행을 없애버린 것이다. "소프트웨어 비즈니스에서 절대로 일어나선 안 될 일이다. 나는 미국 스태프들에게 소프트웨어는 하드웨어의 액세서리가 아니라는 점을 강조했다."

하드웨어 판매의 이윤 폭이 박해서 제조업체들은 하드웨어 판매로 재미를 본다는 것은 기대할 수 없다. 그래서 대량 판매가 중요하다. 팔리지 않은 제품은 되돌아온다. 그러나 이 제품이 3개월 후 반품되지 않고 다 팔릴지, 그것을 예측하는 것은 불가능하다. "바로 그 점 때문에 우리가 재고 수준에 주의를 기울이는 것이다." 구타라기의 말이다.

열쇠는 하드웨어 판매에서 이익을 낼 수 있는 비즈니스 모델을 개발하는 것이다. 소니 아메리카의 마케팅은 소니의 오디오비주얼 제품을 취급하는 소매상을 통해 플레이스테이션을 파는 것이었다. 이런 유통 채널에서는 마진과 리베이트 구조가 복잡하게 된다. 또 이들 가게의 전통적인 비즈니스 스타일은 창고에 쟁여놓고 파는 것이다.

그러나 게임과 오디오비주얼 제품의 유통 방법은 달라야 한다는 것이 구타라기의 생각이었다. 게임은 폭넓은 시장 침투를 기반으로 하는 포맷 비즈니스이다. 구타라기는 이제 골수 게임 사용자들을 겨냥한 마케팅 시기는 지나갔고 대중 보급 단계로 접어들었다는 것을 감지했다.

판매 기반을 월마트나 K마트, 토이즐러스, 시어스 같은 대형 체인점으로 바꾸기 시작했다. 구타라기는 아칸소의 시골에 있는 월마트 본부를 여러 차례 찾아간다. 플레이스테이션은 월마트 내에서도 인기가 있었다. 그러나 그 회사는 만성적인 공급 부족 때문에 물건이 없어 못 판다는 불만을 털어놓았다. "여러 차례 계속 찾아가자 그들은 마침내 나를 신뢰하기 시작했다. 나는 거듭해서 강조했다. '미국 내 플레이스테이션의 책임자로서 당신들을 지원하겠다.'"

미국이든 일본이든 이런 타입의 협상에 필요한 요령은 크게 다를 것이 없다. 구타라기의 방법은 이런 것이다. "우리가 공급을 보장하겠다. 대신 이 매장 내에서 가장 잘 보이는 자리에 플레이스테이션을 배치해주었으면 한다. 우리는 또한 당신에게 도움이 되는 일이라면 마다하지 않겠다. 대신 플레이스테이션 진열장의 공간을 더 넓혀주었으면 좋겠다." 구타라기는 대형 체인점들을 직접 방문해 이들 매장의 문제점을 찾고 확실한 개선책을 모색했다. 그는 또한 소매상을 방문하는 것도 잊지 않았다. 대부분의 경우 바이어들은 결국 수긍을 하고 플레이스테이션 판매 방식을 개선할 것을 약속해주었다.

그런데도 일본 마케팅 전략의 핵심인 재판매를 위한 구매 시스템은 미국 내 소프트웨어 타이틀에 대해선 적용하지 못한다. 이것은 플랫폼 개발자가 소프트웨어 제작자들의 활동을 파악할 수 없다는 것을 의미한다. SCEI의 가토 마사루 이사는 이렇게 말한다. "일본에서 성공한 시스템을 미국에 이식할 수 없다는 것은 창피한 일이다." 가토는 소프트웨어 제작자들의 마케팅 방식을 바꿔보려고 시도했다. "예측을 토대로 대량 생산을 하고 재고를 비축해두는 것은 의미 없는 일이다. 통합 관리가 가능한 구매 판매 시스템은 CD-ROM의 장점을 극대화할 수 있다." 이렇게 설득했지만 소득은 없었다.

ROM 카트리지는 발주에서 배달까지 시간이 오래 걸리기 때문에 수요 예측을 토대로 구매 주문을 하고 장기 수요에 대비해 재고를 비축해둬야 한다. 그리고 팔지 못한 물건들은 중고 소프트웨어 시장에서 처분해야 하는 것이다. 가토의 설득 노력은 계속됐다. "그러나 CD-ROM은 시장 수요에 재빨리 대응할 수 있다고 말로 설명해봐야 쇠귀에 경 읽기였다. 선고 활동이나 다름없었다. 사람들을 설득하기 위해 순례 여행을 다녀야 하고 확실한 보기를 제시해야 한다. '창고에 게임 소프트웨어를 다시 채우는 것은 이렇게 하면 된다.'고 입이 아프게 설득하면서 선입견을 깨려고 노력했다. 사람들이 차츰 이해하는 것 같았다."

비록 플랫폼 개발자가 미국에선 소프트웨어를 구매해서 다시 팔 수 없었지만 게임 개발에 투자하는 것은 허락을 받아냈다. 이렇게 해서 플랫폼 개발자는 소프트웨어 시장에도 영향력을 행사할 수 있게 된 것이다.

SCEI는 여러 문제들과 씨름을 계속했다. 시장을 개척하기 위한 불굴의 노력은 1997년부터 효과가 나타나기 시작했다. 그 시장은 처음부터 규모가 컸기 때문에 성장을 시작하자 급속도로 탄력이 붙기 시작한다.

일본보다는 1년 늦었지만 마침내 1997년 크리스마스 시즌에 대박이 터졌다. 1997년 3월 회계 연도에 북아메리카의 콘솔 판매량은 3백만 개였으나 1998년 3월 회계 연도에는 770만 개로 급증했다.

유럽 진출 작전

미국 시장에서는 통제권을 되찾아오는 것이 가장 중요한 문제였으나 유럽 시장에서는 판매 네트워크를 처음부터 구축하는 것이었다. 가토의 설명이다. "유럽은 한번 인프라가 자리잡히면 이보다 더 좋을 수 없는 땅이다. 세가 새턴의 경우 미국과 유럽의 판매 비율은 2 대 1이다. 그러나 플레이스테이션은 5 대 4이다. 중동과 동유럽에서 선전한 때문이다. 인프라 개발은 이 정도로 효과적이다. 한번 시스템이 구축되면 구현은 고속으로 진행된다. 그러나 그 시장으로 들어오려는 후발주자에게는 장벽이 되기도 한다."

유럽 전략의 핵심은 비즈니스를 띄운 다음 되도록 빨리 시장을 장악하는 것이다. 1994년 말에 준비가 시작됐다. 1995년 가을 정식 출범하기 10개월 전이다. 사무실도, 판매 팀도, 유통 시스템도 없는 그야말로 제로 상태에서 출발하는 것이었다. 가토는 경영 팀을 뽑기 시작했다. 유럽 영업의 책임자로 소니 픽처 엔터테인먼트의 판매 자회사의 크리스 디얼링 해외 영업 부문 사장을 임명한다. 유럽도 미국처럼 소니 전자출판 내의 한 부서로 SCEI 유럽을 조직했다.

다음 SCEI는 유통 문제와 씨름을 했다. 가토의 말이다. "시간이 없었다. 소니 자원 중에서 우리 손에 잡히는 것이면 무엇이든 이용을 했다." 그들은 소니 뮤직이 그 지역에 갖고 있던 창고도 사용했다. 서비스망을 갖출 수 없어서 기존의 소니 서비스망을 이용했다. 그러나 소니와의 관계는 자원 활용에 국한돼 있었다. 모회사와의 이런 상호 작용은 미국 상황과는 또 다른 근본적인 차이점이 있다.

소니의 지역 판매 회사들은 플레이스테이션에 대해 흥미가 있었지만 SCEI가 퇴짜를 놓았다. 가토의 말이다. "게임 비즈니스의 구조는 소니의 주력인 오디오비주얼 비즈니스와는 다르다. 가격 마진 구조, 리베이트 구조⋯⋯ 모든 것이 닮지 않았다. 우리는 소프트웨어 판매에 중요성을 두었다. 하드웨어 판매에선 본전만 뽑아도 잘한 것이다. 사실 하드웨어에서 손해를 본다고 해도 그렇게 신경 쓰지 않았다."

그러나 유럽은 너무 넓어서 SCEI의 자체 판매망만으로는 전 지역을 커버할 수 없었다. 동유럽, 중동, 러시아, 두바이 같은 지역은 소니 판매 회사가 맡았다. 1997년 4월, 경영 구조를 개편했다. SCEI는 영국, 독일, 이탈리아, 스페인, 스위스, 오스트리아에 판매 자회사를 설립했다. 마침내 그들은 시장을 양성하기 시작한 것이다. 가토의 회고이다. "당시 소니에 들어온 사람들은 지금 내 머리가 더 희어졌다고 말한다. 그러나 기억에 남는 어려운 일은 없었던 것 같다. 되돌아보면 우리가 설계한 대로 착착 맞아들어갔다는 생각이 든다."

그 전략의 성과는 1998년 3월 회계 연도의 재정 실적에서 명백하게 나타난다. 모두 964만 개를 팔아 전해의 3백만 개를 큰 폭으로 앞질렀다. 유럽에서 이런 우수한 성적을 올린 데는 소니의 공헌을 빼놓고 이야기할 수 없다.

▌해외의 약진, 국내의 위기

해외 시장의 약진이 국내 위기를 누그러뜨리는 효과를 가져왔다. 1997년 봄, 일본의 창고는 50만 개에서 60만 개에 달하는 플레이스테이션의 무게로 몸살을 앓고 있었다. 과잉 재고는 부주의가 부른 과잉 생산이 원인이었다. 무엇보다도 먼저 판매 전망을 너무 낙관적으로 잡았다. 1997년 1월, 스퀘어가 지금까지 350만 개를 팔고 플레이스테이션 판매를 두 달 연속 치솟게 했던 '파이널 판타지' 후속편을 내놓았다. 때마침 마련된 연간 판매 전망은 7백만 개로 잡았다.

확실히 플레이스테이션은 매달 50만 개에서 60만 개가 팔리고 있었다. 여름 기간 동안의 판매도 월 60만 개에서 70만 개에 이를 것으로 내다봤다. 연간 판매 전망은 12개월 곱하기 60만 개, 7백만 개로 확정했다. 그러나 이것은 상당히 공격적인 전망이다. 출범 후 1996년 3월까지 생산되어 팔려나간 플레이스테이션은 모두 650만 개였기 때문이다.

그 전망을 완전히 무시라도 하듯 판매는 달이 갈수록 죽을 쑤고 있었다. 초여름이 되자 사실상 멈춰 서버렸다. 심상치 않다는 것을 알았을 때는 이미 9월 판매분까지 생산이 끝나 있었다. '파이널 판타지' 현상이 일시적이었다는 것을 알았을 때는 너무 늦었던 것이다.

국내 모델의 생산은 6월부터 8월까지 완전히 중단됐다. 그러나 창고에는 아직도 팔리지 않은 플레이스테이션이 쌓여 있었다. 연간 판매 전망은 7백만 개에서 5백만 개로 낮춰 잡았다. 결국 1997년 회계 연도의 판매량은 499만 개에 그치고 말았다.

그러면 과잉 재고는 어떻게 됐을까? 어떤 사람들은 신의 손이 개입한 것이라고 보기도 한다.

구타라기와 그의 팀의 활약으로 해외 시장의 판매가 불붙고 있었다. 판매량의 대부분은 구타라기가 문턱이 닳도록 찾아다닌 대형 체인점을 통해서 이뤄지고 있었다. 공급 부족으로 판매상들이 아우성치기 시작했다. SCEI는 재빨리 국내 시장용으로 배정한 생산 물량을 해외용으로 전환했다. 그러자 과잉 재고는 순식간에 사라져버렸다.

해외 판매 폭등의 타이밍이 그렇게 절묘할 수가 있을까? 사실 예기치 않았던 일이다. 시마모토는 이렇게 해석한다. "이런 것이 게임 비즈니스 아닐까? 더 이상 나빠질 것이 없다고 생각할 때 기적 같은 일이 일어난다. 위기에서 벗어나려고 고투를 벌일 때 해결책은 스스로 나타난다." 그러나 진실은 구타라기의 전략에 있었다. 일본 시장이 모멘텀을 잃었을 때에 대비해 해외 시장을 개척해야 한다는 구타라기의 통찰력이 결실을 본 것이다.

구타라기는 주요 대형 체인점을 찾아가 개인적으로 플레이스테이션을 충분히 공급하겠다는 약속을 했다. 이 말을 믿은 체인점들은 플레이스테이션을 좀더 잘 보이는 자리에 전진 배치했다. 그 결과는 폭발적인 판매로 나타났다. 심지어 구타라기의 낙관적인 전망까지도 넘어선 것이었다.

벤처 기업인에 대한
구타라기의 충고

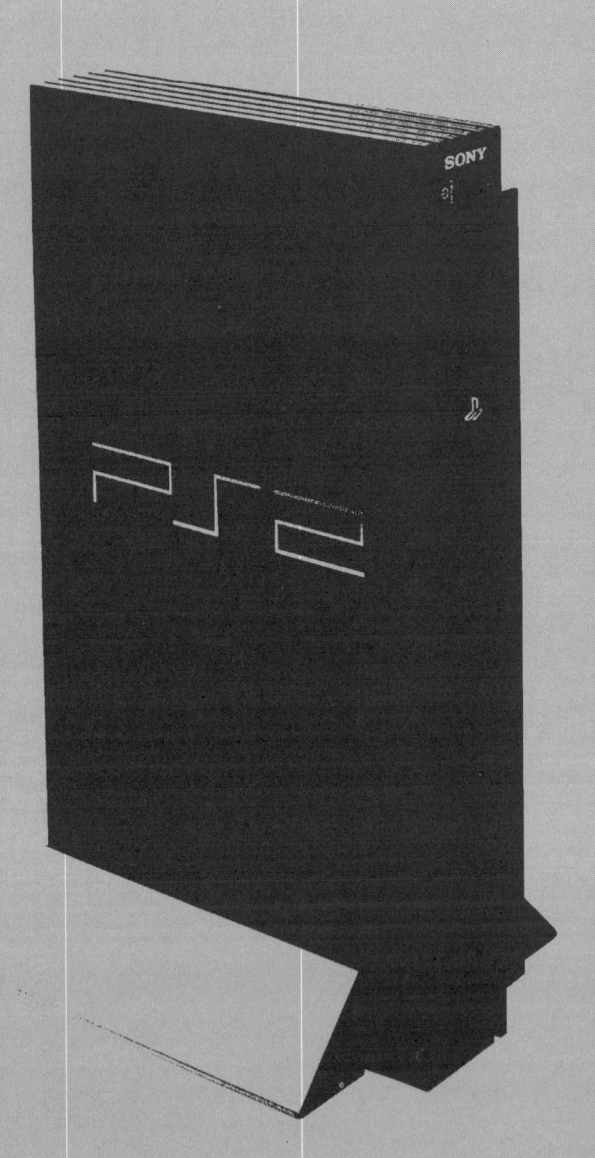

신기술 시스템G와 처음 만난 구타라기 겐은 그 기회를 놓치지 않았다. 바로 플레이스테이션의 개념을 이끌어냈고 그것을 제품으로 구현해내기 위해 전력 질주를 했다. 처음에는 닌텐도와의 합작 개발이 무산되는 좌절도 있었지만 이후 소니의 독자적인 개발 결정, 알고리즘 개발, 하드웨어 개발, 최종 사업 계획 수립, 소프트웨어 개발 스태프 구성, 그리고 미국 경영진과의 주도권 다툼이 숨가쁘게 이어졌다.

구타라기의 열정에 감화된 사토는 게임 산업을 혁신하는 '재판매를 위한 구매'라는 유통 모델을 고안해냈으며, 고토는 유행을 타지 않는 하드웨어 디자인을 창출해냈다. 또 마루야마는 소니 뮤직에서 양성한 비즈니스 전문가들을 투입해주었다. 또 운전대를 잡은 도쿠나카는 흔들리지 않고 사업을 이끌어나갔다.

구타라기는 플레이스테이션의 아버지이다. 프로젝트를 진행하면서 고비마다 구타라기는 어떤 결정을 내렸으며 그것들을 실행에 옮길 때마다 그는 무슨 생각을 했을까? "구타라기의 불굴의 정신이 없었다면 오늘날의 플레이스테이션은 없었을 것"이라고 오가 사장이 극찬하는 사내, 구타라기의 비즈니스 원칙은 무엇일까? 구타라기가 이룬 성공의 아홉 가지 조건을 따라가다보면 또한 플레이스테이션이 성공한 이유도 알 수 있다.

▌성공 조건 1: 완벽함은 달성할 수 있다
▌샐러리맨의 틀에 갇혀 있어선 안 된다

구타라기는 이렇게 말한다. "혼자서 많은 것을 할 수 없다. 큰 것을 이루려면 다른 사람과 함께 일해야 한다." 구타라기의 플랜은 독립적인 벤처 비즈니스를 운영하는 것이 아니고 회사 내에 벤처 비즈니스를 세우는 것이었다. 소규모 회사는 급성장을 하는 데 한계가 있기 때문이다. 벤처 비즈니스가 연간 판매액이 1억 달러면 대단한 성공이라고 하지만 구타라기의 야심은 이보다 훨씬 더 컸다.

구타라기는 상인의 아들로 태어났다. 어려서부터 아버지 사업을 도우면서 비즈니스의 매력을 경험한다. 소니에서 대규모 사업을 일으키겠다는 도전을 시작한 것은 이런 이유가 있었다. 구타라기는 회사외 구성원이면서 기업가가 되기 위해 자신을 몰입시켰다. 그의 말대로 "이런 완벽성은 거대 기업 내에서도 성취할 수 있는 것이다. 나는 샐러리맨도 이런 성공을 거둘 수 있다는 것을 보여주고 싶었다. 고용인도 꿈과 열정, 전략, 그리고 뛰어난 동료들이 있다면 이런 성취가 가능하다는 것을 현실 세계에서 입증해 보이고 싶었다."

구타라기는 결코 모범적인 회사원은 아니었다. 소니 내에도 그의 일하는 방식을 받아들이지 못하는 사람들이 많이 있다. 그가 소니에 입사했을 때 그는 그냥 엔지니어였다. 그러나 그는 이렇게 말한다. "심지어 저런 사내도, 심지어 봉급쟁이도 대단한 성취를 이루는 것을 사람들이 보면서 용기를 얻을 수 있다면 좋겠다고 생각했다."

▌ 조건 둘 : 당신이 사용할 수 있는 모든 자원을 활용하라

구타라기는 속도를 추구한다. "10년 내에 1억 달러가 아니고 1년 내 1억 달러이다." 그의 목표이다. 다른 말로 설명하면 "소니가 50년 걸릴 일을 5년 내에 이룩하는 것이다." 사실 출범 후 4년 내에 전세계 판매액이 7억 달러에 이른 것은 유례가 없는 일이다. 우연히 일어난 것이 아니다. 철저하게 계획된 계획의 결과이다. 구타라기의 말을 빌리면 "플레이스테이션이 급성장한 것에 대해 누구나 한마디씩 한다. 그러나 우리의 관점에서는 이렇다. 비디오 게임 비즈니스는 플랫폼 비즈니스이다. 바로 그점이 개발자들이 플랫폼에 생명을 불어넣는 데 시간을 낭비해서는 안 되는 이유이다."

이런 괄목할 만한 성장률은 '가능한 모든 자원을 사용하는' 전략으로 달성한 것이다. 벤처 비즈니스를 처음부터 시작하는 것은 많은 시간을 걸리게 한다. 빠르게 성장하고 싶은 벤처 비즈니스 경영자는 가능한 모든 자원을 이용해야 한다. 개인적인 자원, 아웃 소싱, 자본, 이런 것들이 해당될 수 있다.

구타라기가 사용한 자원 중에는 오가의 분노도 있었다. 닌텐도가 오가의 얼굴에 먹칠한 것에 대한 그의 분노를 구타라기는 영리하게 잘 활용했다. 소니가 독자적으로 게임기 시장으로 들어갈지 여부를 결정하는 회의에서 구타라기는 오가로 하여금 책상을 치게 하고 "추진하시오!"라는 말을 하도록 유도한다.

▌조건 셋: 당신의 벤처에 재능 있는 사람들을 모이게 하라

벤처 비즈니스는 재능 있는 사람들을 끌어들이는 게 어렵다. 초기단계에는 두 명 또는 세 명의 창업자가 핵심 부분에 역량을 집중해 열심히 일한다. 그러나 비즈니스 성장을 꿈꾸면서 자신들의 능력 이상으로 확장하게 된다.

구타라기의 말이다. "열심히 일하면 벤처 비즈니스에서도 연간 1억 달러의 판매는 달성할 수 있다. 당신의 자원이 풍부하다면 5억 달러까지도 가능할지 모른다. 그러나 더 이상은 나아갈 수 없을 것이다. 왜냐하면 그 사업에 충분한 인력을 투입할 수 없기 때문이다. 그러나 우리는 옛 일터에서 스태프들을 뽑아 올 수 있었다."

SCEI에서 사람을 뽑으면서 각자는 옛 일터에서 스태프들을 초대했다. 마루야마는 소니 뮤직에서 소프트웨어와 마케팅 전문가를 스카우트했고, 도쿠나카는 경영 법률 전문가를, 구타라기는 소니의 연구소를 훑고 다니면서 엔지니어들을 포섭해 데려왔다.

연구소로부터 엔지니어 팀을 구성하는 것이 간단한 일인가? 이 질문에 대한 구타라기의 답변은 이렇다. "정말 간단하다. 자신이 하고 싶은일에, 자신이 지금 하고 있는 일보다 더 환상적인 일에 끌리는 것은 엔지니어라면 당연한 것이다. 그들은 언제나 더 자극적인 일에 모여든다."

소니는 50년을 아날로그 오디오와 비디오 분야에 종사해온 회사이다. 각 사업 부서에는 독립적인 메커니즘에 따라 자체 아날로그 회로 엔지니어가 있다. 사업 부서는 이윤 중심이기 때문에 이윤을 내고 있는 엔지니어를 훔쳐 오기가 어렵다. 그러나 연구소는 비용 중심으로 움직인다. 그들이 스태프를 줄이면 비용도 따라서 줄어든다. 연구소에서 엔지니어를 데려오기가 쉬운 이유이다. 구타라기는 이 점을 노렸다.

소니 뮤직에서 많은 사람을 뽑아 왔다. 에픽 소니 게임 파트는 인원이 약간 남아돌았다. 마루야마는 묵인했다. 플레이스테이션 게임 파트는 이렇게 해서 진용을 갖춰갔다. 마루야마는 이렇게 설명한다. "최고의인재들은 변화가 일어나는 것을 싫어한다. 그래서 시류에는 벗어나 있는것 같아 보이지만 그 일을 할 수 있는 사람, 관리자와 맞지 않아서 불만이있는 사람, 할 일이 없는 것 같은 사람들을 찾아내는 것이 새로운 비즈니스를 시작하는 지름길이다."

탁월한 두 사람이 한 회사의 같은 섹션에서 동시에 실력을 발휘할 수는 없을 것이다. 그 중 시간이 남아 보이는 인재가 벤처에는 딱 맞는다. 그는 일을 잘할 수 있다. 그러나 자신의 능력을 다 발휘하지 못해 에너지가 남아돈다. 그 에너지에 불만 붙여주면 되는 것이다. 마케팅의 귀재 아키라 사토가 그런 경우이다. 그가 책임지고 있던 분야가 하루아침에 날아가버려 요코하마에서 시간만 죽이고 있었다. 이런 그를 마루야마가 끌어올린 것이다.

소니 부사장 이바는 이렇게 말한다. "구타라기가 이 사람, 저 사람을 원한다고 하면 아무 소리 하지 않고 그들을 보내줬다. 조건 없이 넘겨준 것이다." SCEI가 스태프들을 요청할 때 소니는 훌륭한 인재들을 보유하고 있었다. 이바가 입안에 대한 전권을 행사하고 있어서 사람들을 SCEI로 보낼 수 있었다. 도쿠나카가 그런 경우이다. "인원을 갖출 때 조금씩 조금씩 데려와서는 안 된다. 필요하다고 생각되면 전력을 다해 충원하라." 이바의 말이다.

█ 조건 넷 : 모선(소니)에서 벗어나 독립적으로 일하라

█ SCEI는 사내의 벤처이면서 사외의 벤처이다. 소니와 소니 뮤직이 돈을 댔다는 점에서 사내 벤처이다. 그러나 두 주주 회사의 간섭을 받지 않고 독자적으로 운영한다는 점에서 사외 벤처이다. 구타라기는 이렇게 본다. "조그만 일 하나라도 모회사와 의논하지 않아도 되고 독자적으로 결정을 내릴 수 있었던 것이 이 사업이 성공할 수 있었던 요소이다."

구타라기는 모회사의 간섭을 피하기 위해 아오야마에 있는 에픽 소니 뉴미디어 부서로 피난 가 '식객'을 자처한다. 소니 내에는 그의 프로젝트를 탐탁지 않게 여기는 그룹들이 있었다. 구타라기의 회고이다. "소니 안에서 간섭을 받기보다 아오야마로 가는 것이 낫겠다고 생각한 이유이다."

또한 구타라기가 소니나 소니 뮤직의 강세 분야가 아닌 게임 비즈니스를 택한 것도 다행이었다. 소니 뮤직에서 게임을 만드는 뉴미디어 비즈니스 파트가 하나의 사업 부서로 커나가지 못하고 있던 것도 구타라기에게는 또 다른 행운이었다. 사입 부서가 된다는 것은 이익을 내야 하는 책임이 따른다. 뉴미디어 파트는 자유롭게 자신의 뜻을 펼 수 없었던 것이다.

▌조건 다섯 : 뜻이 맞는 동료들을 모아라

구타라기는 이렇게 말한다. "성공의 조건은 어떤 환경에서도 우리 자신이 모든 것을 했다는 점이다." 회사가 돈이 있다면 기술이나 아이디어를 살 수 있다. 그러나 그런 환경이라면 진정한 벤처라고 할 수 없을 것이다. 자신이 개발한 비즈니스 모델을 갖고 앞으로 나아가면서 자신의 판단을 믿고 결정을 미뤄서는 안 된다. 구타라기는 계속한다. "당신이 탁월한 동료들을 모을 수 있다면 성공한 것이나 다름없다. 당신이 원하는 일을 한다는 것은 만족감을 준다. 그리고 즐거운 환경은 아이디어를 샘솟게 할 것이다."

다른 사람의 판단에 의존하는 것이 얼마나 위험한 것인가? 여기에 대한 대답은 SCEI가 미국에서 경험한 그곳 경영진과의 끝없는 마찰 과정을 보면 된다. "비즈니스는 사람이 하는 것이다. 탁월한 동료들과 같이 일할 수 있다면 탁월한 결과를 만들어낼 수 있을 것이다. 타이타닉을 보라. 항로에 있는 조그만 빙산이 그런 대형 여객선을 침몰시킬 수 있는 것이다. 자유자재로 움직일 수 없었기 때문이다."

동료들의 합의를 거쳐 전략을 결정했다면 어떤 일이 일어나도 그 항로를 유지할 수 있다. 예를 들면 닌텐도와의 협상이 결렬된 후 소니는 세가와 제휴해 게임 산업으로 들어가는 것을 조금도 고려하지 않았다.

▌ 조건 여섯: 트렌드는 항상 기복이 있다

구타라기는 미래를 내다보고, 진로를 정하고 비즈니스 시나리오를 설정했다. 그리고 자신의 견해를 설파한 뒤 뜻이 맞는 사람들을 모았다. 그는 어떻게 해서 미래를 내다볼 수 있었을까? 그는 이런 방법으로 설명한다. "기술 문제에는 자신이 있었다. 그것은 내 취미이기 때문이다. 이런 문제들에 대해 나는 두 번째라고는 생각해본 적이 없다."

구타라기는 비즈니스맨이 되는 것을 천직으로 생각했다. 그러나 그의 오락거리는 기술이다. 그의 전공은 반도체와 컴퓨터이다. 그는 이렇게 말한다. "어느 한쪽으로 치우치는 것은 바람직하지 않다. 한쪽에 치우치면 시야가 좁아진다. 이것은 위험하다."

구타라기는 그가 이해하지 못하는 것은 믿지 않는다. 그래서 그는 언제나 공부한다. 학문적인 이론까지 읽는다. 구타라기의 말이다. "내 지식에 틈이 생기는 것을 싫어한다. 현재 나는 감정 합성기(Emotion Synthesizer: 감정을 나타내는 컴퓨터 기술)에 흥미가 있다. 새로운 기술 분야를 공부할 때 내가 먼저 하는 일은 전체적으로 보는 것이다. 그러고 나서 세부로 들어간다. 그 순서는 아주 중요하다. 처음부터 디테일한 부분을 파고들면 전체적인 상황을 볼 수 없다. 나는 노트를 하지 않는다. 기억해야 할 중요한 포인트는 노트를 하지 않고도 기억할 수 있다. 나는 그냥 모든 것을 잊어버린다. 노트하는 것이 스트레스가 될 수도 있다. 기억력을 활성화해놓으면 판단을 하는 데 유용하다."

동시대에 대한 구타라기의 견해는 간단하다. 트렌드는 항상 기복이 있다. "일은 변하게 되어 있다." 구타라기의 말이다. "예를 들면 소니의 신화는 6년을 주기로 파괴되고 재생산된다. 반도체와 주식 시장도 마찬가지이다. 모든 것은 주기적이다."

1994년에 컴퓨터 메모리 가격이 떨어질 줄을 모르자 도쿠나카와 마루야마는 노심초사했다. 그러나 구타라기는 흔들리지 않았다. 퍼스널 컴퓨터 산업의 트렌드를 지켜본 뒤 그는 메모리 가격은 결국 떨어질 것이라고 내다봤다. 그는 이렇게 말한다. "산이 높으면 골이 깊은 법이다. 당시 나는 퍼스널 컴퓨터의 판매가 둔화될 것이라고 말했다. 바로 그렇게 됐다."

"잃는 것도 투자이다. 자본의 세계에서 투자 초기 단계에 손실을 보는 것은 불가피하다. 그러면 이 손실을 어디서 거둬들일 것인가? 이것을 아는 게 중요하다. 지금 당신이 실패했다고 해도 나중에 이것이 밑거름이 될 것이다."

▌조건 일곱 : 질을 추구하면 선견지명도 얻게 될 것이다

1987년 무렵, 구타라기는 음성 생성기에 흥미가 있었다. 야마하 DX7과 카시오 톤이 시장에 나와 있을 때이다. 당시 닌텐도가 사용한 디스크 시스템은 FM 음성 생성 방식에 토대를 두고 있었다. 그러나 소니의 PCM 생성기로 만든 음질이 훨씬 나았다.

구타라기는 PCM 음성 생성기를 닌텐도에 팔아야겠다고 결심했다.

그러나 FM과의 경쟁에서 떨어졌다. PCM의 음질이 얼마나 좋은가? FM 음성 생성기의 신호 대 잡음 비율은 40 대 50데시벨 정도이다. 상당히 잡음이 많은 수준이다. 이에 비해 PCM의 신호는 82데시벨이다. "이 사운드를 들은 사람은 예외 없이 모두 놀란다." 구타라기의 말이다. "비디오 게임의 오디오 같지 않다. 나는 지금도 1989년 5월에 처음으로 생성된 사운드를 녹음한 DAT(Digital Audio Tape)를 기념으로 갖고 있다."

오늘날에는 PCM 방식이 일반적인 기술이 됐지만 당시만 해도 혁명적이었다. 구타라기가 PCM을 선호하게 된 것은 좋은 사운드를 듣고 싶다는 개인적인 욕망에서 비롯된 것이지만 한편으론 그 기술의 가능성을 일찍 간파했기 때문이다.

또 다른 이야기가 있다. 1985년 소니의 한 프로젝트는 CCD(Charge Coupled Device : 전하 결합 소자)를 개발하는 것이었다. CCD는 처음 8㎜ 비디오 카메라에 채택이 된 후 나중에 널리 사용되게 된다. 당시 마비캠(Mavicam) 디지털 카메라 개발에 참여하고 있던 구타라기는 CCD 개발 팀에 요청했다. "나에게 프로그레시브 CCD를 만들어줄 수 있습니까?" 의심의 눈초리로 구타라기를 쳐다보았다. CCD 개발은 초기 단계라서 개발 팀이 할 수 있는 일은 애니메이션을 이용해 스캐닝하는 것이 전부였다. 그런데 수직 해상도가 두 배인 프로그레시브 CCD를 만들어 내라니! 지금은 소니가 프로그레시브 CCD 기술의 선두주자이지만 당시에는 아무도 그 개념을 생각조차 못하고 있었다. 구타라기는 이렇게 설명한다. "사람들은 누구나 고화질의 영상을 원한다. 엔지니어라면 이런 욕구를 헤아리고 적극적인 개발 자세를 갖는 것은 당연한 것이다."

이로부터 10년 후 프로그레시브 CCD 기술은 디지털 스틸 카메라에 사용되면서 꽃을 피운다. 이제는 질이 무엇보다도 중요한 세상이 되고 있다. 질을 추구하다보면 선견지명도 얻게 될 것이다.

▌조건 여덟 : 선견지명은 조금씩 조금씩 털어놓아라

구타라기는 선견지명이 있었다. 그러나 다른 사람에게 한꺼번에 모든 것을 털어놓지 않았다. 대체로 경영진은 의심이 아주 많아서 다른 사람의 말을 잘 듣지 않는다. 자신이 경험한 것 외에는 믿지 않는다. 이런 최고 경영자들을 어떻게 설득할 것인가? 구타라기의 견해를 들어보자. "어떤 일이 있어도 모든 시나리오를 털어놓아선 안 된다. 1백 명이 있다고 하자. 처음에는 두 명이나 세 명에게만 이야기한다. 당신이 열 가지 단계를 마음속에 그리고 있다면 먼저 첫 번째 단계를 설명한다. 그리고 두 번째 단계를 알 수 있는 상황을 만든다. 당신이 두 단계를 미리 알고 있었다는 신뢰감을 경영진에게 심어줄 수 있다. 그러나 처음부터 열 가지 단계를 한꺼번에 설명해버리면 경영진은 이해하지 못할 것이다. '도대체 저자가 무슨 생각을 하고 있는 거지?' 첫 번째부터 믿지 않으려고 할 것이다.

다른 말로 이야기하면 다른 사람들이 그것을 이해하는지, 그것을 헤아려가면서 조금씩 조금씩 털어놓으라는 것이다. 당신이 처음부터 너무 많이 밝히면 그 내용이 혁명적일수록 오해할 소지가 커지는 것이다. 이러한 접근 방식은 경영진을 설득할 때뿐만 아니라 같이 일하는 팀원들에게 설명할 때도 유용하다.

플레이스테이션이 첫 선을 보이는 날을 1994년 12월 3일로 잡은 것은 구타라기의 계산에 따른 것이다. 오래 전부터 이때가 최적이라는 확신이 있었다. 아무에게도 그의 생각을 이야기하지 않았지만 SCEI의 모두가 같은 결론에 이르게 되자 그는 기뻤다. "누구나 그렇게 생각하도록 만들어라. 일이 잘되면 귀하가 참여했기 때문이라고 말한다. 어떤 일을 성취했을 때 그것이 자신의 아이디어 때문이라고 생각하면 그것만큼 기분 좋은 일이 없다."

하나의 팀으로서 일을 할 때 바로 이것이 성공의 열쇠이다. 자신이 중요한 역할을 하고 있다고 누구나 그렇게 느끼도록 만든다. 당신이 이렇게 할 때 엄청난 파워가 생길 것이다. 북풍과 햇살의 우화에서처럼 차가운 북풍이 돼서 사람들을 일하게 하면 당신은 아무것도 이룰 수 없을 것이다. 오히려 태양이 돼서 따뜻한 미풍과 햇살을 베풀어보라. 예지력을 토대로 미리 플랜을 마련해두면 당신은 태양의 역할을 할 수 있다.

마루야마는 이렇게 말한다. "전에는 패미컴이나 슈퍼 패미컴 모델을 보면 게임 시장의 트렌드를 알 수 있었다. 그러나 플레이스테이션 비즈니스는 참고할 만한 전례가 없었다. 모든 것은 구타라기의 머릿속에 있었다. 우리가 이해하지 못하는 이유가 여기에 있었다. 구타라기의 덫에 걸린 사람처럼 그의 의도대로 행동할 수밖에 없는 이유가 여기에 있었던 것이다." 플레이스테이션 가격 인하로 인한 분노가 폭발할 때 마루야마는 물론이고 SCEI의 모든 사람이 이렇게 반문했다. "가격을 내린 게 잘못한 거야?" 이 말이 모회사인 소니 사람들의 화를 더 돋웠다. 마루야마의 말이다. "구타라기는 기회가 있을 때마다 메모리 가격이 떨어지기 때문에 컴퓨터 가격도 내린다고 입이 아프게 설명했다. 우리가 플레이스테이션 가격을 내리는 것은 지극히 당연한 것이라고 여기고 있었던 이유이다." 1995년 봄이었다. 플레이스테이션 판매 전망은 끔찍한 것이었다. 비공식 이사회의는 가격을 1백 달러 내리자는 결론에 도달했다. "이것은 전격적인 결정이다." 마루야마의 설명이 계속된다. "나뿐만이 아니다. 컴퓨터 비즈니스의 특성에 대한 구타라기의 수업이 모두를 납득시킨 것이다."

마루야마를 비롯한 SCEI의 모든 사람은 당연히 구타라기가 모회사 소니 사람들에게도 컴퓨터 가격이 떨어진다는 것을 설명한 줄 알았다. 그래서 가격 인하에 경악한 소니 사람들이 질책을 할 때도 "가격 인하는 게임기에선 당연한 거야."라고 대답한 것이다. 그러니 이것은 불에 기름을 부은 격이다. 왜냐하면 구타라기는 소니 사람들에게 한마디도 설명해 주지 않았기 때문이다.

▌조건 아홉 : 진화의 과정을 설계하라

사람을 다루는 구타라기의 방법은 강압적으로 일을 하도록 하지 않는 것이다. 오히려 사람들이 기분 좋게 자발적으로 일을 할 수 있는 환경을 만들어준다. 이런 접근 방식은 게임 창작자에게 창조적으로 일할 수 있는 환경을 만들어주자고 구타라기가 결정한 사실을 봐도 알 수 있다. 그 노력의 결과가 개발 소프트웨어 라이브러리인 것이다. 이 개념은 구타라기가 소니에 입사하고 얼마 되지 않아 오디오 개발에 참여할 때 떠오른 것이다. 구타라기는 하드웨어만이 아니고 소프트웨어 개발에도 관심이 있었다. 일선 사용자들의 의견을 반영한 도구들을 마련하는 데 노력을 기울인다. 이런 식으로 그는 소니의 오디오 제품이 경쟁적 우위를 차지하는 데 크게 공헌한다.

플레이스테이션 개발과 함께 구타라기는 게임 소프트웨어 창작자들이 즐겁게 일할 수 있는 환경을 만들어주기 위해 도구를 개발하기로 결심한다. 소니의 디지털 엔지니어들을 모아 이 일을 하도록 했다. 이렇게 해서 플레이스테이션용 소프트웨어를 개발할 때 반복 사용하는 도구들을 모아놓은 라이브러리가 탄생한 것이다. 구타라기와 그의 팀은 하드웨어 개발과 병행해서 라이브러리를 만들었다. 사실 라이브러리에 더 신경을 썼다. 게임 개발자들에게 완벽한 지원 시스템을 구축해주기 위해서였다. 이 정책은 꾸준한 소프트웨어 공급을 보장하기 위한 수단으로 무엇보다도 먼저 필요했기 때문이다.

"콘텐츠는 발전한다. 그러나 창작자에게 시간과 아이디어는 유한하다." 구타라기의 말이다. "새로운 아이디어를 생각해내는 것은 고통스러운 일이다. 그래서 같은 장르의 게임이 늘어나는 경향이 있다. 이런 일이 일어나지 않게 하려면 창작자가 새로운 게임 아이디어를 창출해낼 수 있는 환경을 만들어주어야 한다. 개발 도구들과 라이브러리를 마련해주자고 결정하게 된 것은 아이디어가 뻗어나가지 못하는 것을 막기 위한 방법을 찾던 중에 나온 것이다."

도구들과 라이브러리는 플레이스테션 프로젝트를 꾸려나가는 데 없어서는 안 될 요소였다. 그러나 전략적인 측면도 있었다. 소프트웨어 콘텐츠는 갈수록 정교해지고 복잡해진다. 결국 하드웨어 포맷과 기술 수준 사이에 차이가 생긴다. 그 차이를 메워주는 것이 라이브러리의 중요한 기능이다. 다른 말로 이야기하면 라이브러리는 기존 포맷 아래에서 좀더 발전된 소프트웨어를 개발하기 위해 필요한 도구이다.

또 라이브러리를 개발하면서 축적된 다양한 소프트웨어 프로그램들은 차세대 게임기를 창안하는 데 유용한 도구들이 될 것이란 점이다. 사용자의 질문과 새 소프트웨어에 대한 욕구를 해소해주는 과정에서 많은 프로그램들이 생겨나 라이브러리에 축적될 것이다.

그런 전문적인 핵심 지식은 비디오 게임의 지적 재산이 된다. 바로 차세대 하드웨어를 구현하는 데 밑거름이 되는 것이다. 퍼스널 컴퓨터에 비유하면 기존 컴퓨터 플랫폼의 운영 체제를 사용하면서 축적된 정보를 이용해 운영 체제를 업그레이드 하는 것과 마찬가지이다.

라이브러리는 단지 게임 창작자들을 지원하기 위해서만 존재하는 것이 아니다. 미래의 개발을 지원하기 위한 지적 재산을 매일매일 축적하기 위한 수단인 것이다.

에필로그

구타라기 겐이 플레이스테이션 프로젝트를 출범시켰을 때 누구나 실패할 것이라고 보았다. 거대한 닌텐도 제국과 싸우는 것은 무모한 일이다, 그 아이디어는 영원히 포기해라, 구타라기가 귀가 아프도록 들은 말들이다. 그러나 구타라기는 플레이스테이션을 게임 산업의 톱 플랫폼으로 만들기 위한 도전을 시작한다. 그리고 성공한다. 플레이스테이션은 세계 비디오 게임 시장을 평정했다.

CD와 MD 매체를 상업적으로 성공시킨 사나이, 소니의 오가 노리오는 개인적인 경험을 바탕으로 이런 말을 한다. "이익을 내려면 닫힌 포맷이어야 한다. 그러나 독점 포맷이 성공하기는 아주 어렵다." 이런 어려운 도전에서 구타라기는 성공한 것이다.

이 벤처를 입안하면서 수많은 비즈니스 시뮬레이션을 돌려본 도쿠나카는 이렇게 말한다. "어떠한 시뮬레이션도 예상하지 못한 엄청난 성공이었다."

마루야마는 구타라기의 성공을 이런 방식으로 설명한다. "우리가 아마추어라는 것이 오히려 행운이었다. 그곳은 진짜 무서운 시장이지만 우리는 그것을 몰랐다. 순진하게도 우리가 생각하는 것은 이뤄진다고 확신했다. 사람들은 우리를 멋모르는 초짜라고 비웃었다. 그러나 나중에 우리의 제안들은 지지를 받기 시작했다. 우리는 기존 산업 관행에 대해 구애받을 필요가 없었다. 백지 상태에서 출발했다. 아이디어가 자유스럽게 흐르도록 내버려뒀다. 제한 없이 말이다."

오늘날 플레이스테이션 사용자는 다양한 계층에서 찾아볼 수 있다. 오가는 이런 말을 하게 된 게 기쁜 것 같다. "중년의 사용자들이 늘고 있다. 대기업 관리자 사이에서도 플레이스테이션은 인기가 있다. 그들은 직장에서 집으로 돌아가자마자 방문을 걸어 잠그고 플레이스테이션 앞에 앉는다. '파이널 판타지'를 하는 것이다. 저녁 먹을 시간이라고 아내가 재촉하면 몇 분간 식탁에 앉았다가는 곧바로 다시 방으로 돌아간다. 이런 일이 일어나리라곤 나는 상상조차 하지 못했다."

심지어 오가도 플레이스테이션을 한다. 그는 나이토에서 개발한 '기차로 가라!(Go By Train!)' 게임을 좋아한다. 사토의 말이다. "이 게임은 오가가 개인적으로 요청한 첫 소프트웨어이다." 이 게임에서 기차를 정확하게 운전하지 못하면 기차역에 세울 수 없다. 기차역을 그냥 지나치면 운전 자격을 상실한다. 스포츠카를 몰며 제트기를 조종하는 오가는 가슴까지 뜨거워지는 이 게임에 푹 빠졌다. 그의 코멘트이다. "이 게임은 정말 어렵다. 그러나 이런 재미있는 게임이 나올 수 있으리라고는 상상조차 못했다."

오가는 아마 '기차로 가라!'에서 영감을 얻은 듯 차세대 플레이스테이션에 대해 이렇게 말한다. "이전의 게임기가 협궤 철로라면 플레이스테이션은 궤간이 널찍한 게임 포맷이다. 트랙이 넓기 때문에 우리가 알지 못하는 무한한 가능성을 가지고 있다. 지금까지 상상하지 못했던 다양한 게임들이 나오고 있는 것을 봐도 알 수 있다. 차세대 플레이스테이션은 하늘로 높이 솟아오를 것이다. 아마 우주까지 솟구쳐 올라가지 않을까?"

플레이스테이션 플랫폼에 대해 구타라기가 몰래 준비하고 있는 패는 무엇일까? "컴퓨터는 인간이 개발한 가장 진보된 기술을 구현한다. 그것은 와트의 증기 기관이나 구텐베르크의 인쇄술과 맞먹는, 아니 그 이상의 발명이다. 우리가 그것을 갖는 데 4반세기밖에 걸리지 않았다.

미래의 진전은 우리의 예상을 훨씬 앞지를 것이다. 나는 이런 정보 혁명의 속도를 더 가속화하고 싶다. 플레이스테이션은 그 목표를 달성하기 위한 초입 단계의 수단이다. 게임은 첫 단계에 불과할 뿐이다. 플레이스테이션의 목표는 가정에 엔터테인먼트의 세계를 구축하는 것이다." 다른 말로 하면 플레이스테이션이 최종 형태에 이르렀을 때 사람들은 비로소 그 목표를 향한 첫 단계를 이해하게 될 것이라는 점이다.

구타라기의 말이다. "현재의 플레이스테이션은 최종 목표의 30퍼센트밖에 달성하지 못하고 있다. 앞으로 많은 날이 필요하다. 1백 가지의 체크 포인트가 있다. 나는 그 목표를 향해 나아갈 것이다."

이 말을 들은 마루야마의 반응이다. "뭐라고? 1백 가지 체크 포인트? 오직 30퍼센트? 그런 말은 금시초문이다."

바로 이것이 구타라기가 사람들의 마음을 사로잡는 방법이다.

용어 풀이

3-DO
미국의 3-DO Company가 개발한 멀티미디어 플랫폼. 저장 매체로 CD-ROM이 사용됐다. 마쓰시타 전기가 이 플랫폼을 상품화했으나 시장에서 실패했다.

아케이드 게임 Arcade game
게임 센터(게임방)에서 사용되는 게임기와 그 소프트웨어를 아우르는 말이다. 가정용 게임과는 대비가 된다.

C 프로그래밍 언어 C programming language
컴퓨터 운영 체제인 UNIX를 쓰기 위해 개발된 프로그래밍 언어. 표현이 단순하고 쓰기가 쉽다.

디지털 드림 키드 Digital Dream Kids
이데이 노부유키 사장이 취임하면서 내건 소니의 사내 슬로건. 디지털 드림을 실현하는 회사가 되자는 다짐이 이 슬로건에 담겨 있다.

디지털 필터 Digital Filter
특정 주파수의 신호를 통과시키거나 차단하는 장치. 디지털 필터링은 아날로그 방식보다 제어하기가 쉽고 정확성이 뛰어나다.

디스크 시스템 Disk system
닌텐도 패미컴의 주변 장치. 사용자의 게임 데이터를 저장할 수 있게 해주는 디스크 스토리지 시스템이다.

드래곤 퀘스트 Dragon Quest
게임 제작사 에닉스가 만든 일본의 대표적인 롤플레잉 게임(RPG : role-playing game).

DSP Digital Signal Processor
디지털 신호만을 처리하는 전용 프로세서. 소프트웨어를 이용해 디지털 신호 처리 작업을 수행한다.

전자발광 Electroluminescence(EL)
특수한 형광체에 교류 전압을 가하면 빛이 발생하는 현상. 그러나 EL로는 풀 컬러를 나타내기가 어렵다.

FM 음성 생성기 FM sound generator
주파수 변조 방법으로 음성을 생성하는 장치. 야마하는 DX7 신서사이저에 이 방식을 사용해 주목을 받았다.

게이트 어레이 Gate array
게이트(논리 회로)간의 배선이 완전하게 구성돼 있지 않은, 반만 완성된 LSI 회로. 특수한 목적에 따라 회로를 완성시켜 사용한다.

IBM PC
 IBM이 개발한 16비트 PC. 마이크로소프트의 MS-DOS를 운영 체제로 사용했다. 누구나 제조할 수 있게 플랫폼을 공개한 것이 계기가 돼 IBM 호환 기종이 세계 시장을 지배하게 되었다.

이미지 합성기 Image synthesizer
컴퓨터 그래픽을 합성하는 시스템.

LSI 회로 Large Scale Integrated circuit
메모리와 CPU(중앙 처리 장치)를 포함한 대규모 집적회로. 작은 실리콘 기판 위에 각종 기능을 가진 디지털 소자를 1만 개 이상 사용해 구성한 회로.

마비카 Mavica
플로퍼 디스크 디지털 카메라. '더 이상 필름이 필요 없다'는 캐치 프레이즈와 함께 1988년 시장에 나왔다. 'Mavica'는 'magnetic video camera'를 축약한 말이다.

메가 CD Mega CD

세가의 16비트 게임 플랫폼.

MSX

마이크로소프트와 ASCII가 합작으로 개발한 가정용 8비트 컴퓨터. 소니와 다른 가전 제품 회사들이 상업화에 나섰으나 성공적이 아니라는 것이 곧 입증된다.

NEWS

1980년대에 나온 소니의 UNIX 워크스테이션. 사용하기 쉽다는 인식과 함께 몇 년간 시장을 장악했다.

닌텐도 64

미국의 실리콘 그래픽스와 닌텐도가 합작으로 개발한 64비트 가정용 게임 플랫폼.

피크 레벨 측정기 Optical peak level meter

사운드 볼륨을 나타내는 측정기. LCD, LED 측정기가 가장 보편적이다.

오버레이 Overlay

바탕 이미지에 다른 이미지들을 겹치는 것. 이런 식으로 이미지를 합성해 복잡한 화면도 표현할 수가 있다.

PC 엔진 PC Engine

NEC가 CD-ROM 기술을 사용해 개발한 가정용 게임기. 첫 버전은 1987년 선을 보였고 이어 1988년에 CD-ROM 호환 기종이 나왔다.

PCM 음성 생성기 PCM sound generator

아날로그 신호를 샘플링하여 디지털 신호로 변환하는 펄스 변조 방식의 음성 생성기.

플라스마 표시 장치 Plasma display

얇은 유리 기판 사이에 네온가스를 채우고 수평·수직으로 배열된 전극간에 플라스마 방전을 시켜 화상을 표시한다. 얇고 큰 화면을 만들 수 있다는 장점이 있다. 벽걸 이용 TV에 쓰이고 있다.

쿼터-L Quarter-L
소니 기업용 컴퓨터의 브랜드 이름.

세가 새턴 Sega Saturn
세가의 32비트 게임 플랫폼. 1994년 11월에 출시됐다. 처음 나왔을 때는 게임기 시장에서 상당한 반향을 일으켰다.

SOBAX
1967년 소니가 내놓은 세계 최초의 전자계산기. 나중에 가격 전쟁에 휘말려 계산기 시장에서 철수한다.

소니 아메리카 Sony America
소니가 미국에 세운 자회사.

텍스처 매핑 Texture mapping
컴퓨터 그래픽에서 표현하려는 이미지에 사실감을 높이기 위해 무늬나 색을 입히는 작업.

소니를 지배한 혁명가
2003년 7월 11일 초판 1쇄 발행
2003년 10월 6일 초판 2쇄 발행

지은이 | 아사쿠라 레이지
옮긴이 | 이종천
펴낸이 | 이종원
펴낸곳 | (주)황금부엉이

주소 | 서울 마포구 서교동 353-4 첨단빌딩 5층
전화 | 031)903-3380(마케팅부) 02)338-9151(편집부)
팩스 | 031)901-8177(마케팅부) 02)3142-3344(편집부)
출판등록 | 2002년 10월 30일 제 10-2494호

편집부장 | 장석희
편집팀장 | 여성희
편집 | 김희진
디자인 | 민진기디자인
마케팅 책임 | 김유재

ISBN 89-90729-02-5 03840

＊잘못된 책은 바꾸어 드립니다.